KB093383

기린의 타자기

기린의 타자기

초판 1쇄 2020년 7월 14일
초판 2쇄 2021년 2월 25일

지은이 황희

출판책임 박성규
편집주간 선우미정
디자인진행 한채린
편집 이동하·이수연·김혜민
디자인 김정호
마케팅 전병우
경영지원 김은주·장경선
제작관리 구법모
물류관리 엄철용

펴낸이 이정원
펴낸곳 도서출판 들녘
등록일자 1987년 12월 12일
등록번호 10-156
주소 경기도 파주시 회동길 198
전화 031-955-7374 (대표)
031-955-7376 (편집)
팩스 031-955-7393
이메일 dulnyouk@dulnyouk.co.kr
홈페이지 www.dulnyouk.co.kr

ISBN 979-11-5925-555-7 (03810)
CIP 2020022184

이 도서의 국립중앙도서관 출판예정도서목록(CIP)은
서지정보유통지원시스템 홈페이지(http://seoji.nl.go.kr)와
국가자료공동목록시스템(http://www.nl.go.kr/kolisnet)에서 이용하실 수 있습니다.

값은 뒤표지에 있습니다. 잘못된 책은 구입하신 곳에서 바꿔드립니다.

기린의 타자기

황희 장편소설

들녘

나에게 있었던 것은 사랑하는 딸과 낡은 타자기
그리고 엄청난 상상력뿐이었습니다.
나는 나의 상상력을 믿었고
상상력은 내 인생을 완전히 바꿔놓았습니다.

_J.K 롤링

차례

프롤로그

모두 맨발이다. 바닥을 움켜쥐듯 서 있던 발들이 갑자기 분주해진다. 발들이 마구 뒤섞인다. 순식간에 얼굴 하나가 떨어진다. 산발한 머리. 눈물에 젖은 얼굴. 누군가의 발이 그 얼굴을 짓밟는다. 발들은 성이 나 있다.

그 발들이 뒤로 쑥 밀려난다.

거실 바닥에 쓰러진 채 그 발들을 보는 지하는 마치 방전된 인형처럼 무기력하다.

지하는 밖을 향했던 시선을 안으로 거둬들이고 자신의 얼굴에서 표정을 지우며 속으로 중얼거린다.

'엄마에겐 미안하지만 로그아웃.'

제1부

로그아웃

순간이동자

사람들은 누구나 심연을 하나쯤 갖고 있다. 그 바닥에는 대개 검은 마음이 묻혀 있다. 모래무지처럼 숨어 있다가 부지불식간에 튀어나오는 그 검은 마음은 겉모습과는 별개다. 남자는 좋은 사람이라고 믿었던 사람에게 배신당한 후부터 사람이 무서워졌다고 하소연하는 친구에게 답 문자를 쓰고 있었다.

너만 친구가 없는 건 아니지. 나도 사람한테 몇 번 상처받은 뒤론 그냥 혼자 놀아. 혼자 밥 먹고 혼자 영화 보러 가고, 그게 속 편해. 사람을 대할 땐 항상 상처받지 않을 정도의 사적인 거리를 둬. 그렇게 사는 게 오히려 편해. 다시 사람한테 상처받을까 봐 그러는 거지. 네 말이 맞아. 사람 겉모습에 속으면 안 돼.

전송을 누르려는 찰나 남자는 쿵 소리와 함께 뭔가에 머리를 세게 맞고 의식을 잃었다.

시간이 얼마나 지났는지 알 수 없었다. 남자는 누군가의 비명소리를 듣고 정신을 차렸다. 사람들이 울부짖고 있었다. 얼굴에 피를 흘리는 사람들이 보였다가 뿌연 연기 속으로 사라졌다.

어떤 남자가 소화기를 들고 지하철 창문을 때려 부수고 있었다. 다시 꽝 하고 폭발음이 들렸다. 박살 난 지하철 유리창 너머에서 시뻘건 불길이 치솟았다. 불길은 시커먼 연기를 토해내며 지하철 안으로 밀려들어 왔다. 사람들이 비명을 지르며 불길과 반대쪽으로 물러났다.

그들은 필사적으로 문을 열어보려 했지만 출입구는 열리지 않았다. 퇴로가 없었다.

남자는 거의 무의식적으로 휴대폰을 찾아 쥐고 끔찍한 현장을 촬영하기 시작했다. 살아남게 된다면 이 동영상은 돈이 될 것이다.

구조를 기다리는 숨 막히는 침묵 속에서 또 다시 쿵 하는 소리가 들렸다. 남자는 반사적으로 고개를 돌렸다. 분명 몇 초 전까지 아무도 없던 통로에 웬 여자가 쓰러져 있었다. 20대로 보이는 젊은 여자는 등을 바닥에 붙인 채 정신을 차리지 못했다. 그녀는 창백한 피부에 검은색 뿔테 안경을 착용하고, 바짓단이 너덜너덜해진 낡은 청바지에, 해진 먹색 라운드넥 스웨터를 입고 있었는데, 헝클어진 머리와 맨발, 그리고 몸에서 피어오르는 뿌연 먼지 때문에 마치 폭풍에 휘말려 올랐다가 떨어진 사람 같았다.

사람들이 느닷없이 나타난 여자를 돌아봤다. 가까스로 몸을 일으킨 그녀는 씩 웃으며 사람들을 선별하듯 쳐다보더니 갑자기 갓난아기를 업은 여자에게 몸을 날렸다. 다음 순간 아기 엄마와 맨발로 나타난 여자가 그들의 눈앞에서 사라졌다.

사람들이 어리둥절한 사이 맨발의 여자가 다시 나타났다. 공포에 질린 사람들은 본능적으로 그녀가 자신들을 구출해주려고 한다는 것을 감지했고 서로 먼저 살려달라며 그녀에게 달려들었다. 그녀는 빠른 속도로 그 손들을 피해 아이, 노인, 여자 순으로 지하철 안에서 안고 사라지길 반복했다.

마침내 남자 차례가 왔다. 남자는 자신을 향해 다가오는 여자를 촬영했다. 하지만 그녀는 그의 휴대폰을 낚아채 던져 버렸다. 그가 정신을 차렸을 땐 이미 지하철을 빠져나온 뒤였다. 그녀는 어디에도 보이지 않았다.

조용한 세상

텔레비전 소리에 서영은 눈을 떴다. 시아버지가 벌써 일어난 것 같았다. 시간을 확인했다. 새벽 4시 50분. 몸을 뒤척여봤지만 텔레비전 소음에 다시 잠이 올 것 같지 않았다. 그녀는 일어나 앉았다. 무기력증이 덮쳐왔다. 멍하니 앉은 채 30평 정도 되는 넓은 방을 바라봤다.

남편과 한 방을 사용하지만 같은 침대를 쓰진 않는다. 각방을 사용하게 해달라고 애원해보았지만 시어머니는 끝내 허락하지 않았다. 지하실이라면 모를까, 서영에겐 방 하나 내어주는 것조차 아까워했다. 방 한쪽 구석에 깔린 요 한 장이 그녀가 자는 곳이자 이 방에서 허락된 그녀만의 유일한 공간이었다.

엊저녁에 만취해 돌아온 남편은 퀸 사이즈의 커다란 침대에서 코를 골며 자고 있었다.

잠든 남편을 멍하니 바라보던 서영은 남편 배 위에 올라타 목을 힘껏 조르는 모습을 상상했다. 죽여버리고 싶다. 죽여버리고 나도 죽고 싶다. 모든 것을 끝내고 싶었다.

서영의 팔과 다리는 어젯밤 남편에게 맞아 생긴 멍 자국으로 얼룩덜룩했다. 남편은 외부에 자신의 폭행 사실이 알려질까 봐 얼굴엔 주먹질을 하지 않는다. 교묘하게도 잘 보이지 않는 곳만 골라 때린다. 그녀가 맞고 산다는 사실을 아는 사람은 이 집 식구들뿐이다.

남편을 쳐다보던 서영은 고개를 돌리고 아직 어두운 창밖을 바라봤다. 새벽녘에 지하의 꿈을 꿨다. 생사를 모르는 딸을 꿈에서 보고 나니 마음이 좋지 않았다. 청각언어장애를 가진 딸 지하는 일방적으로 남편에게 폭행당하는 그녀를 감싸려고 부모 사이에 끼어들었다가 뒤통수가 찢어졌다. 병원에서 상처를 봉합하고 돌아온 그날 지하는 아무도 모르게 집을 떠났다. 딸은 집을 나가면서 서영 앞으로 편지 한 통을 두고 갔다.

자기가 싼 똥은 자기가 닦는 거야.

엄마는 가족이 싼 똥을 치워주려고 아버지랑 결혼한 게 아니잖아.

차라리 엄마가 싼 똥을 아버지가 치우게 만들어. 그걸 못 한다면 영원히 그렇게 살아.

나 찾지 마. 나는 남 똥이나 닦아주는 엄마한테서는 아무것도 배울 것이 없어.

속지 마. 할아버지, 할머니, 아버지. 다 악마야. 사람인 척하는 악마.

나는 당신이 싼 똥이지만, 더 이상 똥으로 살고 싶지 않아 그 집 구석에서 로그아웃 해.

현실에서도 로그아웃 해야 할 때가 필요하다는 걸 깨달았어.

다시 말하지만 나 찾지 마. 난 잘 먹고 잘 살 거니깐.

- 당신이 이 세상에 싸지른 똥 씀.

이 집안 다른 식구들처럼 지하도 엄마인 서영을 경멸했다. 하지만 그 경멸 속엔 다른 식구들이 가지고 있지 않은 애정이 있었다.

지하가 가출했는데도 식구들은 지하를 찾으려 애쓰지

않았다. 가출 신고도 하지 못하게 했다.

“내가 알아서 다 처리했으니까 넌 나서지 마.”

외출에서 돌아온 남편이 말했다. 어떤 처리를 했다는 것인지 설명조차 해주지 않았다.

신혼여행에서 돌아온 날 서영은 휴대폰을 뺏기고 시집 식구들에게 집단 폭행을 당했다. 그녀는 친정으로 도망쳤다. 그 소식을 듣고 놀라서 친정으로 달려온 오빠와 언니, 그리고 친정엄마는 합세해 서영을 시집으로 돌려보냈다.

“무슨 일인지 모르겠지만, 참아라. 죽으라고 하면 죽는 시늉이라도 하고. 좀 맞아도 돼. 맞을 때만 견디면 되잖아. 몸에 난 상처야 치료받고 나으면 그만이지만 돈이 없으면 다 죽어.”

“엄마, 나 맞아 죽을지도 몰라.”

서영은 정말로 공포를 느끼며 말했지만 돌아오는 친정엄마의 대답은 냉정했다.

“그럼 네 오빠 다시 길 거리로 나 앉아도 돼? 오빠랑 애들도? 엄마는? 엄마 한 달에 당뇨, 관절염 치료비가 얼마나 나오는지 알아? 아버지 암 치료는, 그 비싼 약값은? 네 남편이 병원비 내주고, 약값 대주고 언니 오빠 사업 다 도와주고 이런 큰 집에서 살게 해줬으니까 우리가 아직까지 살아 있는 거야."

"그럼 난 맞아 죽어도 된다는 거야?"

"사람 그렇게 쉽게 안 죽어! 너 얼마나 좋아. 좋은 집에 좋은 차에 돈은 원하는 만큼 쓸 수 있고. 먹는 것도 바르는 것도 최고급. 시장 가서 한 푼이라도 싼 거 찾느라 먹고 싶은 거 들었다 놨다 하는 거 안 해도 되고. 우리 서영이 착하지? 우리가 서영이 네 덕분에 이렇게 살잖아."

"맞아. 네가 효녀지. 너 없으면 우린 당장 거지 신세야."

"오빠가 성공하고 나면 당당하게 이혼 시킬게. 그때까지만 우리 착한 서영이가 참아줘."

언니와 오빠, 엄마가 돌아가면서 서영을 달랬다.

반문하고 따지고 싶었지만 그녀는 마음을 접었다. 친정엄마가 시집의 돈에 대해 갖고 있는 맹목적인 신뢰와 비열함 속엔 딸의 존재 따윈 애당초 없었다. 딸은 그저 볼모일 따름이었다. 서영은 이미 오래전에 어머니와 대화하는 것을 포기했다.

어느새 유리창이 파랗게 물들어 있었다.

밖에서 입주도우미가 아침식사 준비하는 소리를 한쪽

귀로 들으면서 서영은 다시 드러누웠다. 이 집안에서 서영에게 내려진 형벌은 아무것도 하지 말 것, 이 집안의 물건에 손대지 말 것, 식구들과 말 섞지 말 것, 눈에 띄지 말 것이었다.

잠을 청해보려고 눈을 감았을 때였다. 똑. 똑. 조심스러운 노크 소리가 났다.

잠시 후, 입주도우미가 얼굴을 내밀었다. 그녀는 자고 있는 남편 쪽을 흘끗 보더니 나지막한 목소리로 서영에게 속삭였다.

"사모님, 어르신께서 일어나셨으면 내려가시라고 하십니다."

시어머니에게 기분 나쁜 일이 생긴 것 같았다. 서영은 고개를 끄덕여 보인 다음 일어나 옷을 갈아입고 방을 나오려 했다. 그러자 입주도우미가 곤란한 얼굴로 재빨리 덧붙였다.

"그게 아니라…… 사모님 물건 다 챙기셔서 완전히 내려가시랍니다."

"왜, 왜요?"

남편이 몸을 뒤척였다. 입주도우미는 입을 꽉 다물었다.

입주도우미가 그 이유를 알 리 없다. 안다고 하더라도 시시콜콜 그런 이야길 해주고 있을 상황이 아니었다. 그녀를 불편하게 만든 것 같았다. 서영은 더 이상 묻지 않고 커다란 가방에 자신의 물건들을 챙겨 밖으로 나왔다.

시아버지는 보지도 않는 텔레비전을 틀어놓고 딸기 씨를 빼내는 데 집중하고 있었다. 시어머니는 헬스트레이너의 도움을 받아가며 아침 요가 중이었다. 서영은 젊고 육감적인 헬스트레이너의 커다란 가슴을 흘끗 쳐다봤다. 시어머니는 서영 들으라는 듯 헬스트레이너와 대화하며 쾌활하게 웃었다. 며칠 전부터 헬스트레이너가 시부모와 남편과 한 식탁에서 아침식사를 하기 시작했다. 여자는 모기업 대표의 딸이자 해외의 유명 대학을 졸업한 후 귀국해 청담동 사모들의 패션과 미용 및 헬스트레이너 코디로 일하고 있는데 시어머니가 마음에 들어 한다고 입주도우미가 귀띔해줬다.

지하가 집을 나가고 아들 지민이가 대학에 진학해 대학 앞 쉐어하우스에 나가 살기 시작한 후부터 서영의 존재는 끝없이 추락했다. 이 집의 안주인이었지만 입주도우미보다 못한 존재가 되었다. 서영은 아무도 받아주지 않는 아침 인사를 하고 계단으로 내려갔다.

꽤 큰 지하실은 와인창고 겸 현재 사용하지 않지만 버리기엔 애매한 물건들을 보관해두는 곳이다. 사용하지 않지만 버리기 애매한 것은 비단 물건뿐만이 아니었다. 서영도 그런 물건 취급을 당했다. 와인창고는 언제부턴가 서영이 시어른의 심기를 건드리면 갇히게 되는 용도로 사용됐다. 이 집에는 손님방을 포함해 5개의 욕실 딸린 방이 있다. 욕실을 제외한 모든 곳에 CCTV가 달려 있다. 아무도 CCTV에 대해 말하지 않기 때문에 서영도 처음 이 집에 왔을 땐 알지 못했다. 알고 있더라도 살다 보면 어느새 CCTV에 감시당한다는 사실을 잊곤 한다.

와인창고에도 CCTV가 설치되어 있다. 한겨울의 와인창고는 난방이 되지 않기 때문에 끔찍했다. 여름엔 갑작스럽게 나타나는 바퀴벌레나 곰팡이 냄새를 제외하곤 그나마 견딜 만한 곳이었다.

창고 안에서 서영에게 허락된 일은 성경을 읽는 일뿐이었다. 휴대폰은 예전에 빼앗겼고 긴 시간을 견디기 위해 뜨개질이라도 하려고 했지만 그것조차도 허락되지 않았다.

그녀가 이 끔찍한 시간을 이겨내는 방법은 수면제를 먹고 잠을 자거나 억지로 성경책을 읽는 것뿐이었다.

서영은 마음을 다스리기 위해 마태복음 5장 44절의 '나는 너희에게 이르노니 너희 원수를 사랑하며 너희를 박해하는 자를 위하여 기도하라.'는 구절과 로마서 12장 19절 '내 사랑하는 자들아 너희가 친히 원수를 갚지 말고 하나님의 진노하심에 맡기라. 기록되었으되 원수 갚은 것이 내게 있으니 내가 갚으리라고 주께서 말씀하시니라.'는 구절을 반복해서 읽었다. 언젠가는 시부모와 남편에게 하나님의 진노가 있을 거라 생각하면 위안이 되었기 때문이다. 하지만 출애굽기 21장 24절의 '눈은 눈으로, 이는 이로, 손은 손으로, 발은 발로, 데운 것은 데움으로, 상하게 한 것은 상함으로, 때린 것은 때림으로 갚을지니라.'라는 구절을 읽을 땐 쓴 웃음만 나왔다. 당한 대로 갚으라는 성경의 구절처럼 며느리가 당한 그대로 시어머니에게 갚는다면 어떻게 될까. 성경에 나오는 많은 구절, 특히 구약성경에 나오는 구절들은 현대사회의 규범과는 동떨어진 것 같았다. 시대착오적인 구절들을 발견할 때마다 서영은 냉소했다.

엄지손가락만 한 바퀴벌레 한 마리가 스프링이 푹 꺼진 철제침대 옆 벽에 붙어 있었다. 서영은 수면제가 든 병을 집어 들다 말고 주춤했다. 자는 동안 바퀴벌레가 자신의 얼굴과 팔 위로 기어 다녔을 걸 생각하니 소름이 돋았다. 그렇다고 바퀴벌레를 때려죽일 용기는 더더욱 나지 않았다. 서영은 한참을 석상처럼 서서 바퀴벌레만 노려봤다. 바퀴벌레는 서영의 눈앞에서 점점 몸을 불리고 있었다. 그 순간 와인창고문의 잠금장치를 누르는 소리가 났다.

서영은 시어머니나 남편이 들어올까 봐 반사적으로 숨을 죽였다. 문이 열리는 순간, 창고 안의 눅눅한 공기가 훅 하고 빨려나갔다. 잠시나마 창고로부터 탈출하는 공기가 부러웠다. 얼굴을 드러낸 사람은 입주도우미 아주머니였다.

"사모님, 식사하세요."

그나마 이 집안에서 서영을 인간 취급해주는 사람은 입주도우미 아주머니뿐이었다. 그런데 서영을 보는 아주머니의 눈빛이 이상했다. 그녀의 시선이 자꾸 쟁반 밑을 가리켰다. 서영은 마른침을 삼키며 그녀가 내미는 쟁반을 받아 들었다. 고구마와 물이 담긴 쟁반 밑에 뭔가 있었다. 서영은 그것을 받아 허리춤에 숨겼다.

입주도우미는 잠시 서영과 눈을 마주친 후 와인창고를 나갔다. 자동으로 문이 잠기는 소리가 났다.

와인창고를 지켜보는 카메라의 눈이 어디에 붙어 있는지 알고 있었다. 서영은 계단을 내려와 쟁반을 침대 위에 내려놓고 곧장 화장실로 들어갔다.

순간이동자

전 세계 어디서든 시간은 한 치의 오차 없이 흐르는 법이다. 그런데 뉴욕 맨해튼 미드타운 63번가의 한 고층아파트 48001호만은 그 법칙이 적용되지 않았다.

새벽 1시, 48001호의 원룸 내부는 이제 막 이삿짐이 다 빠져나간 집처럼 휑했다. 단출한 몇 개의 가구들은 언제 버리고 가도 상관없을 것처럼 낡았거나 구색이 갖춰져 있지 않았다.

젊은 여자는 무릎 위에 패티 스미스의 『M트레인』*을 올려둔 채 굴러 떨어지는 만년필을 향해 손을 뻗은 자세로 멈춰 있었다.

길고 부스스한 여자의 모발은 창백한 피부색과 대조적

으로 새까맸다. 몸집은 작았지만 꾸준히 운동을 해온 사람처럼 근육이 탄탄했다.

여자 곁에는 매끈한 등 근육을 가진 남자가 모로 누워 잠들어 있었다. 두 사람의 발치에는 개 한 마리가 하품을 하던 자세 그대로 움직이지 않았다. 전체 아파트 중 유일하게 48001호의 시간만이 멈춰 있었다.

그녀의 이름은 류지하. 남자의 이름은 정이든. 그들의 여권과 운전면허증은 갱신되지 않은 지 오래됐고 세금 보고를 하지 않은 지도 수년째였다. 신분증이나 다름없는 운전면허증을 갱신하지 않았다는 사실과 일정한 거주지가 있으면서도 세금을 보고하지 않고 산다는 것은 여러 가지를 뜻했다. 그들이 이미 미국사회에서 존재하지 않는 사람들이거나 그들의 존재가 들키면 안 된다는 뜻이었다. 그 두 가지 경우가 아니라면 두 사람은 신분증도 운전면허증도 세금 보고도 필요하지 않은 존재인지도 모른다.

어느 순간, 지하는 떨어지는 만년필을 움켜잡았고 동시

---

* 펑크 음악의 퀸 혹은 대모라 불리는 패티 스미스가 자신의 마음을 기록한 산문. 뮤지션이란 한 단어로 정의할 수 없는 전방위 아티스트인 패티 스미스는 『M 트레인』을 '내 삶의 로드맵'이라고 소개했다.

에 하품하던 개가 몸을 털며 주둥이를 닫았다. 이든은 잠결에 이불을 어깨 위로 끌어올렸다. 한동안 시간이 멈췄다는 것을 그들은 알지 못했다.

지하는 검은 뿔테 안경을 콧등 위로 밀어올리고 만년필을 쥔 채 방금 읽었던 문장을 다시 읽었다. 그런 다음 문장에 밑줄을 그었다. 스웨덴의 추리작가 헤닝 만켈*에 대한 주석엔 그가 어린 나이에 학교를 자퇴하고 파리 등 전 세계를 오가며 떠돌이 생활을 했다는 설명이 추가되어 있었다.

그녀는 잠시 생각에 잠겼다. 자신은 어떤 과거를 가지고 있을까. 형제는 있었을까. 부모는 어떤 사람들일까. 어떻게 그날 이든의 격투기 도장 앞에 기억을 잃은 채 쓰러져 있었을까. 그녀는 자신의 이름 외엔 아무것도 기억하지 못했다. 그런데 어째서 이 주석이 이토록 신경 쓰이는 것일까. 어쩌면 자신도 헤닝 만켈이라는 작가처럼 어린 나이에 가출했는지도 모른다. 하지만 뭐 어떤가, 지금 행복하면 그만 아닌가.

---

* 스웨덴의 작가이자 연극연출가로 16세에 학교를 자퇴하고 화물선에서 노무자로 생활하다가 1966년 파리로 가서 보헤미안처럼 살며 세상을 배운 후, 스톡홀름으로 돌아와 극장의 무대담당으로 일하며 희곡을 쓰기 시작했다. 헤닝 만켈에게 스릴러 문학의 거장이라는 명성을 가져다 준 《발란더 형사 시리즈》는 전 세계적으로 수천만 부 이상 팔렸다.

지하는 책을 덮으며 고개를 돌렸다. 그녀의 곁에서 잠든 이든의 등이 보였다. 그녀는 잠시 이든의 어깨에 손을 올려놨다. 규칙적인 숨소리가 느껴졌다. 늘 불안하게 살지만 그런 상황에서도 이든은 잘 잔다. 잘 자서 다행이었다. 이든을 만나 세상을 떠돌며 함께 살기 시작한 지 3년째다. 한곳에 정착하지 못하고 떠돌며 사는 이런 생활이 힘들 법도 한데 이든은 단 한 번도 힘들다는 말을 하지 않았다. 지하도 그가 있어서 이런 생활을 버텨낼 수 있었다.

오후부터 내리던 비는 지금까지 끈질기게 내리고 있었다. 지하는 빗물에 젖은 검은 유리창을 물끄러미 바라보다가 휴대폰의 듀얼시계 앱으로 한국과 뉴욕의 시간을 확인했다. 뉴욕은 새벽 1시 24분, 한국은 오후 3시 24분이었다.

출판사 직원들이 몇 시에 퇴근하는지 알 수 없어 약간 불안했다. 그녀는 자리를 털고 일어났다. 제본해둔 원고들을 배낭 안에 집어넣었다. 오늘 시간을 맞추지 못한다면 한국이 낮이 되는 시간인 내일 밤까지 기다려야 한다. 그녀는 자신이 인내심이 부족한 사람임을 잘 알고 있었다. 오늘은 마음먹은 일을 해치우고 싶었다.

검은색 탱크 탑과 팬티 위에 청바지를 입고 야상점퍼를

걸쳤다. 배낭을 메고 이든을 돌아봤다. 이든과 그녀의 목에는 묘하게도 똑같은 모양의 거뭇한 색소침착이 있다.

누군가가 두 손으로 목을 세게 조른 듯한 모양이다. 두 사람 모두 그 흔적과 관련한 기억은 없었다. 두 사람이 공통적으로 가지고 있는 그것은 그들의 만남이 운명이라는 표식처럼 느껴지게 했다.

언제나 깊은 잠을 자지 않는 믹스견 울프는 어느새 일어나 앉아 영민해 보이는 눈으로 지하의 일거수일투족을 지켜보고 있었다.

— 엄마, 금방 다녀올 거야. 아빠랑 산책 가.

지하는 수화로 울프에게 말했다. 산책이라는 단어는 울프가 가장 좋아하는 단어다. 울프는 자고 있는 이든을 잠시 돌아보고 다시 지하를 향해 꼬리를 흔들었다.

외출 준비를 마친 그녀는 벽을 마주보고 섰다. 벽에는 수많은 풍경사진들이 붙어 있었다. 그녀는 그중 D출판사를 찍어둔 여러 장의 사진을 유심히 바라보다가 출판사 편집부와 건물 로비가 보이는 복도 모퉁이에 잎이 커다란 앉은뱅이 몬스테라나무 화분이 놓여 있는 사진에 집중했다.

주변에 CCTV가 있는지 확인하고 싶었지만 사진 속엔

보이지 않았다. CCTV의 유무가 걸림돌이 되었다. 하지만 몬스테라의 넓적하고 커다란 잎이 순간이동 하는 찰나를 가려 줄 것 같기도 했다. 그녀는 잠시 갈등했지만 순간이동에서 내릴 지점을 그곳으로 정하고 눈을 질끈 감았다. 순간 그녀는 공간을 훅- 치며 48001호에서 사라졌다.

″

지하는 서울에 있는 D출판사의 몬스테라 화분 뒤에서 나타났다. 흐트러진 긴 머리를 틀어 올려 고무줄로 묶으면서 천장 주변부터 확인했다. 아니나 다를까, CCTV가 한 대 달려 있었다. 순간적으로 아찔했지만 카메라는 다행히 복도 쪽을 향하고 있었다. 복도엔 아무도 없었다. 그녀는 나무 뒤에서 유유히 걸어 나와 편집부 출입문을 열고 들어섰다.

"어떻게 오셨어요?"

책상에 앉아 일을 하던 여직원이 물었다. 여직원의 뒤에서 있던 중년의 남자가 고개를 돌려 그녀를 쳐다봤다. 중년 남자는 마치 유령이라도 본 듯 놀라며 두 눈을 가늘게 뜨더니 그녀를 다시 쳐다봤다.

지하는 휴대폰 글쓰기 앱을 켜고 미리 입력해둔 글을 직원에게 보였다.

— 제가 쓴 소설을 투고하려고 왔습니다.

“대표님, 투고하러 왔다고 적혀 있는데요?”

여직원이 중년의 남자를 돌아보고 보고했다.

“저기, 죄송한데 말을 못 하세요?”

여직원이 다시 물었다.

— 네. 저는 청각언어장애인입니다.

지하는 빠르게 문자를 입력하고 휴대폰 화면을 보였다.

여직원의 뒤에 서 있던 중년 남자가 통로로 걸어 나와 지하 앞에 섰다.

“출판사 대표 차정원입니다.”

그는 지하의 두 눈을 쳐다보며 천천히 입을 벌려 말한 뒤 손을 내밀었다.

지하가 그 손을 가볍게 잡았다가 놓자, 자신을 따라오라고 말했다. 그는 대표실이라고 적힌 문을 연 후, 그녀를 위해 문을 잡고 한쪽으로 비켜섰다. 지하는 대표실로 들어갔다.

“천천히 말하면 대부분 알아듣나요?”

대표가 물었다.

지하는 손을 펴 자신의 턱을 살짝 건드리며 고개를 끄덕였다. '네.'라는 수화였다. 대표는 눈을 빛내며 고개를 끄덕였다.

두 사람은 마주보고 소파에 앉았다. 지하는 제본된 원고를 내밀었다. 원고를 주르륵 넘겨보던 대표가 의아하다는 눈빛으로 지하를 쳐다봤다.

"전부 타자기로 직접 쳤군요. 아래한글로 작업한 파일도 있겠지요?"

— 읽어보시고 출간하자고 하시면 3일 안에 아래한글로 작업해 보내드릴 수 있어요.

지하가 글쓰기 앱에 문자를 찍어 보였다.

"육필 원고는 가끔 들어오지만 타자기로 친 원고는 정말 오랜만입니다. 늘 이렇게 작업하십니까?"

대표는 원고를 내려놓고 입 모양에 신경을 쓰면서 또박또박 말했다.

지하를 바라보는 대표의 눈빛이 묘했다.

조용한 세상

입주도우미가 몰래 전해준 물건은 소포였다. 수신인에 나서영이라는 그녀의 이름 석 자가 적혀 있었다. 발신인은 없었다. 소포 봉투를 찢자 책이 나왔다. 하얀 배경에 무엇인가로부터 달아나는 듯한 여자의 뒷모습이 그려진 표지였다. 표지의 분위기와 제목을 보니 미스터리 소설 같았다. '조용한 세상'이라는 제목 옆에 적혀 있는 작가 이름을 보고 서영은 흠칫했다. 류지하. 작가의 이름이 딸의 이름과 같았다. 묘한 예감에 사로잡힌 건 그때부터였다. 서영은 띠지에 적힌 문장을 읽었다.

'신인 작가의 무서운 독주. 출간 즉시 베스트셀러 진입!'

서영은 떨리는 손으로 표지를 넘겼다. 그녀는 자신의 눈을 의심했다. 책날개에 작가의 흑백 사진이 있었다. 사진 속 얼굴은 다름 아닌 자신의 딸 지하였다. 동명이인이 아니었다. 지하가 가출한 지 6년째니 지금 지하는 스물네 살이다.

원래 보청기를 가리려고 머리를 기르고 다녔는데 사진 속 지하는 양쪽 귀가 그대로 드러나는 쇼트커트를 하고 있었다. 사진을 찍느라 보청기를 뺀 것인지 사진 속에는 보청기가 보이지 않았다. 그녀는 한참 동안 사진을 내려다봤다.

어스름한 빛에 눈과 코, 입의 일부분만 선명하게 드러난 사진. 어둠에 에워싸인 얼굴이었지만 눈빛만은 묘하게 살아 있었다.

'이 아인 정말 자신의 생을 살았구나.'

사진 속 딸의 눈빛엔 자신이 주인이 되어 생을 이끌어가는 사람 특유의 강인함과 범접할 수 없는 위엄 같은 것이 녹아 있었다.

그 눈빛은 엄마인 그녀에게 많은 것들을 묻고 있었다. 사진 속 지하의 눈빛이 마치 서영 자신의 내면을 뚫어지게 응시하고 있는 것만 같아 그녀는 사진에서 슬그머니 고개를 돌렸다.

여태 어디선가 잘살고 있을 거란 믿음과 죽었으면 어쩌나 하는 불안감에 단 하루도 마음 편한 날이 없었다. 그런데 어디서 어떻게 살고 있는지도 몰랐던 딸이 작가가 되어 돌아왔다.

기쁨의 비명을 지르고 싶었다. 이 집안 누구라도 붙잡고 내 딸이 작가가 되었다고 소리치고 싶었다. 아니, 친정에 전화를 걸어 당신 손녀딸이 작가라고 자랑하고 싶었다. 하지만 그녀는 입을 다물기로 했다. 지하의 소식을 그들에게 전달하지 않는 것. 그것만이 가족이라는 탈을 쓴 이 위험한 사람들로부터 지하를 지킬 유일한 방법이다.

과거의 어느 날이 떠올랐다. 지하가 시어머니에게 말대꾸를 하자 시어머니는 아침부터 지하를 와인창고에 가뒀다. 하지만 다음 날 등교해야 했기에 시어머니는 지하를 그날 밤에 풀어줬다.

와인창고 물건 속에서 엄마의 타자기를 찾아냈는데 사용하지 않고 처박아둘 거면 자기가 써도 되는지 물었다. 서영은 일언지하에 안 된다고 대답했다. 타자기 치는 소리가 시어머니의 신경을 건드릴 게 뻔했기 때문이다. 서영은 지하가 시어머니에게 당하는 꼴을 보고 싶지 않았다. 그 마음을 알 리 없는 지하는 약간 삐진 얼굴로 타자기에 적힌 '기린'의 뜻이 무엇인지 물었다.

서영은 열여덟 살이 되던 해 단편소설 공모전에서 우수상을 수상했다. 상금으로 100만 원을 받았는데 그 당시 100만 원은 큰돈이었다. 가족들은 서영이 작가가 될 거라고 자랑하곤 했다.

타자기는 그때 당선을 축하한다며 친구 우탁이 사준 것이다. 우탁은 서영을 기린이라는 애칭으로 부르길 좋아했다. 기린이란 '재능이 남다른 사람'을 부를 때 붙이는 이름이며 상상 속의 동물이기도 하기에 우탁의 선물엔 '이 타자기로 네 상상력을 마구 쏟아내길 바란다.'는 뜻이 숨겨져 있었다. 그래서 우탁이 보는 앞에서 타자기 위에 네임펜으로 '기린의 타자기-우탁&서영'이라고 적어 넣었다.

대답이 끝나자마자 지하가 다시 물었다.

— 그럼 엄마 꿈이 작가였어?

— 그땐 그랬지.

— 지금은?

— 글쎄……. 난 아직도 작가라는 말을 들으면 가슴이 철렁해.

— 그렇게 간절한데 왜 글 안 써? 난 엄마가 타자치는 거 한 번도 못 봤는데? 책도 안 읽잖아?

지하는 이미 엄마를 비웃으려고 작정한 사람처럼 조소 띤 얼굴로 수화를 했다.

이 집안에서는 성경 외의 어떤 책도 허용되지 않는다. 지하 역시 그 사실을 알고 있을 텐데도 그런 질문을 하는 게 무슨 억하심정인지 알 수 없었다.

— 할머니가 싫어할까 봐? 착한 며느리 코스프레 해? 아니면 엄마가 아무런 의지도 없는 등신이라는 걸 보여주려고?

서영은 당황했다. 시집과 친정의 관계를 모르는 지하에게 뭐라고 말해야 할지 알 수 없었다.

— 그건 다 핑계야. 정말로 글이 쓰고 싶었다면 깨지고 부서지더라도 썼을 거야. 그러니까 사실 엄마는 글을 쓰지 않아도 사는 데 아무런 문제가 없었던 거지.

사는 데 아무런 문제가 없다는 말에 자신도 모르게 지하의 뺨을 때렸다. 그러곤 후회했다. 작정하고 독설을 퍼붓는 딸이 괘씸했지만 한편으로는 묘하게 상처가 됐다.

지금 그녀는 자신이 꿈꾸던 것과는 전혀 다른 삶을 살고 있다. 아니, 이 삶을 삶이라고 할 수 있을지도 모르겠다. 하지만 모든 삶의 중요성은 다 같지 않은가. 모두가 다른 가치관 아래 다른 환경 속에서 살아가지만, 다들 필사적으로 살아가고 있으니까. 하지만 자기 자신만 없는 이 삶. 시집과 친정이 돈으로 얽혀 서영 혼자만 희생하면 모두가 행복해지는 이 삶은 분명 잘못되었다.

'지하 말이 맞아. 정말로 글이 쓰고 싶었다면 깨지고 부서지더라도 썼을 거야.'

딸은 어릴 때부터 사람의 마음을 꿰뚫어보는 감각이 있었다. 서영 역시 고집 세고 옳고 그른 것에 대한 기준이 남들과 다른 딸과의 대화가 편치만은 않았다. 그날 이후로 딸의 말이 서운하면서도 자꾸만 머릿속을 맴돌았다. 정면 돌파가 두려워 꿈을 잊은 척하고 살아가는 자신. 잘못 살고 있다는 걸 알면서도 안주하는 자신.

인간 이하의 취급을 당한다고 해도 이 집에서의 삶을 거부한다면—어쩌면, 지하 말대로 핑계일지 모르겠지만— 친정과의 관계도 돌이킬 수 없게 된다.

그날 지하에게 정곡을 찔린 서영은 짐 속에 숨겨뒀던 책 한 권을 꺼냈다. 전혜린*의 삶을 다룬 『불꽃처럼 살다간 여인

전혜린; 전혜린 평전』이었다. 고등학생 때 페이지가 닳도록 여러 번 읽었던 책이었지만 다시 읽어도 문장 한 줄 한 줄이 벅찼다. 내면이 얼마나 오랫동안 비어 있었는지 비수 같은 문장들이 가슴으로 흘러들어와 그녀의 존재 자체를 뒤흔들었다. 계속 읽다가는 울음을 터트리게 될 것 같았다. 그녀는 한 페이지를 다 읽지 못하고 책을 내려놨다.

두근거리는 가슴을 안고 지하가 쓴 책의 표지를 넘기던 서영은 첫 페이지에 적힌 헌사를 보고 충격을 받았다.

'남편이 던진 타자기에 얼굴이 짓이겨져 스스로 생을 마감한 나의 어머니에게.'

서영은 자신도 모르게 책을 덮어버렸다. 가슴이 불쾌하게 뛰었다. 헌사란 고마운 누군가에게 그 책을 바친다는 뜻을 적는 글이 아닌가. 아무것도 모르는 무식쟁이이긴 하지만

---

* 수필가이자 번역문학자(1934~1965). 번역한 책으로는 루이제 린저의 『생의 한 가운데』, 헤르만 헤세의 『데미안』, 하인리히 뵐의 『그리고 아무 말도 하지 않았다』, 이미륵의 『압록강은 흐른다』 등이 있다. 사후(死後) 출간 된 수필 『그리고 아무 말도 하지 않았다』(1966)와 『이 모든 괴로움을 또 다시』(1968)가 있다.

그 정도는 안다. 지하가 쓴 것처럼 그럴 뻔한 적이 있긴 했다. 그날 지하가 아니었다면 남편이 던진 타자기에 서영의 얼굴이 짓이겨졌을 것이다. 그런 흉측한 얼굴로는 살 수 없어 어쩌면 자살을 택했을지도 모른다. 그래서 죽지도 않은 엄마를 자살한 사람이라고 쓴 것일까. 딸의 마음속에서는 이미 죽었다는 은유일까. 섭섭함과 불쾌함 그리고 내용에 대한 강한 호기심이 동시에 치밀었지만 버젓이 살아 있는 자신을 죽은 사람 취급해놓은 책을 펼쳐보기는 왠지 두려웠다. 그녀는 무슨 끔찍한 것이라도 보듯 책을 내려다봤다.

순간이동자

울프의 아침 산책을 마치고 아파트로 돌아가던 이든은 잠시 로컬 카페 B에 들렀다. 방탄커피(bulletproof coffee)를 주문하고 텀블러 두 개를 건넸다. 카페 B는 일회용 플라스틱 컵을 사용하지 않기 때문에 텀블러를 가지고 오지 않는 손님은 커피를 살 수 없었다. 생태계를 보호하는 데 조금이라도 도움이 되고자 하는 그들의 운영 방침이 좋아 이든과 지하는 이곳의 단골이 됐다.

주문대 옆에 유명 관광지의 사진이 담긴 엽서들이 진열되어 있었다. 그는 미소 띤 얼굴로 엽서들을 한 장씩 구경했다. 파리의 에펠탑과 이집트의 피라미드를 찍은 사진들 사이에 흥미로운 사진이 있었다. 코스타리카에 있는 도그스 파라다이스*를 찍은 여행엽서였다. 그는 카페 밖에 얌전하게 앉아 있는 울프를 돌아봤다. 도그스 파라다이스는 언젠가는 한 번 가보고 싶은 곳이었다. 그는 커피와 엽서 값을 현금으로 지불하고 카페를 나왔다.

한쪽 다리를 잃은 노쇠한 남자가 피켓을 들고 길에 앉아 있었다. 그는 한국 전쟁 참전용사였다. 이든은 100달러짜리 지폐를 꺼내 반듯하게 펴서 노숙자의 맥도날드 스티로폼 컵에 집어넣었다. 지폐가 100달러짜리란 걸 확인한 노숙자는 믿을 수 없다는 듯 두 눈을 커다랗게 뜨고 이미 저만큼 걸어가고 있는 이든에게 "땡큐. 갓 블레스 유!"를 연거푸 외쳤다.

이든은 48001호로 돌아왔다. 배낭이 없는 걸 보니 지하는 아직 돌아오지 않은 것 같았다. 그는 휴대폰으로 한국 시간을 확인했다. 뉴욕은 오전 8시 38분, 한국은 밤 10시 38분이다. 출판사 직원들은 이미 퇴근했을 시각이다. 대체 지금이 시간까지 뭘 하느라고 돌아오지 않는 걸까. 슬슬 걱정이 되기 시작했다.

---

* 코스타리카에 있는 비영리 유기견 보호소로 유기견 900마리 이상이 산과 들을 자유롭게 뛰어다니며 살고 있다. 모든 개들이 입양 대상이며 안락사를 시키지 않는 곳이다.

그는 불안, 걱정, 초조 같은 감정을 의식적으로 밀어내는 사람이었다. 부정적인 생각을 없애려면 일에 집중하는 것이 최고다.

그는 가방을 챙기고 울프를 데리고 다시 아파트에서 나와, 걸어서 10분 거리에 있는 격투기 도장으로 갔다. 그는 이곳에서 매일 아침 10시에 주부를 대상으로 한 호신술 교육을 한다. 그가 수업을 하는 동안 울프는 체육관 한쪽 구석에 얌전히 앉아 원생들의 귀여움을 독차지했다.

수업을 마치고 아파트로 돌아왔지만 지하는 여전히 돌아오지 않았다. 그는 불안한 마음을 잊기 위해 스케치를 시작했다.

울프는 물을 마시고 혀로 주둥이에 묻은 물을 훔치며 벽에 비스듬히 기대앉은 이든의 곁으로 와 앉았다. 표정을 보니 뭔가 원하는 것이 있었지만 이든은 피식 웃으며 모른 척, 스케치를 계속했다. 울프가 연필 잡은 이든의 손등에 한쪽 앞발을 내려놓았다.

"긁어 달라고?"

이든은 자기 의사 표현을 확실히 하는 울프 때문에 키득키득 웃으면서 울프의 목 근처를 긁었다. 울프는 목을 길게

뻗으며 기분 좋아했다. 울프가 갑자기 주둥이를 돌려 한 곳을 쳐다봤다. 귀를 쫑긋하게 세우는 것을 보니 지하가 돌아오고 있는 것 같았다. 현관과 거실 사이의 공간이 구겨지기 시작했다. 그 공간에서 지하가 튕겨 나왔다.

지하는 엉망이 된 몰골로 바닥을 굴렀다. 놀란 그는 연필을 던지고 지하에게 달려가 그녀를 일으켰다. 지하에게서 알싸한 새벽공기의 향과 술 냄새가 풍겼다. 울프는 머리를 낮추고 엉덩이를 치켜든 채 꼬리를 흔들었다. 지하와 하루 종일 헤어져 있어서인지 어지간히 반가운 모양이었다.

술을 마시고 순간이동을 하다니 이든은 어이가 없어 수화로 물었다.

— 뭐야? 술 마셨어? 어디 다친 데는 없어?

지하가 킬킬 웃었다. 완전히 취해 있었다.

— 소주 한잔했어. 싱싱한 회를 보니까 참을 수가 있어야지. 딱 한잔했어.

지하는 그녀의 입에 주둥이를 들이대고 냄새를 맡는 울프의 코에 입을 맞추고 대답했다.

— 딱 한 잔은 무슨, 그냥 병째 들이부은 것 같은데?

— 그럼 주는데 안 마시냐?

— 누가 줘?

구미가 당기는 냄새가 있는 것인지 울프는 지하의 입술 근처를 핥아댔다. 지하는 히득히득 웃으면서 대답했다.

— 출판사 대표가.

— 출판사 대표가 왜 너한테 술을 사줘?

— 몰라. 암튼 부탁해둔 회가 준비되었다기에 화장실 가는 척하고 나와서 회만 들고 왔지.

지하는 손에 꼭 쥐고 있던 것을 이든의 가슴에 안겼다.

— 이거! 무려 자기가 애정하는 자연산 바닷장어라고!

지하는 이든을 쳐다보며 입을 벌려 "자.연.산. 바.닷.장.어." 라고 느릿하고 어눌한 목소리로 말했다.

"……!"

이든은 멍하니 지하를 바라봤다. 지하가 소리를 내 구화하는 것은 처음이었다. 지하는 자신이 음성언어로 말했다는 사실을 인지하지 못하는 얼굴로 씩 웃더니 축 늘어져 눈을 감았다.

이든은 피식 웃으며 못 말리겠다는 듯 고개를 가로저었다. 그곳에서도 회를 좋아하는 자신을 생각하며 음식을 사 온 그녀가 고마웠다.

그녀가 구화를 한 것은 이번이 처음이었다. 왜 여태 한 번도 구화를 하지 않았던 것일까. 내일 지하가 깨면 구화를 계속하도록 용기를 북돋아줘야겠다고 생각하며 지하의 야상점퍼를 벗겼다. 울프가 한몫하려는 듯 지하의 양말을 물고 잡아 당겼다.

48001호의 시간이 다시 멈춘 것은 그때였다. 울프도 지하도 이든도 움직이던 그대로 정지했다.

열어둔 창으로 거리의 소음이 들려왔다. 차들이 지나가는 소리, 누군가를 부르는 목소리, 개 짖는 소리, 사이렌 소리가 거리를 가로지르고 마침내 아이스크림 트럭의 음악소리가 들려왔을 때 48001호의 시간이 다시 흐르기 시작했다.

울프는 벗겨낸 지하의 양말 두 짝을 입에 물고 방 안을 뛰어 다녔다. 이든은 잠든 지하를 매트리스 위에 눕혔다. 지하의 무방비하게 흐트러진 모습은 나약해 보였고 동시에 이든의 보호본능을 자극했다. 그는 스케치북을 챙겨 들고 지하의 곁에 비스듬히 앉았다. 무심코 텀블러를 쥐고 커피를 마시려다 말고 텀블러가 비어 있다는 걸 깨달았다.

이든은 울프를 지하 곁에 두고 48001호를 나왔다.

아파트 앞이 시끌벅적했다. 구급차와 경찰이 보였다. 이든은 모여 있는 사람들 틈으로 고개를 내밀고 들여다봤다. 오늘 아침에 그가 100달러를 줬던 노숙자가 죽어 있었다. 노숙자의 옆엔 피 묻은 주사기 하나가 나뒹굴고 있었는데 축 늘어진 비쩍 마른 팔은 주사바늘 자국으로 가득했다.

그는 주머니 속에 양손을 찔러 넣고 뒷걸음질 쳤다. 자신이 준 돈이 노숙자를 죽게 했다는 생각을 떨쳐버릴 수가 없었다. 하지만 그 100달러로 마약을 산 것은 노숙자의 선택이지 자신의 잘못은 아니라고 스스로를 합리화했다.

저렇게 살다가 간 저 남자의 인생은 무엇이었을까. 저 남자는 무엇을 위해 이 세상에 존재했던 것일까.

이든은 생각에 잠긴 채 카페 B의 문을 열고 들어갔다가 도로 나왔다. 아무래도 지하가 깨면 숙취 때문에 속이 쓰릴 테니 한인식당에서 해장국을 사다주는 편이 좋을 것 같았다. 그는 한인식당이 밀집해 있는 록펠러센터 근처로 갔다.

해장국 전문 식당을 찾아 들어오니 TV에서 뉴스가 나오고 있었다. 해장국을 1인 분 포장 주문한 다음 음식이 나오기를 기다리며 TV화면을 봤다. 화면은 한 은행을 비춰주면서 3년 전에 은행의 CCTV에 찍힌 영상을 내보내는 중이었다. 커다란 후드를 덮어 쓴 누군가가 은행 복도에서 갑자기 사라지는 영상이었다. 영상은 흐릿해서 인물의 형체만 보일 뿐 구체적인 것은 알 수 없었다. 이든은 초조해지기 시작했다. 자신도 모르게 주변을 재빠르게 살폈다.

3년 전 지하는 로스앤젤레스에 있는 미국의 대형 은행을 털었다. 지하와 이든만 알고 있는 비밀이었다. 은행 CCTV에 찍힌 영상은 한 번도 가시화된 적이 없어 잊고 살았다. 그런데 이제 와 보도가 된 것이다. 소름이 돋았다. 은행을 턴 당사자가 그 일을 잊고 사는 동안 누군가는 끈질기게 추적해왔던 것일까?

"파파라치가 보내온 두 번째 영상입니다."

앵커가 말했다.

첫 번째 영상에 비해 화질이 선명한 두 번째 영상이 떴다.

센트럴파크의 우거진 숲으로 여자와 개가 갑자기 나타나는 영상이었다. 여자는 지하였고 개는 울프였다. 이든은 숨이 막혔다. 심장이 뛰기 시작했다.

"파파라치의 추적 결과 영상 속의 여자와 개가 뉴욕 곳곳에서 순간이동 하는 모습을 찾을 수 있었습니다. FBI는 은행털이 용의자와 동일 인물로 추정되는 화면 속의 아시안 여성을 수배했습니다."

뉴스 화면에 고화질의 사진 두 장이 떴다. 줌으로 찍은 지하와 울프의 사진이었다. 그는 비명을 지르고 싶었다.

"순간이동을 한다고? 어머, 그럼 정말로 저런 사람이 있다는 거야?"

식당 손님 중 누군가 말했다. 뉴스를 보던 사람들도 모두 놀란 얼굴이었다. 21세기에 순간이동을 하는 초능력자라니. 게다가 그 초능력자가 아시안 여자라는 사실은 한인식당에 있는 손님들의 흥미를 자극하기에 충분했다.

초기엔 사람들이 순간이동의 순간을 목격하더라도 대부분은 잘못 봤다고 생각하기 때문에 지하와 이든은 경계심 없이 행동했다. 도시에는 사람의 눈보다 CCTV의 눈이 더 많이 잠복해 있음을 간과했던 것이다. 이제 도시는 CCTV에 파파라치의 눈까지 더해졌다.

포상금을 노리는 파파라치들은 어디에나 있다. 어쩌면 지금 이 순간 이 식당 안에도 있을지 모른다. 그는 날카로운 두려움이 목덜미에 내려앉는 것을 느끼며 주문한 음식을 들고 식당을 나왔다.

조용한 세상

『조용한 세상』은 심상치 않은 책이란 생각이 들었다. 서영은 화장실 문을 걸어 잠그고 딸과 대면하는 심정으로 본문의 첫 페이지를 펼쳤다.

> "집으로 돌아온 우탁은 무서워서 미칠 것만 같았다. 서영인 지금 어디에 있는 것일까?"

서영은 첫 문장을 읽다가 흠칫했다. 책을 쥔 손끝이 싸늘해졌다. 여고시절의 베스트프렌드였던 우탁의 이름과 자신의 이름이 실명 그대로 나왔다. 우탁이라는 이름은 흔하지 않은 이름이라 작가가 의도적으로 썼다고밖에는 볼 수 없었다. 하지만 책의 첫 페이지인 만큼 지하의 의도가 무엇인지 아직 알 수 없었다.

독자들에겐 등장인물의 이름일 뿐이겠지만 본인인 서영은 낯이 뜨거워졌다. 대체 이 책 속에 무엇이 들어 있는 것일까. 제발 두 여자의 성씨라도 다르게 썼기를 바라며 그녀는 본문을 읽기 시작했다.

프롤로그

집으로 돌아온 우탁은 무서워서 미칠 것만 같았다. 서영인 지금 어디에 있는 것일까. 새벽 기도에 온 사람들 중 몇몇이 분명 서영일 봤다고 했는데 아무리 찾아도 없었다. 게다가 연락은 또 왜 이리 안 되는 것일까. 불안해서 견딜 수가 없었다.

이 빗속에 서영은 대체 어디 있는 걸까. 집 앞에라도 나가봐야 할 것 같아 우산을 챙기려는데 누군가 문을 두드렸다. 노크 소리는 짧고 초조했다. 우탁은 서영이라는 걸 직감했다.

그녀는 재빨리 문을 열었다. 비에 흠뻑 젖은 서영이 시체

같은 몰골로 서 있었다. 서영은 누군가에게 맞아 얼굴이 부어 있었고 블라우스 단추도 떨어져나가 있었다.

"나 이제 어떡해?"

겁에 질린 서영이 차가운 현관 바닥에 주저앉으며 울음을 터트렸다.

1

신자들은 두 손을 모으고 눈을 감았다. 목사가 기도를 시작했다. 누군가 서영의 곁으로 와 살며시 앉는 기척이 느껴졌다. 너무 붙어 앉는 바람에 자신도 모르게 공간을 내어주며 흘끗 돌아보던 서영은 자신의 눈을 믿을 수가 없었다. 오랫동안 소식을 알 수 없었던 우탁이 그녀 옆에 앉아 있었다.

우탁은 기도하는 척 고개를 숙이며 슬그머니 서영의 손에 쪽지를 쥐어주고 기도실을 나갔다. 서영은 주변을 살핀 후 쪽지를 확인했다.

시간 없어. 지금 바로 화장실로 와.

서영은 흥분을 가라앉히며 고개를 숙이고 있는 시부모의 뒷모습을 쳐다봤다. 그나마 다행인 것은 시어머니와 시아버지가 앞쪽에 앉아 있다는 사실이었다. 서영은 주먹을 꽉 쥐고 주변을 살폈다. 모두 고개를 숙이고 통성기도를 하고 있었다. 지금이 아니면 다른 사람들의 눈에 띈다. 그녀는 살며시 일어났다.

아무도 없는 여자 화장실에 우탁이 기다리고 있었다. 두 사람은 누가 먼저랄 것도 없이 서로를 끌어안았다. 우탁은 화장실 출입구를 흘끗 쳐다본 후, 서영을 칸막이 안으로 데리고 들어갔다.

두 사람은 쉬이 말을 꺼내지 못한 채 서로의 얼굴만 바라봤다. 오랫동안 서로를 그리워했지만 두 사람 사이엔 공유하지 못한 세월만큼의 낯선 시간이 놓여 있었다.

우탁은 서영과 같은 나이인데도 이미 머리카락이 하얗게 세 있었다. 그럼에도 불구하고 눈썹 하나 그리지 않은 맨 얼굴, 그대로 드러난 주근깨, 염색하지 않은 백발, 아무것도 감추지 않는 강렬한 눈빛. 그녀는 자신감과 지적인 매력으로 가득했다. 우탁의 얼굴엔 그 나이 또래의 여자들이 얼굴에 쌓아 올린 나태함이나 안일함 따윈 조금도 보이지 않았다.

보고만 있어도 우탁과 자신이 비교됐다. 우탁은 서영의 전화번호를 묻고 곧바로 서영에게 문자를 보냈다.

— 우리 문자로 이야기 해.

— 그래. 그게 좋겠다.

화장실 밖의 누군가가 두 사람의 대화를 엿들을 수도 있었다.

— 너 손등에 있는 상처는 뭐야?

우탁이 물었다.

— 넘어져서 그래. 내가 자주 넘어져.

우탁이 의심스럽다는 눈빛으로 서영을 쳐다봤다. 그 눈은 거짓말을 꿰뚫어보는 눈빛이었다. 서영은 당황하며 시선을 피했다.

— 아니. 넌 자주 넘어지지 않아.

너무나도 단호한 대답이 돌아왔다. 서영은 어설픈 미소를 지우고 우탁을 쳐다봤다. 우탁의 얼굴에 알 수 없는 냉소 같은 것이 재빨리 지나갔다.

— 동휘 오빠 잘해줘?

우탁은 눈을 내리깔며 다시 문자를 보냈다.

— 응. 좋은 남편이야. 아이들에게도 잘하고, 시부모님들도 나한테 잘해주시고.

우탁은 서영을 빤히 쳐다봤고 서영은 손목시계를 봤다. 이상하게 초조해지고 있었다.

— 나한테는 거짓말 안 해도 돼.

"……?"

— 사실, 그때 너희 어머니가 찾아왔었어. 영어연수 가라고. 돈 대주겠다고.

서영의 낯빛이 변했다.

— 동휘 오빠랑 너 결혼했다는 소식은 나중에 들었어. 결혼했다니 그래도 다행이다, 생각했어. 어떻게, 왜 결혼했는지는 모르겠지만. 그리고 나중에 알았어. 그때 네 어머니가 주고 간 돈이 내 입막음을 하라고 동휘 오빠 집안에서 준 돈이라는 걸. 나, 사실 네 남편 뒷조사를 하고 있어.

서영은 양미간을 좁혔다.

— 나 파파라치 일 해.

"파파라치?"

서영은 자신도 모르게 큰소리로 말했다.

"쉿!"

우탁이 눈알을 굴렸다.

— 이혼해.

서영은 아랫입술을 질근 깨물었다.

— 내가 도와줄게.

— 미쳤어? 친정식구들이랑 시집식구들 모두 날 죽이려 할 거야.

— 아니. 그렇게 할 순 없을 거야!

두 여자는 서로를 노려봤다. 의혹에 사로잡혀 우탁을 쏘아보던 서영은 우탁이 무슨 말을 하는지 비로소 깨달았다. 우탁은 서영이 무엇을 가지고 있는지 이미 알고 있는 것 같았다.

— 네가 그걸 어떻게 알아?

— 나서영. 넌 네가 어떤 사람인지 다 잊었구나?

— ……?

— 넌 겁이 많아서 앞으로 나서지는 못하지만, 늘 뒤에서 모든 것을 기록하던 애 아니었니? 언젠가의 한 방을 위해.

"……!"

— 지금도 그렇지? 아냐?

서영은 긍정도 부정도 하지 못했다. 어느새 두 눈에 눈물이 고이기 시작했다.

— 그거면 돼. 그게 널 지켜줄 거야. 오늘이라도 당장 나와. 당분간 나랑 함께 있으면서 천천히 이혼수속 밟고.

— 안 돼. 애들은 어쩌라고.

— 애들! 애들! 너 같은 여자들이 착각하는 게 하나 있어! 애들을 위해 참고 살아야 한다. 그거 아니야! 잘못된 생각이라고! 네가 맞고 사는 걸 보여주는 게 애들한테 더 상처고 공포야. 네가 그렇게 살면, 네 애들도 어떤 사람이 될지 모른다고! 남은 인생이라도 제발 네 인생을 살아. 네 엄마랑 언니랑 오빠 인생이 아니라 네 인생!

서영을 바라보는 우탁의 눈빛은 단호했다.

서영은 그런 우탁의 눈빛을 기억하고 있었다. 어릴 때부터 유도와 태권도를 익힌 우탁은 몸도 정신도 강했다. 일진들조차도 우탁에겐 함부로 하지 못했다. 우탁 곁에만 있으면 안전했다. 아무도 서영을 괴롭히지 못했다. 이제 그때의 우탁이 돌아왔다. 나이는 들었지만 그 담대함과 눈빛은 늙지 않았다.

돈의 인질이 된 자신의 삶을 박차고 나오라고 말해줄 사람은 이 세상에 우탁밖에 없다는 것을 서영은 알고 있었다. 하지만 어째서 이제 나타난 건가. 화가 났다.

— 네가 왜 이제 와서 내 인생에 간섭해? 내가 널 가장 필요로 할 때 넌 날 버리고 도망갔잖아! 내가 얼마나 힘들었는지 알아? 내가…… 힘들었던…… 건, 날 이렇게 만든 그놈 때문도, 그런 놈에게 날 보낸 우리 엄마 때문도, 그런 놈 집안에 기대 사는 언니나 오빠 때문도 아니었어. 네가 내 곁에 없어서 죽을 만큼 힘들었다고! 이 나쁜 년아.

서영은 울음을 터트렸다. 18년 동안 쌓였던 울분이, 그리움이 한꺼번에 무너졌다.

서영은 읽기를 멈췄다. 무서워서 더 이상 읽어 내려갈 수가 없었다.

자신의 이름이 사용된 것만도 두려운데 지하는 자신의 과거를 알고 있었다. 그렇지 않고서는 저런 장면을 쓸 수가 없다. 머리를 세게 한 대 맞은 것 같은 기분이었다. 그런데 지하는 우탁을 어떻게 안 것일까. 소설을 쓰기 위해 우탁을 찾아낸 것일까. 우탁은 지금 어디에 있을까. 한국에 있을까.

시아버지는 국회의원으로 있는 동안 대형교회를 일궜고 현재는 그 일을 남편이 하고 있었다. 남편은 현직 서울시의원이자 그 교회의 목사다. 대외적인 이미지를 중요시하는 시집 식구들은 집안에서 일어나는 일이 어떤 식으로든 밖으로 새나가는 것을 금기시했다. 남편은 청렴한 도덕성으로 모든 사람들에게 추앙받았다.

그런 이미지 메이킹의 뒤에는 치밀한 시어머니가 있었다. 입주도우미와 기사를 고용할 때 쓰는 계약서의 첫 조항이 '이 집안에서 보고 들은 것은 모두 비밀로 할 것이며, 만약 위반했을 경우 받은 금액의 두 배를 물어내야 한다.'로 적혀 있을 정도다.

서영은 소설 속에서처럼 매주 일요일 교회에 나간다. 서영에게 허락된 유일한 외출이었다.

"넌 앞으로 나서지는 못하지만, 늘 뒤에서 모든 것을 기록하던 애 아니었니? 언젠가의 한 방을 위해!"

지하가 우탁의 입을 빌려 쓴 대사가 묘하게도 서영을 자극했다. 마치 폭행당한 사실을 사진으로 찍거나 병원에 가서 진단서를 끊어 남기라는 것처럼 들렸다. 하지만 이 집안에서는 그것마저 가능하지 않았다. 그녀에겐 휴대폰조차 없었다.

서영은 이런 삶을 꾸역꾸역 이어가고 있는 자신이 처음으로 견딜 수 없이 혐오스러웠다.

순간이동자

자잘한 물방울들이 허공에 뜬 채 멈춰 있었다. 울프는 혀끝을 둥글게 말며 물을 마시다가, 지하는 졸린 눈으로 상체를 일으키는 자세로 정지되어 있었다.

마침내 멈췄던 시간이 풀리자 튕겨 오른 물방울들이 바닥으로 떨어지고 울프는 허겁지겁 물을 마셨다. 지하는 눈을 깜빡이며 실내를 두리번거렸다. 이든이 보이지 않았다.

한국에서 술을 마시고 포장해둔 회를 집어든 뒤부터 기억이 나지 않았다. 어떻게 집까지 왔는지 기억엔 없지만 아무튼 이곳은 그녀의 아파트. 별 탈 없이 순간이동 한 것이리라. 그녀를 지켜보고 있던 울프의 두 눈과 마주쳤다. 사랑스런 두 눈. 지하가 두 팔을 벌리자 울프가 다가와 품에 안겼다.

숙취에 머릿속이 아직까지도 어질어질했다. 휴대폰이 책상 위에 놓여 있었다. 지하는 이든에게 어딘지 묻는 문자를 보내고 냉장고 문을 열었다. 그녀가 포장해온 회는 냉장고 속에 오롯이 들어 있었다. 울프가 냉장고 앞으로 와 앉았다. 그녀가 냉동실에서 오리 목뼈를 꺼내자 울프가 덥석 물고 자기 자리로 갔다. 텀블러 안에는 커피가 들어 있었다.

지하는 미지근한 커피를 마시며 책상 위의 타자기를 물끄러미 쳐다봤다. 오랫동안 매달렸던 첫 장편소설을 바깥세상으로 내보낸 뒤라 그런지 알 수 없는 공허감이 밀려왔다. 뭘 해야 할지도 알 수 없었다.

아직 다 읽지 못한 『M트레인』을 펼쳤지만 도무지 눈에 들어오지 않았다. 지하는 책을 도로 덮었다. 이번엔 『여자를 증오한 남자들』*을 펼쳤다가 또 다시 덮었다. 문장이 둥둥 떠다니는 것 같았다. 아무것도 하고 싶지 않다고 생각하면서도 하루 종일 글을 쓰거나 읽던 버릇 때문인지 뭔가 해야 할 것 같은 기분이 들었다.

지하는 자신의 열 손가락을 펴고 어깨 위로 쭉 뻗었다.

---

* 스웨덴의 작가 스티그 라르손의 '밀레니엄 시리즈' 중 1권.

그녀의 손가락뼈는 일반인들에 비해 몹시 휘어져 있다. 휘어진 손가락 사이로 오후의 햇살이 비춰들었다. 소설이 뭐라고 그걸 쓰는 동안 손톱이 이렇게 자라난 것도 몰랐을까. 손톱깎이를 꺼내 손톱을 짧게 자른 후 내친 김에 발톱도 깎았다. 움직이지 않는 오른쪽 새끼발가락을 만지작거렸다. 새끼발가락은 혈관은 살아 있지만 신경은 죽어 있어 아무런 감각을 느끼지 못한다.

출판사에 보낸 그녀의 첫 장편소설 '조용한 세상'은 산후우울증을 이해하기 위해 쓴 글이었다. 아주 오랫동안 붙잡고 씨름했던 글이었는데 탈고 후엔 어째서 겪어보지도 않은 산후우울증을 이해하려고 그토록 필사적이었던 건지 이해할 수가 없었다.

이든을 만난 3년 동안 두 사람은 지하의 순간이동 능력을 이용해 전 세계 구석구석을 여행했다. 하루 만에 7개국을 구경한 날도 있었다. 감동스러운 절경과도 만났고 잊지 못할 순간도 있었다. 일반 사람들이 접근하지 못하는 장소는 물론 지구상에 존재하는 모든 곳을 다녀왔고 수많은 산해진미를 맛봤다. 하지만 그 어떤 것도 글쓰기에 대한 욕구를 잠재우지 못했다.

투고를 한 후인 지금 지하는 행복하지 않았다. 내용이 풀리지 않아 고생한 적도 많지만 대체로 쓰는 동안은 행복했다. 결과보다는 역시 과정인 걸까. 오랫동안 쓰면 오랫동안 행복해질 것 같았다. 소설을 완성하는 데 1년이 걸리든 10년이 걸리든 상관없다는 생각이 들었다.

'조용한 세상'을 출간하자고 하는 출판사가 한 곳도 없으면 어쩌지? 울프와 이든이 그녀의 곁에 없다면 어떻게 살아가야 할까. 그녀가 순간이동의 능력을 가졌다는 사실, 또한 그 능력으로 은행의 돈을 훔쳤다는 범죄가 세상에 드러나면 어떻게 될까. 불행해진 자신의 모습들이 다시금 상상되기 시작했다. 온갖 부정적인 감정들이 그녀를 불안 속으로 몰아넣으려 했다. 글을 쓰지 않고 있는 시간을 견딜 수가 없었다. 적어도 글에 몰두해 있을 때만큼은 일어나지 않은 일을 상상하며 불안해하지 않았다. 그녀의 뛰어난 상상력이란 글을 쓸 때가 아닌 한 자신을 불행 속으로 몰아넣는 능력일 뿐이었다.

지하는 안경을 쓰고 타자기의 글쇠에 손을 올려놨다. 특별한 아이디어가 떠오른 것은 아니었다. 별것 아닌 내용이라도 그냥 쓰고 싶었다. 이젠 시간이 많으니 한 문장을 여러 각도에서 수십 번 다르게 고쳐 써보는 건 어떨까. 쓰고 고치고 다시 쓰다 보면 아무것도 아닌 문장 속에서 자신을 자극하는 뭔가가 나타날 것이다. 집요하게 파고들어야만 영감과 만날 수 있다. 지하는 자신도 예상할 수 없는 어떤 '생각', '주제'를 발견하는 그 과정이 좋았다.

언제부터 노트북 대신 타자기를 사용했는지도, '조용한 세상'의 아이디어가 어디서부터 출발되었는지도 잘 기억나지 않았다. 한 가지 분명한 것은 이든을 만나기 전부터 '조용한 세상'을 쓰고 있었다는 것이다.

울프가 책상 위에 앞발을 올리고 서서 그녀의 시선을 끌려 했다. 지하는 그제야 진동하는 휴대폰을 봤다. 도서관에서 빌린 책들의 반납 날짜가 오늘이라는 알림이었다. 책을 챙겨 훅- 사라졌다가 책을 반납하고 새 책을 챙겨 돌아오자 울프가 하네스와 목줄을 물고 왔다.

주머니 속에서 휴대폰이 다시 진동했다. 이메일이 도착했나 보다. 그녀는 하네스를 채우다 말고 이메일을 확인했다. D출판사 대표가 보낸 것이었다.

투고하신 원고 검토를 끝냈습니다. 가능한 한 빨리 출간하고 싶습니다. 계약서 첨부했습니다. 메일 확인하자마자 문자 주세요. 기다리고 있겠습니다.

"……!"

하루 만에 다 읽었다고? 편지에서 묘한 초조감이 느껴졌다. 소설을 놓칠까 봐 초조해하는 것 외의 다른 불안. 불현듯 자신의 얼굴을 유심히 보던 출판사 대표의 얼굴이 떠올랐다. 왜 그렇게 빤히 쳐다봤던 것일까. 왜 술을 사겠다고 한 것일까. 그 행동이 이 이메일의 내용과 관련 있을까? 그녀는 한국시간과 뉴욕시간을 확인했다. 한국은 지금 밤 11시다.

그녀가 투고하러 갔을 때 출판사 대표는 읽어야 할 유명 작가들의 원고들이 산더미처럼 쌓여 있어 언제 검토하게 될지 모른다며 은근히 무시하는 태도를 보였다. 그랬던 사람이 유명 작가도 아닌, 이제 고작 첫 장편소설을 써낸 초보자의 원고를 단 이틀 만에 읽고 가능한 한 빨리 출간하고 싶어 하다니. 그만큼 재미있었던 것일까. 기쁨과 동시에 알 수 없는 의혹이 생겼다.

— 나 이제 막 D출판사에서 계약서 받았어.

지하는 이든에게 문자를 보내고 울프의 하네스를 마저

채웠다. 하네스에 줄을 묶으려 할 때였다. 갑자기 울프가 현관문 쪽을 노려보더니 털을 곤두세웠다. 송곳니를 드러내고 나지막이 으르렁거리기 시작했다.

그녀는 마치 의사가 맥을 짚듯 현관문에 손을 갖다 댔다.

— 똑 똑 똑.

짧고 굵은 진동이 왔다. 누군가 48001호의 문을 노크하고 있었다.

순간 소름이 돋았다. 가짜 신분을 만들어 48001호에 살기 시작한 이후로 처음 있는 일이었다. 감이 좋지 않았다. 그녀는 구멍으로 밖을 내다봤다. FBI 유니폼 차림의 성인 남자 둘과 방탄복을 입은 여자 한 명이 서 있었다. 지하는 숨을 죽인 채 상대방이 먼저 행동하길 기다리며 구멍 안으로 보이는 남자의 입술에 집중했다.

"FBI입니다. 탐문 수사 중입니다. 문 여세요."

그들이 권총을 꺼내드는 것이 보였다. 3년 전 로스앤젤레스에서 은행을 털었던 기억이 떠올랐다. 목덜미가 서늘했다. 그 일이 아니라면 FBI와 엮일 일이 없다.

그들이 문손잡이를 잡고 흔들었다. 울프가 사납게 짖기 시작했다. 갑작스러운 일에 당황한 지하는 어디로 가야 할지 알 수 없었다. 본능적으로 벽에 붙여둔 사진 앞으로 와 섰다. 침착해야 한다고 스스로에게 타일렀다. 머릿속으로 이동루트가 정해지자 그녀는 벽의 사진들을 모조리 뜯어냈다. 사진들을 가방 속에 집어넣는 순간 열쇠를 가지고 온 아파트 경비원이 48001호의 문을 열었다. 달려 들어오는 그들의 눈앞에서 지하는 울프를 껴안고 사라졌다.

48001호에서 순간이동 한 지하와 울프는 아파트 건너편의 작은 공원에 나타났다. 이든을 데리고 가야 했다. 공원으로 오라는 문자를 보내려던 지하는 휴대폰을 아파트에 두고 왔음을 깨달았다. 그때 그녀의 곁을 지나가던 행인 한 사람이 걸음을 멈추더니 다짜고짜 지하의 사진을 찍었다. 오싹했다. 사람들이 뉴스에 나온 자신을 알아보는 것 같았다.

아파트 앞에 경찰차와 보도차량들이 속속 모여들고 있었다. 그녀는 숨을 죽이고 그들을 지켜봤다. FBI 로고가 찍힌 종이박스를 든 여성경찰이 아파트에서 나왔다. 지하의 휴대폰은 아마도 경찰이 들고 있는 종이박스 안에 들어 있을 것이다.

여성경찰 뒤로 이든이 보였다. 간발의 차이로 그와 엇갈린 것 같았다. 그는 FBI에게 끌려 나오고 있었다. 두 손에 수

갑이 채워져 있었다. 이든이 FBI에 감금된다면 일이 복잡해질 것이다. 그녀는 어디든 이동할 수 있었지만 목적지에 대한 사진이 있거나 목적지를 미리 알고 있지 않으면 갈 수 없었다. FBI 내부 사진을 구하긴 어려울 것 같았다. FBI로 끌려가 갇히기 전에 경찰의 손에서 이든을 빼돌려야 했다. 그녀가 손톱으로 입술을 쥐어뜯으며 초조하게 머리를 굴릴 때였다. 갑자기 시간이 멈췄다. 그녀를 비롯한 주변의 모든 것이 일시 정지됐다.

손톱으로 자신의 입술을 쥐어뜯는 지하, 귀를 쫑긋하게 세우고 머리를 든 채 도로 건너편의 이든을 지켜보는 울프, 지하를 겨냥하고 사진을 찍는 사람, 지하의 뒤를 휙 스치는 스케이트보드에 올라 선 소녀. 센트럴파크를 산책하던 뚱뚱한 백인 남자가 집어 던진 맥도날드 햄버거의 패티가 허공에 뜬 채, 반쯤 남은 햄버거 패티를 향해 날아드는 뉴욕의 살찐 비둘기 떼들이, 이든을 향해 달려가는 보도진과 꼬마가 놓친 풍선이…… 모든 움직임이 멈췄다.

소설 속에서나마 우탁을 만나서일까. 책을 읽는 동안 죽은 세포가 하나씩 깨어나는 것 같은 기분이 들었다. 그래도 소설 속 서영은 현실의 서영보단 나은 환경이었다. 적어도 휴대폰은 가지고 있는 것으로 설정되어 있었으니. 서영은 화장실 안에서 너무 오래 시간을 보내고 있다는 것을 깨닫지 못한 채 다시 책 속으로 빠져 들었다.

2

서영의 오빠는 시집에서 받은 사업자금으로 푸드코트에서 파스타 식당을 했다. 개업한 지 얼마 안 된 어느 날 어떤 손님이 SNS에 사진과 함께 식당 리뷰를 올렸다. 포장해 간 파스타에서 담배꽁초가 나와 사장에게 사과를 요구했지만 사과는커녕 조작이라며 욕을 하더란 내용이었다. 그러자 그 식당은 서비스도 나쁘지만 더러운 건 덤이라는 식의 댓글들이 이어졌다. 식당은 결국 문을 닫기에 이르렀다. 친정엄마는 서영에게 전화를 걸어 오빠가 새 사업을 시작할 수 있게 자금을 대달라고 했다.

"오빠가 하던 식당이 결국은 문을 닫았대요."

서영은 딸기를 씻으면서 어렵게 말을 꺼냈다.

"그런데?"

시어머니가 퉁명스럽게 대꾸했다.

"새 식당을 해보고 싶다고 해서……, 어머님이 조금만 도와주시면."

시어머니는 아무 말 없이 사업자금을 온라인으로 전송한 뒤, 주방으로 뛰어들어 와 서영의 뺨을 후려쳤다.

"징글징글한 년! 시집 돈은 돈이 아닌가, 네년이 먹은 돈만큼 네년을 괴롭힐 거다. 양심도 없는 네 어미년. 어디 계속 그렇게 해보라고 해. 결국엔 다 토해내게 될 거야!"

뺨 한 대로는 분이 풀리지 않는지 시어머니는 서영의 머리채를 쥐어뜯고 배를 걷어차기 시작했다. 서영은 한 마디도 대꾸할 수 없었다. 이 폭력은 친정식구들을 향한 폭력이었고 중간에 낀 서영은 늘 그 폭력을 막아주는 역할이었다. 하지만 오늘은 더 맞다가는 죽을 것 같다는 생각이 들었다.

그녀는 무릎을 꿇고 싹싹 빌었다. 시어머니는 그런 서영의 머리채를 잡고 시부모의 방 욕실로 질질 끌고 갔다. 변기에 서영의 얼굴을 처박고는 몇 번이고 세게 변기뚜껑으로 머리를 내려찍었다.

조금만 참으면 폭력의 시간은 끝난다. 그러면 또 한동안 살아갈 수 있다. 아니, 맞아 죽는 편이 오히려 나을지도 몰랐다. 그녀를 빌미로 시집에 돈을 요구하는 친정. 발목 잡힌 일이 있어 돈을 내어주지만 그 분풀이를 반드시 하고야 마는 시집. 죽는 것이 낫다. 서영은 차라리 죽기를 바라면서 서슬 퍼런 시어머니의 폭력을 무기력하게 받아들였다.

그런데 어느 순간, 교회에서 만난 우탁이 떠올랐다. 우탁 곁에만 있으면 안전할 거라는 생각이 무슨 마법의 주문처럼 입안을 맴돌기 시작했다. 우탁은 서영에게 집을 나와 당분간 자신과 함께 있으면서 이혼 수속을 밟자고 했다.

고등학교 때도 우탁 곁에만 있으면 안전했다. 살아야겠다. 갑자기 오기가 생겼다. 서영은 시어머니의 다리를 필사적으로 움켜잡았다. 온몸의 힘을 다해 그 다리를 잡아당겼다. 그 뒤의 일은 기억나지 않았다.

정신을 차려 보니 서영은 거리를 달리고 있었다. 또 다시 정신을 차려 보니 사거리였다.

손에는 어떻게 들고 나온 것인지 기억도 나지 않는 핸드백이 쥐어져 있었다.

산발한 머리에 퉁퉁 부은 얼굴, 맨발의 서영은 자신의 몰골이 지금 어떤지 알지 못했다.

지나가던 동네 여자가 그녀를 알아보곤 비명을 지르며 "사모님!" 하고 그녀를 불렀다. 남편의 교회에 다니는 교인 같았다. 서영도 비명을 지르며 그 여자로부터 도망쳤다. 이 동네 사람들의 대부분이 그녀가 목사 사모란 걸 알고 있다. 서영은 그들의 눈으로부터 숨어야만 했다.

먼지를 뒤집어 쓴 트럭이 길가에 세워져 있었다. 그녀는 트럭과 담벼락 사이의 좁은 공간에 숨었다. 핸드백을 열고 휴대폰을 꺼내 우탁에게 문자를 보냈다. 곧바로 우탁의 답 문자가 왔다. 서영은 자신이 있는 곳의 위치를 알렸다.

— 지금 데리러 갈게. 조금만 기다려. 네 집 근처야. 10분 안에 도착할 거야.

우탁의 문자를 확인하는 동안 휴대폰이 울렸다. 시집식구나 남편이 전화했을까 봐 잔뜩 긴장해서 액정화면을 쳐다봤다. 아니나 다를까 시어머니 전화였다.

"아가, 어디니? 사부인 와 계신다. 그렇게 집을 나가버리면 모두 걱정하잖아."

서영이 전화를 받자마자 시어머니는 대뜸 '아가'라는 호칭으로 그녀를 불렀다. 아가는 보는 눈이 있거나 교양 있는 사람인 척해야 할 때 사용하는 호칭이었다.

대외적으로는 전직 국회의원 남편과 현직 시의원이자 대형교회의 목사인 아들을 둔 우아하고 현명한 사모님의 이미지로 알려진 시어머니는 보는 눈이 없을 때엔 주로 '야'로 서영을 부른다.

야. 이거 해. 저거 해. 야. 그거 어디 뒀어? 야. 너는 왜 이렇게 못해. 야, 이 돈 버러지 같은 년아.

차가운 바깥 공기에 숨통이 트였다. 그래서인지 마치 아무 일도 없었다는 듯 시치미 뗀 시어머니의 목소리를 듣고 있자니 피식 헛웃음이 나왔다.

돌아가는 순간 그녀는 갇힌다. 방 안에 가둬놓고 물 한 모금 주지 않을 것이다. 친정식구들을 불러놓고 며느리가 시어머니를 구타하고 도망쳤다고 하면서 서영을 비롯한 친정식구 모두가 잘못을 빌도록 만들겠지. 친정식구들은 또 자기들에게 불이익이 돌아올까 봐 굽실거리며 서영을 짓밟을 것이다.

그때였다. 구급차 한 대가 경광등을 번쩍이며 시집이 있는 주택가 쪽에서 내려왔다. ○○정신병원이라고 적혀 있었다.

그녀는 뭔가를 직감하며 휴대폰을 끄고 배터리를 뺐다. 시간이 흘렀다. 매시매초 손목시계를 보고 흐르는 시간을 확인했다. 우탁이 당도할 것이라고 말한 10분이 이토록 길게 느껴진 적이 없었다. 15분이 지나고, 20분이 지났지만 우탁은 나타나지 않았다. 그녀는 사람들의 눈에 띄지 않고 무사히 이 동네를 벗어날 수 있기만을 기도하며 우탁을 기다렸다.

불현듯 지하가 떠올랐다. 시어머니와 남편이 서영 다음으로 눈엣가시로 여기는 건 자신의 딸 지하였다.

책을 읽던 서영은 흠칫했다. 소설 속 서영의 딸 이름이 처음으로 나왔다. 지하. 현실 속 서영의 딸 이름과 같았다. 불안했다. 나중에 혹시 시부모와 남편의 이름도 실명으로 나오는 것이 아닐까.

'베스트셀러'가 된 책이라니 남편의 교회 신도들 중 누군가가 읽을 수도 있었다. 책을 읽은 사람이 단 한 사람만 있어도 소문은 삽시간에 퍼질 것이다.

소설 속에서 현실의 실명들과 마주치다 보니 소설의 허구성은 점점 사라지고 현실성이 극대화됐다.

이 소설을 읽게 될 독자들은 작가의 실명이 등장하니, 작가의 자전소설일지 모른다고 생각할 수도 있다. 그 점을 노린 것일까. 작가가 자신의 맨 얼굴을 드러낸다는 것이 쉬운 일일까. 쓰는 동안 몇 번이고 두렵지 않았을까. 대체 왜 이런 선택을 한 것일까. 딸이 곁에 있다면 정말 물어보고 싶었다.

지하라는 이름은 시아버지가 작명소에서 지어 온 이름으로 '크게 깨닫다.'라는 뜻이었다. 이름의 뜻과는 상관없이 딸은 자신의 이름을 싫어했다.

— 정말 싫어. 이름까지도 엉망이야! 친구들이 날 지하실이라고 부르면서 놀려. 내 이름 바꿔주면 안 돼?

그토록 싫어했던 이름을 소설 속에 썼다. 대체 어떤 마음으로 쓴 것일까.

시집식구들이 이 소설의 존재를 알게 된다면 지하를 가만두지 않을 것이다.

소설일 뿐임에도 불구하고 실명 때문에 자꾸 현실과 허구 사이의 경계를 잊는다. 잠시 생각에 잠겼던 서영은 다시 책을 읽기 시작했다.

그들에게 있어 서영은 스트레스를 풀고, 그들의 잔인성을 마음껏 드러내도 되는 대상이었다. 그런 대상이 없어지면 새로운 대상을 찾을 것이다. 주먹을 휘두르는 걸 좋아하는 자는 때릴 상대가 필요하고, 권력을 휘두르며 기쁨을 느끼는 자는 짓밟을 상대가 필요하다. 당하는 쪽은 어느 쪽으로든 가장 약한 존재. 학교에 적응하지 못하고, 듣지도 말하지도 못하는 지하야말로 그녀 다음 대상이 될 것이다. 시어머니는 늘 지하를 눈엣가시처럼 여기며 지하의 면전에서 대놓고 '꼴 보기 싫은 년!', '제 어미 닮아 밉살스런 년!'이라고 고함을 지르곤 했다.

휴대폰을 쥔 서영의 손이 덜덜 떨렸다. 그녀는 어쩔 수 없이 휴대폰을 꺼내 배터리를 넣고 지금쯤 학교에 있을 지하에게 문자를 보냈다.

— 학교 마치고 여기로 와. 집에 가지 말고.

3

실습 나온 교생은 반 전체를 오가며 평행세계관에 대해 열심히 설명했다. 아무리 교생의 입술을 읽으려 집중해도 교생이 교실 뒤로 갈 때엔 그 입술을 읽을 수가 없어 맥이 자꾸 끊겼다. 보청기를 끼고 있었지만 교생이 움직일 때마다 학교 밖에서 들려오는 철거현장의 소리가 증폭됐다. 이명과 두통이 시작됐다. 지하는 신경질적으로 보청기를 뺐다. 아무 소리도 들리지 않자 두통은 즉시 가라앉았다.

지하는 운동복 상의에 두 손을 찔러 넣었다. 책상에 엎드려 무성극 같은 교실 풍경을 바라봤다. 학생들과 교생은 끊임없이 움직이고 웃고 질문하고 대답했지만 그 소리들은 지하에게까지 전달되지 않았다.

지하는 멍하니 눈을 뜬 채 상상에 빠져들었다. 결핍을 가진 사람들은 그 결핍을 다른 곳에서 채우려 모색한다.

지하에겐 백일몽이 결핍을 채우는 방법이었다.

학생들이 우르르 나갔다. 점심시간을 알리는 종이 울린 것 같았다.

지하는 점심식사를 마친 학생들로 시끌벅적한 운동장으로 나갔다. 쌀쌀한 날씨였지만 오후의 따뜻한 햇살이 벤치로 스며들고 있었다. 좋아하는 친구와 걷거나 이야길 나누기에 더 없이 좋은 날씨였다. 지하는 벤치에 앉아 운동장에서 놀고 있는 학생들을 구경했다.

공을 차는 남학생들 사이로 같은 반 학생들이 여럿 보였다. 다들 서로의 어깨를 가볍게 치거나 입을 커다랗게 벌리고 웃으며 수다를 떨고 있다. 무슨 이야길 저렇게 재미있게 하는 것인지 웃음을 나누는 그들이 부러웠다. 보청기를 껴도 이렇게 넓은 공간에선 말소리가 또렷하게 들리지 않는다.

같은 반 여학생 둘과 남학생 하나가 웃고 떠들며 지하가 혼자 앉아 있는 벤치 쪽으로 걸어왔다. 입 모양을 보니 대략 아이돌가수 공연에 간 이야기를 하고 있는 것 같았다. 수화통역이나 한글 자막이 없으면 그녀는 드라마도 노래도 들을 수 없다. 아이돌가수 공연에는 수화통역이 있을까? 하긴 가사를 통역해준다고 해도 사람들이 많이 모인 곳은 무섭다.

같은 반 여학생 셋과 눈이 마주쳤다. 평상시에도 그들과 친해지고 싶었던 지하는 보청기를 끼고 한쪽으로 비켜나 앉으며 와서 앉으라고 손짓했다. 그들 셋은 당황한 표정으로 잠시 머뭇거리더니 등을 보이며 다른 곳으로 걸어갔다.

내가 싫다면 할 수 없지. 이젠 그런 일엔 익숙하다.

— 로그아웃.

지하는 보청기를 빼 주머니 속에 넣으며 속으로 중얼거렸다. 그녀는 보청기를 뺀 상태를 '로그아웃'이라고 불렀다. 이 세상으로부터의 로그아웃. 얼마나 멋진 말인가.

보청기의 힘을 빌려서라도 듣고 남들에게 정상으로 보이기 위해 애쓰는, 그런 삶으로부터의 탈출. 로그아웃하면 그 모든 노력을 내려놓을 수 있다. 일종의 포기였지만 묘하게도 포기하는 순간 오히려 불안감으로부터 해방된다.

지하의 시선은 점점 학교 운동장에서 상상의 세계로 옮겨갔다. 겨울 하늘을 얼기설기 덮은 나뭇가지의 윤곽이 빠르게 흐려지고 있었다.

쉬는 시간의 끝을 알리는 종소리가 울렸다. 하지만 지하는 여전히 백일몽에 빠져 있었다.

학생들은 앞다투어 교실로 돌아갔다. 운동장이 순식간에 비었다.

시간이 얼마나 지났을까. 지하의 얼굴 위로 툭- 빗방울이 떨어졌다. 지하는 흠칫, 어깨를 떨며 두 눈을 커다랗게 떴다. 당혹스런 눈빛으로 텅 빈 운동장을 바라봤다.

친구들 그 누구도 수업종이 울렸다는 사실을 자신에게 알려주지 않았다. 버려진 기분이 들었다. 코끝이 시큰해지며 눈물이 차올랐다. 그녀는 아랫입술을 질근 깨물었다.

'아무도 내가 여기 있다는 걸 몰라서 그런 거야.'

'하지만 걔들은 내가 여기 있다는 걸 알잖아. 봤잖아.'

'등신. 어디서 누구한테 징징대는 거야. 울기만 해봐.'

머리 위로 빗줄기가 쏟아지기 시작했다. 어딘가에서 새 한 마리가 빠르게 날아올랐다. 교실로 들어가려고 벌떡 일어나는데 주머니 속에서 휴대폰이 진동했다. 지하는 비를 피해 달아나면서 휴대폰을 꺼내 문자를 확인했다.

— 학교 마치고 여기로 와. 집에 가지 말고.

엄마가 보낸 문자였다. 그런데 지하가 모르는 곳의 주소가 함께 적혀 있었다.

'왜 이런 곳으로 오라는 거지?'

그때 동생 지민에게서 문자가 왔다.

— 엄마가 할머니 두들겨 패고 도망쳤대!

건물 처마 밑에 도착한 지하는 휴대폰을 주머니에 넣고 눈을 감았다. 어째서인지 스스로도 이해할 수 없는 감정이 치밀었다. 그것은 기쁨과 슬픔과 분노가 뒤섞인 날카로운 감정이었다.

"사모님."

화장실 문 밖에서 입주도우미가 그녀를 불렀다. 서영은 그제야 흠칫 정신을 차리고 책에서 빠져나왔다.

"어르신께서 화면에 사모님이 안 보인다고 혹시 화장실에서 쓰러지셨는지 확인하고 오라시네요."

"아, 네. 배가 좀 아파서. 이제 괜찮아요."

서영은 화장실에서 나와 입주도우미와 시선을 주고받았다.

입주도우미가 나간 후 서영은 침대에 누웠다. 이마에 팔을 얹고 눈을 감은 채 생각했다.

소설 속의 서영은 이 끔찍한 감옥에서 탈출했다. 현실의 자신은 아직 이 곰팡이 냄새로 가득 찬 와인창고에 갇혀 있다. 그때 머릿속으로 한 문장이 떠올랐다.

'우탁 곁에만 있으면 안전하다.'

종이 위에만 머물러야 할 활자가 그녀의 현실 속으로 넘어왔다. 이 끔찍한 현실에 우탁은 없다. 어디서 어떻게 사는지도 모른다. 현실의 그녀에겐 휴대폰조차 없다. 보호막이 되어주던 아이들도 다 떠난 지금, 그녀가 와인창고에서 죽어가도 아무도 모를 것이다.

그럼에도 불구하고 그 문장을 되뇌자 이상한 힘이 났다. 지하가 생명을 불어넣어준 활자가 그녀에게 묘한 힘을 불러일으킨 것이다.

소설은 서영의 시점과 지하의 시점을 넘나드는 구성이었다.

고등학생이던 지하는 집이나 학교, 심지어 길을 걸으면서도 멍하니 혼자만의 상상에 빠져들곤 했다. 옆에서 툭, 툭 쳐도 알지 못할 정도로 심했다.

그때는 백일몽에 빠져드는 지하를 이해하지 못했고 그 모든 장애들이 자신의 잘못이라 생각하고 입을 다물고 살았다. 그런데 이제 소설을 통해 이해했다. 지하에겐 백일몽이 현실의 결핍을 채우는 방법이었다는 것을.

서영은 지금까지 우탁이 외국으로 유학을 떠난 것이라고 생각했다. 정말, 작가가 쓴 것처럼 친정엄마가 우탁에게 돈을 주고 떠나라고 한 것일까? 아니면 그 부분 역시 허구일까.

어서 결말을 읽고 싶었다. 위층에서 웃는 소리가 들려왔다. 한두 사람이 아니었다. 젊은 여자의 웃음소리는 분명 남편의 재혼 상대인 헬스트레이너일 것이다.

본처가 버젓이 살아 있는데 남편의 재혼 상대가 이 집에 들락거린다. 청렴한 도덕성으로 추앙받는 이 집안에서 이런 말도 안 되는 일이 일어나고 있다는 것을 그 누가 상상이나 할 수 있을 것인가.

서영은 시어머니의 감시를 피해 지하의 책을 완독할 방법을 궁리했다.

순간이동자

멈췄던 시간이 흐르기 시작했다. 날갯짓하며 공중에 떠 있던 비둘기들이 햄버거를 향해 내려앉았고 꼬마가 놓친 풍선이 하늘 위로 떠올랐다. 스케이트보드가 그녀의 곁을 스쳤고 뚱뚱한 백인 남자는 보도에 침을 뱉었다.

지하는 울프를 향해 상체를 낮추고 영민해 보이는 울프의 회색 눈동자를 보며 명령했다.

— 여기서 기다려. 곧 돌아올 거야.

지하는 울프의 목줄을 나무에 묶었다. 울프는 지하의 명령을 이해했고 기다리는 자세로 배를 깔고 엎드렸다. 울프는 지하가 나타나기 전까진 그 자리에서 움직이지 않을 것이다. 울프는 잘 훈련된 개였다.

유례없는 폭설이 뉴욕을 뒤덮던 날, 맨홀 뚜껑 근처에 앉아 있던 울프를 만났다. 잿빛 털에 회색 눈을 가진 강아지는 목걸이를 하고 있지 않았다. 치석으로 엉망이 된 이와 등뼈가 드러날 정도로 앙상한 몸, 오물이 잔뜩 엉겨 붙은 털로 보아 오랫동안 떠돈 것 같았다.

'죽을 때까지 너랑 함께할 거야.'

울프를 가족으로 받아들이던 날 지하가 울프에게 한 약속이었다. 그 약속을 반드시 지킬 것이다.

지하는 도로를 건넜다. 그녀를 본 FBI가 일제히 총을 꺼내들었다. 지하는 두 손을 어깨 위로 높이 치켜들었다. 그녀는 손을 치켜든 채 수화했다.

— 잠깐만요. 할 말이 있어요.

그녀는 손동작을 크게 하며 수화했다.

"그녀는 청각언어장애자예요."

이든이 큰 소리로 외쳤다.

지하는 경찰들 중 수화를 할 수 있는 사람이 없기를 바랐다.

"경찰에게 보여줄 것이 있답니다! 제가 수화통역이 가능합니다!"

이든이 다시 외쳤다.

경찰이 이든을 데리고 지하 앞으로 왔다. 한 치의 허튼 짓도 용서하지 않겠다는 듯 경찰들의 총구가 두 사람을 향했다. 살벌한 풍경 위로 노을이 지고 있었다. 비둘기 떼들이 날아올랐고 어둑해지고 있는 대기 속 고층 건물들이 하나둘 불을 밝혔다.

지하와 이든은 서로 은밀한 시선을 교환했다. 그들이 지켜보는 가운데 지하가 수화했다.

— 중요한 것을 받아야 한다고 말해.

“경찰에게 보여줄 것을 제게 건네주겠다고 합니다.”

팀의 리더인 듯 보이는 FBI가 고개를 끄덕였다.

지하는 동그랗게 말아 쥔 주먹을 내밀었다. 물론 그녀의 손엔 아무것도 들어 있지 않았다. 이든이 손을 내밀었다. 지하는 이든의 손을 잡았다. 지하의 입술 끝으로 미소가 번진다 싶은 찰나 그들은 FBI 앞에서 사라졌다. 갑자기 사라진 두 사람 때문에 FBI들이 우왕좌왕하고 있는 사이 도로 건너편으로 나타난 이든과 지하는 울프까지 데리고 뉴욕 맨해튼에서 영원히 사라졌다.

서영은 머리맡의 성경책을 들고 화장실로 들어갔다. 성경의 표지를 벗겨 지하의 소설책을 감쌌다. 과연 시어머니가 속아줄까. 잘 가리면 되지 않을까. 불안과 긴장감에 손끝이 떨렸다. 10분쯤 지난 뒤 화장실에서 나온 그녀는 침대 위에 엎드렸다. 모니터를 감시하고 있는 시어머니의 눈에 그것이 성경책으로 보이길 바라면서 서영은 지하의 소설을 읽기 시작했다.

4

서영은 지하의 답 문자를 기다리다가 트럭 밖으로 고개

를 내밀고 주변을 살폈다. 동네 사람들이 무심한 얼굴로 지나가고 있었다. 맨발로 사거리까지 뛰어갈 수 있을까? 입술을 질근 깨물 때였다.

"서영아. 여기서 뭐하니?"

갑자기 어디선가 친정엄마와 언니의 목소리가 들려왔다. 서영은 기겁하며 고개를 돌렸다. 친정엄마와 언니가 길에 서서 트럭과 담벼락 사이의 좁은 공간을 들여다보고 있었다.

서영은 속으로 비명을 지르며 그들과 반대쪽으로 달리기 시작했다.

맨발로 택시를 세우려는 서영 앞을 빈 택시들이 도망치듯 스쳐 지나갔다. 서영은 그녀를 외면하고 가버린 빈 택시를 쫓아 달렸다. 친정엄마와 언니가 달려왔고 뒤이어 어느 골목에선가 나타난 오빠가 달려왔다. 달리는 것, 친정식구들에게 잡히지 않을 방법은 지금으로선 그것뿐이었다.

택시기사는 필사적으로 쫓아오는 서영을 사이드미러로 보다가 더 이상 외면하지 못하겠는지 택시를 세웠다.

서영이 택시에 올라타자 기사가 소리쳤다.

"경찰서로 갈까요?"

“아뇨. 최대한 빨리 이 동네를 벗어나주세요!”

서영이 문을 닫자마자 택시는 그 자리를 떠났다. 사이드 미러에 비친 친정식구들의 모습이 점점 작아지고 있었다.

“어유, 이게 대체 무슨 냄새예요?”

기사가 얼굴을 찌푸리며 백미러로 서영을 쳐다봤다.

“죄송해요. 씻지도 못하고 도망쳐서.”

“무슨 일이에요? 쫓아오는 사람들은 또 누구고?”

휴대폰이 울렸다. 지하의 답 문자를 기다리고 있던 서영은 재빨리 휴대폰을 확인하고서 고개를 갸우뚱했다. 전화를 건 것은 지하가 맞았다. 그런데 왜 문자를 보내지 않고 전화한 걸까? 지하와는 전화 통화를 하지 않는다. 영문 모를 싸늘한 감각이 목덜미를 가로질렀다.

“누, 누구세요?”

서영이 조심스럽게 물었다.

전화기 저편에서 남자인지 여자인지 알 수 없는, 음성변조를 한 것 같은 목소리가 딸을 찾고 싶으면 1시간 뒤 ○○캠핑장으로 오라고 말했다. 목소리는 ‘다른 사람에게 말하거나 경찰에 신고할 시엔 가차 없이 딸을 죽이겠다.’고 덧붙였다.

아이러니하게도 서영은 ○○캠핑장을 알고 있었다. 오래전에 문을 닫은 곳이지만, 세상을 떠들썩하게 만든 연쇄살인이 터지기 전엔 아이들을 데리고 종종 캠핑을 간 곳이다. 그곳에서 자그마치 15구의 시신이 발견됐다. 사건이 종료된 후에도 그 산을 파보면 시신이 더 있을 거라는 풍문이 떠돌곤 했다.

심장이 툭툭 뛰기 시작했다. 범인은 왜 하필 그곳으로 오라는 것일까.

침착해. 그녀는 자신에게 말했다. 그런데 왜 돈을 가지고 오라는 말은 하지 않지? 남편과 의논해야 할까? 그래도 자식 일이 아닌가. 하긴 지하가 어디 그들에게 자식이었던 적이 있을까. 그나마 그들에게 자식은 지민이뿐 아니던가. 시어머니는 지민이 역시 마뜩잖아 했다. 게다가 남편의 얼굴을 마주보며 이야기해야 할지도 모른다고 생각하니 서영은 온몸에 소름이 돋는 것 같았다. 남편이라면 생각만 해도 치가 떨린다. 혼자서 해결해야 했다.

뭔가 이상하다는 느낌을 지울 수가 없었던 서영은 아들 지민에게 전화했다. 통화음이 떨어지자마자 지민이 전화를 받았다.

"엄마. 어디야? 할머니한테 전화가 와서 엄마가 도망……."

"지하 오늘 학교 갔지?"

"뭔 소리야? 갔지."

"지금 누나 교실에 있는지 확인해줄 수 있어?"

"뭐래, 나 수업 중이라고!"

지민이 야멸차게 전화를 끊었다. 나쁜 놈. 수업 중이면 받지를 말든가. 지금으로서는 지민이밖에 기댈 사람이 없는데 수업 중이라고 전화를 끊어버렸으니 다시 걸 수도 없다.

서영은 전화번호 목록을 뒤졌다. 지하 담임의 번호가 나왔다. 담임에게 전화해 지하가 오늘 등교했는지 확인하면 된다. 서영은 담임의 전화번호를 누르고 초조하게 기다렸다. 하지만 그녀의 인내심이 바닥나도록 담임은 전화를 받지 않았다.

우탁에게 전화를 걸었다. 우탁은 통화음이 몇 번 지나고 나서야 전화를 받았다.

"어디니? 네가 잡혔나 싶어서 조마조마했어. 나 여기 병원이야. 가던 길에 차 사고가 났어. 다릴 좀 다쳤어."

"미안해! 나 때문에. 많이 다친 거야?"

"아직 몰라. 의사도 못 본 걸. 기다리고 있는 중이야. 너 우리 집에 먼저 가 있어."

"응. 알았어. 걱정 말고, 네 치료나 잘 받고 와."

우탁에게 의논해보려던 서영은 전화를 끊고 배터리를 뺐다.

'넌 누군가에게 의지하려는 그 버릇부터 고쳐야 해!'

서영은 자기 자신을 꾸짖었다.

"아저씨, 차를 돌려야겠어요."

그녀는 ○○캠핑장으로 가 달라고 했다. 기사는 백미러로 그녀를 흘끗 보더니 거길 왜 가는지 물었다.

"아이가……."

잡혀 있다고 말하려다 말고 서영은 얼른 입을 다물었다. 잘못하다간 지하가 죽을 수 있다. 거기서 약속이 있다고 대충 둘러댄 후 서영은 다시 한 번 담임에게 전화를 걸었다. 지금 이 시간이면 오후 수업을 마칠 때인데 일부러 받지 않는 걸까? 아무리 기다려도 담임은 전화를 받지 않았다.

서영은 하는 수없이 학교로 전화를 걸었다. 누군가 전화를 받았다. 담임의 이름을 대며 바꿔달라고 부탁했다. 한참 만에 담임이 전화를 넘겨받았다. 서영이 다짜고짜 물었다.

"우리 지하, 지금 교실에 있나요? 오늘 등교했죠?"

"어머님, 왜 그러시는데요?"

"급한 일이라 그래요. 그냥 좀, 있는지 없는지만 말해주세요."

"잠시만 기다리세요."

담임이 전화기를 내려놓는 소리가 들렸다. 서영은 초조하게 기다렸다.

5분 정도 지났을까, '여보세요. 지하 어머님.' 하는 담임의 목소리가 들렸다.

"지하, 쉬는 시간 후 갑자기 가방 챙겨서 집에 갔다고 하던데요?"

"집이요? 집으로 간 게 맞나요?"

"죄송하지만 지하가 집으로 갔는지 다른 곳으로 갔는지는 저도 모르겠습니다."

"그게 몇 시쯤이었는지 알 수 있을까요?"

"글쎄요. 그런데 어머니, 몇 차례 가정통신문 보내드렸는데 못 보셨습니까? 지하가 수업시간에 집중을 하지 않아요. 늘 생각이 다른 데 가 있고. 혹시 가정에 무슨 문제라도……?"

"선생님, 다시 연락드리겠습니다."

서영은 담임의 말을 자르며 황급히 전화를 끊었다. 지하가 학교에 없다면 납치된 게 틀림없다.

산꼭대기로 해가 지고 있었다. 택시 기사는 캠핑장 안으로 들어가긴 싫다면서 서영에게 입구에서 내리라고 했다. 서영은 하는 수없이 택시비를 내고 입구에서 내려 황급히 캠핑장 입구를 향해 걸었다.

산속에서는 해가 일찍 떨어진다. 벌써 주변이 어둑해지고 있다. 입구의 매표소는 텅 비어 있었다. 폐쇄된 곳인데도 특별히 막아놓지 않아 마음만 먹으면 누구라도 출입이 가능해 보였다. 서영은 휴대폰 불빛에 의지해 산길을 걸었다. 어둠이 내린 숲은 으스스했다.

그녀는 바싹 긴장한 채 계속 걸었다. 휴대폰 불빛이 약해진다 싶을 무렵 싸늘한 달빛 아래 콘크리트 건물 한 채가 음침한 자태를 드러냈다. 놈이 말한 약속 장소였다.

서영은 멈춰 서서 심호흡을 했다. 입가에 하얀 김이 피어났다. 등을 곧게 펴고 마음을 다잡은 뒤 콘크리트 건물로 다가갔다. 서영은 그 건물을 기억하고 있었다. 샤워실과 화장실이 있는 곳이다.

철문에 달린 주물 빗장엔 자물통이 보이지 않았다. 불빛 하나 없는 걸 보니 안에 아무도 없는 것 같았다. 지하를 저 어두운 곳에 묶어둔 것일까. 문손잡이에 손을 뻗었을 때다. 서영은 이상한 냄새를 맡고 순간 멈칫했다. 다음 순간 그녀의 등 뒤에서 불쑥 나온 팔이 그녀의 입을 틀어막았다.

지하는 집 현관으로 들어섰다. 가족들이 거실에 모여 있었다. 집안 분위기가 심상치 않았다. 친할머니와 이모는 맥주를 마시고, 삼촌은 식탁에 앉아 담배를 피웠고 친할아버지는 거실 바닥에 앉아 핀셋으로 딸기에서 씨앗들을 빼 크리넥스 위에 모으고 있었다. 외할머니는 보이지 않았다. 지하가 들어서자마자 친할머니가 벌떡 일어나 큰 소리로 물었다.

"엄마한테 문자 왔지?"

지하는 친할머니의 얼굴을 흘끗 쳐다본 후 말을 못 알아들은 척 눈만 깜빡거려 보이곤 2층으로 올라가려 했다. 친할머니가 지하의 가방을 잡아채더니 홱 돌려세웠다.

"엄마 만났냐고?"

친할머니가 지하의 눈앞에서 고함쳤다. 지하는 눈을 치켜뜨고 친할머니의 가슴을 확 밀치면서 괴성을 질렀다. 그때 지하의 아버지 류 목사가 현관문을 열고 들어왔다.

지하는 아버지가 2층으로 올라오기 전에 재빨리 자기 방으로 뛰어 올라갔다. 뒤따라 온 친할머니가 막 닫히려는 문을 잡았다. 아버지도 뛰어 올라왔다. 둘 다 화를 내며 고함을 질렀다. 손가락질까지 하며 목에 핏대를 세우고 고함을 질러대는 아버지를 멍하니 바라보던 지하는 조롱하듯 두 손을 들고 자신의 목을 졸랐다. 점점 더 손에 힘을 주며 혀를 쑥 내밀었다.

식구들은 지하의 언어인 수화를 배우려 들지 않았다. 이 집에서 수화를 아는 사람은 어머니와 남동생뿐이었다.

지하는 그들이 자신의 언어인 수화를 배우려고 노력하

지 않듯, 그들의 음성언어를 알아들으려 노력하지 않았다. 그럴 필요가 없다고 스스로 금을 그었다.

아버지가 노한 얼굴로 손을 치켜들더니 지하의 뺨을 힘껏 후려쳤다. 지하는 맥없이 바닥으로 쓰러졌다.

"야, 너 죽고 싶어? 죽고 싶으면 내가 죽여줄게. 어디 오늘 한번 죽어봐라, 이 등신 같은 년아!"

아버지가 다시 손을 치켜들었다. 지하는 아버지의 손을 반사적으로 쳐냈다. 무의식중에 튀어나온 방어 기술이었다. 유튜브로 호신술 영상을 보며 혼자 연습한 기술이 거의 자동 반사적으로 튀어나온 것이다. 실제로 기술이 먹히자 지하는 속으로 놀랐다. 정신이 번쩍 들었다. 하지만 다음 순간, 지하는 아버지의 커다란 손에 머리채가 붙잡힌 채 바닥을 나뒹굴었다.

아버지는 방바닥에 널브러져 코피를 흘리는 지하를 질질 끌면서 계단을 내려갔다.

와인창고에 들어가지 않으려고 버둥거리는 지하를 발로 차 떠밀어 넣은 다음 문을 닫았다. 이곳의 문은 닫히는 순간 자동으로 잠기게끔 되어 있었다.

움직일 때마다 온몸이 비명을 질러댔다. 교복 셔츠 여기 저기 코피가 묻어 있었다. 지하는 등에 맨 가방을 벗어던지고 와인창고 문을 있는 힘껏 두드렸다. 발로 차고 몸으로 부딪쳤다.

그래 봤자라는 걸 지하도 알고 있었다. 어느새 온몸의 힘이 다 빠져나간 것 같았다. 지하는 하는 수없이 계단을 내려와 침대에 벌렁 드러누웠다.

조금 전처럼 멱살을 잡히게 되면 어떤 기술을 써서 빠져나가야 하는지 그간 열심히 보았던 영상을 떠올렸다. 아까는 너무 빠르게 당해서 기술이고 뭐고 써볼 정신이 없었다. 하지만 조금만 더 연습하면 기술이 몸에 밸 것 같았다. 다음번엔 절대로 맞지 않을 것이다. 잘못 접속한 이 세상에서 영원히 '로그아웃' 하고 싶었다. 지하는 두 눈을 감았다.

심한 두통이 몰려왔다. 서영은 가까스로 눈을 떴다가 자신의 손조차 보이지 않는 어둠에 오싹했다. 그제야 의문의 전화를 받은 것과 제 발로 이곳을 찾아 온 일이 떠올랐다. 공동샤워실의 문을 열고 들어서려 할 때 누군가 약품 냄새가 나는 수건으로 그녀의 입을 틀어막았다. 기억나는 것은 거기까지였다.

'여긴 어딜까?'

그녀는 살면서 이렇게 깊은 어둠은 본 적이 없었다. 너무 추웠고 목이 말랐다.

찬 바닥에 웅크린 채 한참 잠들어 있었던 것 같다. 온몸이 욱신거렸다. 어디든 연락해야 한다는 생각에 서영은 핸드백을 찾아 어둠 속을 더듬었다. 하지만 손에 닿는 것이라곤 차디 찬 콘크리트 바닥뿐이었다. 자꾸만 몸이 움츠러들었다.

"지하야, 지하야! 지하 여기 있니?"

본능적으로 딸의 이름을 부르다 말고 서영은 입을 다물었다.

설령 지하가 이곳에 있다고 해도 듣지 못한다.

축축하고 차가운 공기에 곰팡이와 콘크리트 냄새가 뒤섞여 있었다. 낯설지 않았다. 시집의 와인창고에 가득 차 있던 바로 그 냄새다. 서영은 벽에 등을 바싹 붙인 채 무릎에 힘을 주고 일어섰다. 양쪽 팔을 쭉 뻗어 차가운 벽을 손바닥으로 짚고 조금씩 한 방향으로 움직이기 시작했다. 그렇게 계속 발을 옮기고 있는데 뭔가 손가락 끝에 와 닿았다. 전기 스위치 같았다.

서영은 스위치를 올리면서 문 닫은 지 이미 오래된 곳인데 전기가 들어올 리 없을 거라고 생각했다. 짐작대로였다. 다시 벽을 타고 걸음을 옮겼다.

뭔가가 손가락을 찔렀다. 순간 움찔했다. 피가 나는 것 같아 손가락을 눈앞에 댔지만 아무것도 보이지 않았다. 한 번 찔리고 나니 차가운 시멘트벽을 만지고 싶은 마음도 싹 달아나버렸다.

"누, 누구 없나요?"

서영은 깊이를 알 수 없는 이 어둠 속에 자신 외의 누군가가 있기를 간절히 바랐다. 그러나 돌아오는 것은 정적뿐이었다.

와인창고를 탈출했다고 잠시나마 좋아했는데 다시 갇히다니. 실소가 터져 나왔다. 전생에 무슨 잘못을 저질렀기에 팔자가 이럴까. 친정식구가 등 떠미는 대로 지금의 남편과 결혼했다. 그래도 내심 돈 많은 집으로 가니 조금은 자유롭지 않겠나 생각했다. 오산이었다. 시집은 더 크고 견고한 감옥이었다. 어쩌면 인간에게는 완전한 자유가 허용되지 않는지도 모른다. 규칙과 규범, 의무와 책임으로 이루어진 이 사회 역시 거대한 감옥 아닌가?

몇 시나 되었을까? 서영은 움직이길 포기하고 쪼그리고 앉았다. 기다리다 보면 아침이 오겠지 그렇게 생각하며 고개를 들 때였다. 어둠 속에서 반짝이는 무엇인가를 발견했다. 그것은 밤하늘의 무수한 별이었다. 그제야 이곳에도 창이 있었다는 기억이 났다. 천장에 닿을 듯한 위치에 창이 하나 뚫려 있었다. 가로 1미터 세로 25센티미터 정도의 직사각형의 창. 환기용 창구멍. 그곳으로 찬바람이 들어오곤 했다. 이곳에도 창이 있으니 아침이 되면 이 안이 보일 것이다. 안이 보이면 뭐라도 해볼 수 있겠지. 약간의 위안을 느끼며 다시 몸을 웅크릴 때였다. 갑자기 짙은 어둠 속에서 또 다른 네모 창이 열렸다. 처음엔 어리둥절했지만 서영은 곧 그것이 노트북 화면이라는 것을 깨달았다.

5

지하는 와인창고 바닥에 엎드려 철제침대 아래를 들여다봤다. 먼지가 가득 쌓인 그곳엔 바람 빠진 공이며 주인을 잃은 인형과 소꿉놀이 들이 말라죽은 바퀴벌레와 함께 방치되어 있었다. 어린 지하가 이 방에 갇혔을 때 가지고 놀던 것들이었다. 벽 저쪽 끝에 초록색 케이스가 보였다.

지하는 팔을 쭉 뻗어 그것을 끄집어냈다. 소매로 거미줄과 먼지를 슥슥 닦았다. 엄마의 타자기가 든 케이스였다. 오래전 자신이 숨겨둔 것으로 이 집안에서 유일한 엄마의 물건이다. 엄마에겐 타자기 말고도 책이 몇 권 있었다. 그런데 할머니가 그걸 어떻게 찾아냈는지 마당에 갖다 놓고 몽땅 태워버렸다. 타자기는 그 전에 지하가 겨우 빼돌린 것이다. 엄마에게 갖다 주면 기뻐할 것 같았다. 지하는 배낭 속을 비우고 타자기가 든 케이스와 분신처럼 가지고 다니는 만화책 『홀리랜드』 1권을 배낭에 쑤셔 넣었다.

— 나 갇혔어. 내 방 책꽂이에 검은색 가죽장정이 된 노트가 있어. 작은 자물쇠가 달려 있는 거야. 그거랑 아빠 방 금고에서 돈 좀 가져다 줘. 금고 번호는 ******이야. 나 집 나간다.

지하는 지민에게 문자를 보내고 침대에 벌렁 드러누웠다.

검은색 가죽장정 노트는 엄마의 일기장이었다. 와인창

고에서 찾아낸 그 일기장은 지하가 보관하고 있었다. 엄마는 분명 할머니가 책을 태울 때 일기장도 같이 태워버렸는 줄 알고 있을 것이다.

엄마가 보낸 주소로 바로 가지 않고 위험을 무릅쓰고 집으로 돌아온 것은 아버지가 숨겨놓은 현금과 엄마의 물건을 챙겨 가기 위해서였다.

지민의 답 문자가 늦어지고 있었다. 재촉하는 문자를 보내려는 찰나 알림이 도착했다. 엄마나 지민일 거라고 생각했는데 뜻밖에도 문자의 주인공은 온라인 친구 럭키였다.

— 그때 그 알바 아직 할 생각 있어?

아버지도 할머니도 지하에게 용돈을 주지 않았다. 그래서 지하는 학교 준비물을 사야 한다고 거짓말을 해가며 용돈을 모았다. 자신만의 은행계좌를 갖고 싶었던 지하는 오래전부터 돈을 벌 수 있는 아르바이트 자리를 물색했는데 그러던 중 럭키가 출장도우미를 제안했다.

하루에 세 번 빈집으로 가서 고양이와 앵무새에게 물과 사료를 주고 식물들이 말라죽지 않도록 영양제와 물을 공급해주는 일이었다. 집주인의 직업이 무엇인지는 정확히 알 수 없으나 주로 해외여행을 다니며 돈을 번다고 했다.

그럴 때마다 도우미를 고용하는데 원래 해왔던 도우미 아줌마가 급료를 올려달라고 해서 새 도우미를 찾고 있던 중 지하를 소개받았다. 집주인은 지하가 언어청각장애인이라는 사실을 알고 고용할 수 없다고 했다가 돈을 절반만 받겠다고 하자 잠시 망설이더니 결국 안 되겠다고 했다. 알고 보니 럭키는 그 여자의 조카였다.

— 응. 오늘부터 당장 할 수 있어.

지하는 가슴이 두근거렸다.

— 네가 돈을 절반만 받아도 된다고 했다면서? 그래서 네가 해줬음 한다고 이모한테 연락이 왔어. 사실은 오늘부터 와주기로 한 도우미가 오는 길에 사고를 당해서 입원했대. 이모는 밤 비행기라 지금 출발해야 하고. 지금 네가 오면 바로 고용하겠대.

'지금'이라는 것이 마음에 걸렸지만, 운이 좋으면 지민이가 제 시간에 와 자신을 풀어줄지도 모른다. 아, 제발. 지민아 빨리 좀 와. 지하는 애가 탔다.

— 알았어. 지금 당장 갈게. 진짜 지금 당장 갈 거야!

지하는 허겁지겁 문자를 써서 전송하고 지민에게 다시 문자를 보냈다.

초조하게 지민의 구원을 기다리던 지하는 안 되겠다 싶었다. 할 일 없는 할머니가 이 방을 모니터하고 있다는 걸 지하는 알고 있었다.

지하는 와인렉에서 할머니가 아끼는 와인 병을 꺼내 벽에 던지기 시작했다. 병 하나가 퍽, 소리를 내며 박살났다. 진한 자주색 와인이 벽에서 흘러내리는 게 마치 피 같았다. 희열이 느껴졌다. 아니나 다를까, 두 병째 던졌을 때 문이 열렸다. 할머니 대신 아버지가 서 있었다.

지하는 배낭을 메고 두 손으로 길쭉한 와인 병의 목을 쥔 채 가까이 다가오면 찔러버리겠다는 시늉을 하면서 계단을 올라갔다. 아버지가 뒤로 물러났다. 아버지에게 손목을 잡히거나 공격을 당할 수가 있었다. 그 점까지 감안하면서 지하는 출구를 텄다.

현관을 향해 뒷걸음질 치는데 이모가 나타났다. 두 사람은 지하를 잡으려 틈을 노렸다. 할머니와 할아버지도 소파에서 일어나 지하를 막으려 했다.

지하는 뾰족한 병의 끝을 아버지가 아닌 자신에게 겨눴다. 다가오면 제 목을 찔러버리겠다는 위협이었다. 삼촌은 뭐라고 소리를 지르며 지하를 향해 유리 재떨이를 던졌다.

분명 욕이겠지. 지하는 얼굴 정면을 향해 날아오는 재떨이를 가볍게 피했다. 재떨이는 벽을 치고 바닥으로 떨어져 박살이 났다. 삼촌과 아버지가 뭐라고 말하면서 지하를 향해 다가왔다. 그때 현관문이 열리고 지민이 들어섰다.

"그년 잡아!"

류목사가 소리쳤다.

지민은 지하를 붙잡는 척하다 놓아줬다. 지하는 잽싸게 도망쳤다. 결국 엄마의 일기장도, 아버지의 돈도 손에 넣지 못한 채 나오고 말았다.

식구들은 지민 역시 좋아하지 않았지만 지하에게 하듯 대놓고 체벌을 가하진 않는다. 지민은 말대꾸를 하거나 쏘아보거나 반항하지 않기 때문이다. 하지만 지민의 마음속에 증오심이 끓어 넘치고 있다는 걸 지하는 알고 있었다. 그 증오심을 결코 밖으로 드러내지 않는 지민은 처세술이 좋은 아이다. 게다가 지민은 겉으로 드러나는 장애도 없었다.

지하가 그 동네를 무사히 벗어나고 있을 때 지민으로부터 문자가 왔다.

— 잡히지 마라.

지하는 럭키가 알려준 아파트에 도착했다. 럭키의 이모가 기다리고 있었다. 지하는 알바 급여에서 제해도 되니 택시비를 대신 내달라고 부탁했다. 럭키의 이모는 지하가 타고 온 택시를 타고 가겠다며 도우미 규칙이 적힌 종이와 선금이 든 돈 봉투를 건네고서 커다란 캐리어를 챙겨 나갔다.

아파트 현관문을 걸어 잠그고 나서야 지하는 안도했다. 꿈에도 생각지 못했던 집과 돈이 생겼다. 최근 벌어진 사건 중 가장 즐거운 일이었다. 지하는 집주인이 적어둔 '도우미가 해야 할 일'을 읽었다. 리스트에는 고양이, 자라거북과 햄스터의 사료 분량과 공급 시간, 영양제 주는 날 같은 조항이 꼼꼼하게 적혀 있었다.

일단의 내용을 숙지한 지하는 거실 바닥에 대자로 누웠다. 이 집에는 그녀가 살던 집과는 전혀 다른 공기가 흐른다. 평화롭고 햇살처럼 맑고 따스한 공기다. 사랑받는 식물과 고양이가 내뿜는 좋은 기운으로 가득 찬 이 집에서 한 달이나 지낼 수 있다고 생각하니 너무 행복했다. 사실 입주도우미로 온 것은 아니었다. 하루에 세 번만 와서 고양이와 식물을 돌보는 것으로 계약했다. 나중에 이 집 주인이 전기세니 수도세를 확인해보면 지하가 한 달 동안 이곳에서 산 것을 알게 되겠지만 어쩔 수 없다. 후불금을 받지 않겠다고 하지 뭐. 엄마가 오라는 곳이 어딘지는 몰라도 지하는 이 집이 마음에 들었다. 고양이와 녹색식물들이 풍기는 나른하고 평온한 분위기에 잠겨 있고 싶었다.

무슨 생각을 해도 즐거웠다. 너무도 오랜만에 맛보는 평화로움 탓인지 비실비실 웃음이 나왔다.

지하는 냉장고 문을 열어봤다. 여행을 떠난다고 정리했는지 안이 텅 비어 있었다. 식빵 몇 장이 전부였다. 지하는 차가운 식빵을 우물우물 씹으면서 넓고 깨끗한 거실을 돌아봤다. 눈도 코도 새까만 고양이가 우아한 자태로 걸어오더니 지하를 올려다봤다.

지하는 고양이를 안았다. 고양이는 의외로 순순히 품에 안겼다. 책에는 고양이가 "야옹" 하고 운다고 되어 있는데 정말 그렇게 울까? 고양이의 울음소리는 어떤 질감을 가지고 있을까. 죽기 전에 고양이 울음소리, 개가 짖는 소리, 비 내리는 소리, 바람소리, 남동생과 엄마의 목소리를 한 번이라도 들을 수 있을까.

베란다 유리문 너머에는 화분이 잔뜩 있었다. 지하는 베란다 문을 열었다. 고양이가 품에서 뛰어내려 쪼르르 달려가더니 화분 위로 펄쩍 뛰어올랐다. 그러고는 이내 그르렁 소리를 내며 얼굴을 비비고 몸을 꼬았다. 쟤가 왜 저러나 싶어 앱을 켜고 식물의 사진을 찍어보니 '캣닢'이라고 떴다. 일명 고양이 마약. 지하는 캣닢 한 잎을 뜯어 입에 넣고 씹어봤다. 풀 맛밖에 나지 않았다.

지하는 고양이를 보면서 "니야옹" 하고 소리를 냈다. 고양이가 입을 움직이며 따라 울었다. 지하는 힛 웃으면서 니야옹, 미야옹, 웨옹 하고 울음소리를 내며 고양이와 놀았다.

아파트 베란다가 유리 안이라 온실 효과가 나는지 어떤 화초들은 겨울인데도 꽃이 피어 있었다. 화분의 흙 위로 모래알보다 작아서 자세히 보지 않으면 눈에 띄지 않는 벌레들이 부지런히 움직이고 있었다. 지민은 움직이는 작은 벌레를 보면 한동안 구경하다가 끝내 손가락으로 꾹 눌러 죽이곤 했다. 그럴 때마다 화가 나서 지민이 머리를 때렸지만 지민은 누나에게 대들지 않았다. 그 집구석에서 지하에게 폭력을 사용하지 않는 사람은 지민과 엄마뿐이었다.

집주인은 고양이에게 참치 한 캔을 다 주라고 적혀 있었지만 절반만 줬다. 나머지는 자신이 먹었다. 담백하고 고소했다.

학교엔 갈 수 없을 것 같았다. 아버지가 잡아 죽이려고 기다리고 있을 게 뻔했기 때문이다.

지하는 아파트에서 나와 편의점으로 갔다. 컵라면, 과자, 삼각김밥, 컵밥, 어묵 같은 것들을 잔뜩 사고 흰 봉투에서 돈을 꺼내 값을 치렀다.

아파트로 돌아와 텔레비전을 보면서 고양이와 과자를 나눠먹었다. 장식장 옆에 작은 상이 하나 접혀 있었다. 지하는 거실 한가운데에 상을 펴고 타자기를 꺼내 올려놨다.

집주인의 책상 근처에서 A4 용지를 찾아 타자기에 끼웠다. 뭐라도 써볼까 생각하면서 글쇠 하나를 찍어봤지만 종이엔 아무것도 찍히지 않았다. 아무 글쇠나 찍어봤지만 탁탁 소리만 요란할 뿐 마찬가지였다. 워낙 오랫동안 사용하지 않아 리본의 잉크가 말라붙은 것인지도 모른다. 금세 흥미가 사라졌다.

봉지에서 사과를 꺼내들고 과도를 찾아 주방 서랍을

뒤졌다. 과도와 식칼 사이에 지하의 시선을 끄는 칼이 있었다.

칼은 대나무로 만든 칼집 안에 들어 있었다. 뽑아 보니 칼날은 9센티미터 정도, 전체 길이가 18센티미터 정도 되어 보이는 단도였다.

사과를 깎아 먹고 단도를 쥐고 찌르기 연습을 몇 번 하다가 만화책 『홀리랜드』를 꺼내 소파 위에 벌렁 드러누웠다.

문득 피곤이 몰려왔다. 지하는 단도를 만화책 속에 끼워 테이블 위에 던져놓고 휴대폰을 만지작거리다가 눈을 감았다. 고양이가 꼬리를 흔들고 있는지 공기가 살랑살랑 움직였다. 고양이만큼이나 나른하고 평화로운 밤이었다.

그녀가 살던 집의 공기는 날카롭고 불안했다. 아버지의 고함소리, 엄마의 겁에 질린 숨소리, 할머니가 엄마를 때리는 둔탁한 소리로 가득 차 있었다. 소리는 공간을 흔든다. 지하는 귀로 듣지는 못하지만 그 공간의 느낌이 매번 달라진다는 것쯤은 피부로 느낄 수 있었다.

지하는 일어나 교복을 벗었다. 갈아입을 옷이 없었다. 사러 나가야 하나 생각하다가 집주인의 옷장을 열어봤다. 서랍 안에 옷들이 구겨진 채 아무렇게나 처박혀 있었다. 그녀는 편안해 보이는 박스형 원피스를 찾아냈다. 고양이 그림이 프린트 되어 있었다. 입고 있다가 나가기 전에 깨끗하게 빨아 원래 자리에 갖다 두면 모를 것 같았다. 지하는 원피스로 갈아입고 바닥에 누웠다. 팔다리를 상하좌우로 움직여 나비 날개 짓을 흉내 냈다.

'아. 편해.'

이렇게 편해도 되는 걸까? 그제야 자신을 기다리고 있을 엄마가 떠올랐다. 지하는 엄마에게 문자를 보냈다.

— 엄마 타자기 내가 갖고 나왔어. 나 거기 못 가. 기다리지 마. 할머니 집에선 도망 나왔어. 한 달 후에 다시 연락할게.

사방이 고요했다. 이 아파트에 있으면 마음이 편안해지지만 이 편안함은 잠시일 뿐이다. 지하는 멍하니 천장에 시선을 둔 채 상상 속으로 빠져들었다.

6

서영은 푸른빛을 토해내는 액정 모니터를 노려봤다. 모

니터 위로 글이 떴다.

— 진실게임기가 모니터 옆에 있어. 거짓말을 하면 전기 충격이 좀 강하게 오도록 만들어놨어. 내가 질문하면 넌 있다 없다 맞다 아니다, 단답으로 대답해. 거짓말하면 벌점 추가. 진실일 경우 이곳에서 나갈 수 있는 가산점을 줄게. 찾아서 띠 안에 손을 집어넣어.

그녀는 진실게임기를 찾아 노트북 화면 주변을 더듬었다. 까칠한 촉감과 매끄러운 촉감을 가진 물건이 손에 닿았다. 그녀는 띠 같은 것 아래로 손을 집어넣었다. 그 순간이었다. 불현듯 납치범의 문자에서 말로 설명하기 힘든 어떤 것이 느껴졌다. 알 수 없는 그것은 잠시 서영의 신경을 건드린 다음 언제 그런 생각이 들었는지 모를 정도로 빠르게 사라졌다.

— 리셋 버튼을 눌러. 내가 질문하면 스타트 버튼을 누른 후 대답하는 거야. 알았어?

서영은 시키는 대로 했다. 전기충격은 오지 않았다.

— 자식을 죽이려 한 적 있다.

서영은 첫 질문에 충격을 받았다. 잠시 머뭇거리는 사이 빨리 대답하라는 문자가 떴다.

"없다. 악!"

강력한 전기충격이 왔다.

— 씨바. 첨부터 거짓말이냐? 벌점 하루.

서영은 씨발도 아니고 씨벌도 아닌, 씨바라는 욕에 묘한 기분이 들었다. 벌점 하루란 하루를 이곳에 더 갇혀 있어야 한다는 뜻인가? 서영은 양미간을 좁혔다. 자신이 거짓말을 했고 진실게임기가 전기충격을 가했다는 걸 어떻게 알지? 그녀는 무의식적으로 어두운 공간을 두리번거렸다. 분명 상대방은 이 안을 보거나 소리를 듣고 있는 것이 틀림없다. 다시 질문이 화면에 떠올랐다.

— 자식을 죽이고 싶었던 적이 있었다.

"없다. 악!"

서영은 다시금 가해진 전기충격에 비명을 질렀다.

— 벌점 이틀.

상대방은 집요하게 같은 질문을 되풀이했다. 어느새 그녀의 벌점은 일주일이 되었다.

— 축하. 일주일 동안 그곳에 갇혀 있어. 얼어 죽든가 굶어 죽어. 근데 왜 계속 거짓말을 하지? 당신은 아들과 딸이 있고 자식을 낳은 후 둘 중 한 명, 혹은 둘 모두를 죽이려

목을 조른 적이 있어.

노트북 위의 문자가 그녀를 비난하고 있었다. 자판이 있다면 받아치고 싶었다.

— 그럼 질문을 바꿀게. 불행한 결혼으로 낳은 딸과 아들을 증오한다.

"……!"

서영은 흠칫했다. 그러고 보니 상대방은 서영의 모든 것을 알고 있는 것 같았다. 우탁에게 그와 비슷한 이야길 한 적이 있었다.

'혹시 우탁일까?'

전화기 너머로 들려온 납치범의 목소리는 변조되어 있었다. 남자인지 여자인지 가늠할 방법이 없었다. 10분 만에 달려 올 것 같았던 우탁은 사고가 나서 병원에 있다면서 나타나지 않았다. 왠지 우탁이 수상쩍었다. 서영은 고개를 세차게 흔들었다. 말도 안 된다. 우탁이 이런 짓을 할 이유는 없다.

— 대답해. 씨바.

"아니. 증오하지 않아."

이번엔 전기충격이 오지 않았다.

— 세면대 위에 물과 빵이 있어.

화면이 스르르 꺼졌다. 계속될 줄 알았던 질문과 대답이 끝난 것 같았다.

목이 바싹 말랐던 서영은 세면대를 찾아 벽을 더듬어 나아갔다. 가까스로 생수 한 병과 비닐봉지에 담긴 빵을 찾았다. 서영은 허겁지겁 물을 마시고 빵을 먹었다. 그러고는 얼마 되지 않아 자신도 모르게 잠에 빠져들었다.

시간이 얼마나 지났을까. 서영은 뭔가에 흠칫 놀라 눈을 떴다. 건물 내부가 시야로 들어왔다. 직사각형의 창 너머 하늘이 시리도록 푸른색이었다.

가장 먼저 그녀의 시선을 끈 것은 벽이었다. 이상한 것들이 벽에 다닥다닥 붙어 있었다. 그것들은 가로세로 10센티미터 정도인 작은 쥐망처럼 보였다. 가까이 다가가서 보니 안에 뭔가 하얀 것이 들어 있었다. 작은 새나 토끼 혹은 물고기 같은 것들의 뼈로 보였다. 그 옆의 쥐망에는 사마귀 한 마리가 빳빳하게 죽어 있었는데 몸 위에 개미들이 들끓었다. 서영은 너무 섬뜩해서 속으로 비명을 지르며 뒤로 물러났다.

누가 이런 짓을 했을까. 분명 그녀를 이곳에 가둔 누군가의 짓이겠지. 그녀는 상대방을 떠올리는 것만으로도 소름이 돋았다.

오랫동안 버려진 장소는 원래의 모습은 사라지고 무엇인가 알 수 없는 것으로 둔갑한다. 이곳이 그런 곳이리라.

컴퓨터 모니터와 진실게임 기계가 보이지 않았다. 그녀는 고개를 갸우뚱했다. 간밤의 일이 꿈처럼 느껴졌다. 살을 에는 듯한 이 추위 속에서 어떻게 깊은 잠에 빠질 수 있었을까. 혹시 빵이나 물에 수면제가 들어 있었던 것일까. 그녀가 정신을 놓고 잠든 사이, 이 안에서는 대체 무슨 일이 일어났던 것일까.

서영은 주변을 살폈다. 빵 봉지와 생수병은 보이지 않았다. 입안엔 아직도 단맛이 남아 있는데 빵 봉지는 흔적도 없이 사라졌다. 누군가 들어왔었다고밖엔 생각할 수 없었다.

순간 와인창고에 CCTV를 설치해두고 서영을 감시하던 시어머니가 떠올랐다. 설마 시어머니가 이런 짓을 하고 있는 걸까.

서영은 출입구로 가 있는 힘껏 문을 밀었다. 철문은 꿈쩍도 하지 않았다. 숨을 쉴 때마다 입에서 성에가 하얗게 피어났다. 이곳에서 하룻밤을 더 견뎌야 한다면 얼어 죽고 말 것이다. 어젯밤, 그녀는 벌점 9일을 받았다.

'어떻게 나가지?' 궁리를 하고 있을 때였다. 어디선가 사람의 신음소리가 들렸다.

서영은 그녀가 서 있는 곳에서 가장 가까운 좌측의 화장실 칸막이 문을 발로 밀었다. 찌그러진 맥도날드 종이컵 하나가 나뒹굴고 있을 뿐 변기 외엔 아무것도 없었다.

"으기, 으기, 사려즈세여."

신음소리는 계속해서 들려왔다. 발음이 분명하지 않았다. 그 기이한 목소리에 그녀는 소름이 돋았다.

서영은 맞은편 샤워실 칸막이를 발끝으로 슬쩍 밀었다. 문이 스르르 열리는가 싶더니 중간에서 멈췄다. 문을 잡고 살며시 안을 들여다보던 서영은 놀란 얼굴로 뒷걸음질 쳤다.

"……!"

낯익은 얼굴이 필사적으로 머리를 치켜들고 있었다.

서영은 책을 덮었다. 칸막이 안의 사람은 누굴까. 감정이 벅차올라 더 이상 읽을 수가 없었다. CCTV 너머로 시어머니가 지켜보고 있을 것이다. 그녀는 평정을 가장하고 피곤한 듯 기지개를 켰다.

— 자식을 죽이려 한 적 있다.

소설 속 진실게임의 질문들이 서영을 괴롭혔다.

순간이동자

한국, 강원도, 오전 6시.

눈 속에 파묻힌 숲은 이른 아침의 고요 속에 잠겨 있었다. 삼각형 지붕을 얹은 낡은 오두막 한 채가 눈을 뒤집어쓴 침엽수와 잡목들의 앙상한 가지 아래 우뚝 솟아 있었다.

눈 덮인 마당에는 어디선가 떨어져 나온 문 하나가 계절에 마모된 채 놓여 있었다. 시간이 멈춘 듯한 오두막 안에서 갑자기 쿵- 하는 소리가 들렸다. 집 안을 들락거리며 날카로운 부리로 벌레를 쪼아 먹던 새들이 갑자기 들려온 소리에 홰를 치며 날아올랐다.

지하와 이든, 그리고 울프는 오두막 거실로 떨어졌다. 출발이 불안정해서 그랬는지 착륙도 엉망이었다. 울프는 제대로 착륙했지만 두 사람은 내던져지듯 바닥으로 굴렀다. 오두막 안에 쌓여 있던 먼지가 부옇게 일어났다. 두 사람은 기침을 하며 몸을 일으켰다.

이든은 수갑을 찬 채로 지하와 함께 집 안을 살폈다. 일단 아무도 없다는 것을 확인한 후 지하는 움켜잡고 있던 울프의 하네스 손잡이를 놓았다. 울프가 냄새를 맡으며 돌아다니는 동안 지하는 이든의 수갑을 풀려고 시도했다.

— 너 수갑도 풀 줄 알아?

— 응. 만약 체포되어 수갑 차게 됐을 때를 상상해보다가 유튜브를 찾아봤지.

최신 수갑들은 이중 잠금 장치로 되어 있다. 이중 잠금 장치는 보통 열쇠를 집어넣는 구멍과 열쇠의 끝에 붙은 핀으로 눌러 밀어 넣는 곳으로 되어 있는데, 후자를 수갑 열쇠 뒷부분으로 밀거나 눌러 이중으로 잠그는 것이다. 수갑을 채운 후 이중 잠금을 하면 톱니가 완전히 고정되어 앞뒤로 움직이지 않는다. 이중 잠금이 된 수갑을 풀려면 열쇠를 이중 잠금이 되지 않았을 때 푸는 방향의 반대쪽으로 돌려 이중 잠금을 먼저 해제한 다음 반대쪽으로 다시 돌려 톱니의 끝부분을 눌러 해제시켜야 한다. 끝을 구부린 바비 핀으로 그 원리를 따라 하면……. 마침내 수갑이 풀렸다.

이든은 지하가 대견한 듯 웃으며 그녀의 머리를 쓰다듬었다. 지하가 체포되어 수갑을 차는 상상을 하지 않았더라면 수갑을 푸는 방법도 알지 못했을 것이다. 지하에게 상상력이란 세상을 향해 나아가는 힘이었다.

— 저기 좀 봐.

이든이 가리킨 벽에는 햇빛에 바래 누렇게 변색된 사진들이 다닥다닥 붙어 있었다. 두 사람은 황당한 표정으로 시선을 주고받았다.

— 꼭 우리 아파트 벽 같잖아?

— 사진들도 죄다 거리나 건물 안팎 사진이야.

— 이 사진 좀 봐.

지하가 가리킨 사진을 보고 두 사람 모두 소름이 돋았다. 그들이 살던 뉴욕의 아파트 전경을 담은 사진이었다.

— 이곳에 살던 사람이 우리가 살던 뉴욕 아파트를 알고 있었다는 게 말이 돼? 여기 뭔가 이상해. 넌 여길 어떻게 알고 온 거야?

— 언젠가 한국에서 살게 되면 이 집에서 살 거라고 줄곧 생각하고 있었던 것 같아.

— 이 집이 빈집이라는 걸 알고 있었어? 사진은 다 어떻게 구했고?

— 빈집이었거나 와서 살아도 된다고 생각했으니까 가지고 있었을 거야. 사진을 어떻게 구했는지는 잘 모르겠어. 기억나지 않아. 뉴욕에 불시착했을 때부터 내 가방 속에 들어 있었으니까.

이든은 풀리지 않는 수수께끼를 일단 한숨으로 묻어놓고 주변을 살펴보고 오겠다면서 나갔다. 혹시라도 모를 상황에 대비해 울프는 지하 곁에 남겨뒀다. 무엇인가 위험한 것이 나타나면 울프가 먼저 경고할 것이다. 지하는 울프가 짖는 소리를 들을 순 없지만 그 울림을 피부로 느낄 수 있었다.

주방 겸 거실엔 커피의 잔여물이 말라붙은 커피메이커와 식탁, 식기, 소파가 있었다. 책이 잔뜩 꽂힌 책장은 낡은 목조책상과 마주보도록 놓여 있었는데, 책에도 책장에도 먼지가 두텁게 쌓여 있었다. 방은 두 개였다. 하나는 깨끗하게 비워져 있었고 나머지 방에는 침대와 작은 사이드테이블이 있었다. 사이드테이블은 직접 나무를 잘라 만든 것처럼 보였다.

울프는 유리창이 깨지고 없는 창틀 너머를 내다보며 이든을 기다렸다. 밖에서 들어온 담쟁이덩굴이 내벽을 타고 올라가고 있었다. 전기와 수도는 이미 오래전에 끊긴 것 같았고, 냉장고 안의 음식엔 모조리 곰팡이가 피어 있었다. 이곳에 살던 누군가가 황급히 떠났던 것일까?

지하는 마지막 하나 남은 문을 열었다. 욕실이었다. 커다란 회색 타일로 벽과 바닥을 마감한 욕실에는 샤워부스와 변기, 세면대가 있었다. 유리 재질의 샤워부스는 다행히 깨진 곳 하나 없이 멀쩡했지만 바닥은 흙먼지와 나뭇가지, 죽은 벌레들의 잔해로 어질러져 있었다.

지하는 다시 거실로 나와 책상 앞에 앉았다. 울프가 앞발로 그녀를 툭, 툭 치더니 앞장서서 현관 밖으로 나갔다. 그녀는 울프를 따라갔다. 마당에서 이든이 손짓했다.

— 저기 너머까지 가봤는데 근처엔 인가가 안 보여. 외딴 숲 같아. 따라와 봐. 보여줄 게 있어.

오두막 뒤에 파란색 방수포에 덮인 오토바이가 한 대 있었다.

— 뭔가 싶어 봤는데 오토바이야.

지하는 이상한 기분이 들었다. 그녀는 이 오토바이에 대해 알고 있었다. 오토바이는 엔진이 훤히 드러나 있는 네이키드 종이었다. 레플리카 탑이나 다른 기종에 비해 속력이 빠르진 않아도 정비 편의성이 높아 지식만 조금 있으면 손수 고쳐 쓸 수 있는 기종이었다.

순간 기름 묻은 손으로 오토바이의 나사를 죄고 있는 자신의 모습이 잔상처럼 뇌리를 스쳤다. 지하는 뭔가에 사로잡힌 듯한 눈으로 걸어가 오토바이에 올라앉았다. 자신의 것인 양 편안했다. 지하는 그곳에 열쇠가 들어 있다는 것을 알고 있었던 사람처럼 오토바이의 사이드 가방을 열었다. 가방 안에는 오토바이 열쇠와 폴라로이드 사진기, 가죽장정을 한 수첩과 만년필이 들어있었다.

"이건 모스부호잖아?"

이든이 가죽장정 수첩을 넘기며 중얼거리는 동안, 지하는 오토바이에 시동을 걸고 오두막 마당을 달려 나갔다. 이든은 놀라서 오토바이의 뒤를 쫓았지만 지하는 뒤도 돌아보지 않았다. 울프가 짖으면서 오토바이를 쫓아갔다.

"……."

이든은 가죽장정 수첩을 들고 오두막 안으로 들어왔다. 책상의 먼지를 손바닥으로 대충 쓸어내고 의자에 앉았다. 나무가 틀어진 것인지 서랍이 꽉 닫혀 있지 않았다. 그는 서랍을 살며시 열었다. 서랍 안에 폴라로이드로 찍은 사진이 몇

장 들어 있었다.

사진 한 장을 집어 들던 이든은 흠칫 놀랐다. 사진 속에 지하와 똑같이 생긴 여자가 있었다. 여자의 사진은 여러 장이었다. 지하와 똑같은 얼굴인데 분위기가 너무 달라 다른 사람처럼 보였다. 어두운 표정에 후드를 덮어 쓴 모습이었다.

충격을 받은 이든이 서랍 속의 사진들을 모조리 꺼내 살펴보는 동안 그들이 돌아오는 소리가 들렸다. 오두막 안으로 뛰어 들어온 울프가 이든을 발견하고 꼬리를 흔들었다.

지하가 상기된 얼굴로 들어와 이든에게 수화를 했다.

— 저 오토바이 꼭 내 것 같아.

— 너 그 가방 속에 오토바이 열쇠 있는 건 어떻게 알았어?

— 나도 몰랐어.

— 난 네가 오토바이를 탈 수 있는지 몰랐어.

— 나도 내가 오토바이를 탈 줄 아는지 몰랐어.

이든은 고개를 절레절레 흔들며 그가 찾아낸 사진들을 보여줬다. 지하는 자신과 똑같이 생긴 여자가 타자기 앞에 앉아 시니컬한 표정을 짓고 있는 사진을 집어 들었다.

— 너지? 사진 속의 타자기도 뉴욕에 두고 온 거랑 똑같아.

사진 속의 타자기에는 '기린의 타자기-우탁&서영'이라고 적혀 있었다. 뉴욕에 놓고 온 타자기에도 똑같은 위치에 그 문구가 적혀 있다.

— 하지만 난 여기서 산 기억이 없어.

— 처음엔 혹시 쌍둥이 자매가 있는 거 아닌가 생각했는데 타자길 보니 이 사진 속 여잔 너야. 여기서 살다 보면 어떻게 내 체육관 앞에 쓰러져 있었는지도 기억나지 않을까?

— 자꾸 기억해내라고 하지 마! 난 지금 이대로 충분하단 말이야!

지하는 언성을 높이며 이든의 간절한 시선을 피했다.

저녁노을이 산머리를 붉게 물들이며 오두막 안으로 스며들고 있었다.

오두막이 안전하다고 느낀 두 사람은 일단 허기를 채우기로 하고 벽에 붙어 있는 사진 속 상가로 순간이동 했다. 무수한 식당 간판 속에서 뷔페를 찾아내 이번엔 뷔페 홀로 순간이동 했다. 의심을 살까 봐 빈자리가 있어도 앉지 않았다. 대신 접시에 음식을 담으러 다니면서 배부르게 먹었다. 그러는 동안 울프 몫의 고기까지 몰래 챙겼다.

양심의 가책이 느껴졌지만 당장의 배고픔을 해결하려면

이 방법밖엔 없었다. 음식을 먹고 계산도 하지 않고 사라진 적이 한두 번이 아니다. 그때는 반 장난삼아 했던 일이기에 양심의 가책은 느끼지 않았다. 하지만 이제는 더 이상 즐겁지가 않다. 거리는 물론 도로와 건물 안팎에 숨겨진 CCTV가 신경 쓰였다. 언젠가 한국에서도 정체가 들통날 날이 올 것이다. 마음이 무거웠다.

집으로 돌아온 두 사람은 작은 방에 있던 먼지투성이 이불을 들고 마당으로 나갔다. 이불 네 귀퉁이를 나눠 잡고 먼지를 털었다. 밤하늘엔 무수히 많은 별들이 빛나고 있었다.

침대에 눕자 울프가 뛰어올라 두 사람 사이에 엎드렸다. 분위기가 평상시와 다르다는 것을 감지했는지 울프가 근심어린 표정으로 두 사람을 바라봤다.

— 뉴욕은 낮이겠지?

이든이 몸을 돌려 지하를 바라보며 수화했다.

— 급해서 스케치 노트를 챙기지 못했어. 그게 아쉬워.

— 미안해. 나 때문이야. 나도 타자기를 갖고 오고 싶어. 우리 아파트에 그대로 있겠지? 경찰이 물건까지 가지고 갔을 리는 없잖아?

— 우릴 잡으려고 기다리고 있을걸? 이미 한국에도 수사

협조요청을 했을 테고. 어쩌면 인터넷에 우리 얼굴이 대문짝만 하게 떠 있을지도 몰라.

지하는 일어나 거실로 나왔다.

빛바랜 사진들이 붙어 있는 벽을 마주보고 섰다. 어딘지 알 수 없지만 화려한 도심의 야경이 찍힌 사진에 주목했다. 밀집된 건물과 간판들 속에서 PC방이라고 적힌 곳을 찾아냈다. 지하는 눈을 감고 집중했다. 다음 순간 지하는 오두막에서 사라졌다.

지하는 PC방 건물 근처로 순간이동 했다. 어떤 커플이 PC방으로 들어가는 걸 보고 지하도 잰걸음으로 그들의 뒤를 따랐다. 여자도 PC방은 처음인 것 같았다. 계단을 오르며 남자가 여자에게 PC방 이용법을 설명해줬다.

지하는 빈자리에 앉아 전원 스위치를 눌렀다. 바로 회원가입 화면이 떴다. 지하는 이 단계를 패스할 수 없다는 것을 깨닫고 입술을 질근 깨물었다. 초조하게 화면만 노려보고 있을 때였다. 옆자리 남자가 휴대폰으로 뭔가를 보더니 테이블 위에 휴대폰을 툭 던져 놨다. 휴대폰이 잠금 상태로 돌아가기 전에 지하는 남자의 휴대폰을 낚아채 PC방에서 사라졌다. PC방 여자 화장실 칸막이 안으로 이동한 그녀는 휴대폰으로 자신에 관한 뉴스가 있는지 검색했다. 한국 경찰이 그녀를 수배하고 있을 거라고 생각했지만 의외로 조용했다. FBI에서 쫓지 않는 것일까. 어디에서도 '순간이동자'에 대한 뉴스나 보도자료는 발견할 수 없었다.

분명 미국 뉴스에 대서특필 되었을 텐데 보도자료 하나 없다는 게 무슨 의미일까. FBI 측에서 모두 삭제했을까? 그래 놓고 비밀리에 그녀를 잡아서 CIA에 넘겨 이용해먹을 심산일까?

그녀는 자신이 검색했던 히스토리를 모조리 삭제한 후 화장실에서 살며시 걸어 나와 PC방의 분위기를 살폈다. 그녀가 앉았던 옆자리 남자가 프런트에서 직원과 이야기하고 있었다. 경찰도 보였다.

지하는 남자가 앉았던 자리로 걸어갔다.

"엇! 저기 저 여자예요!"

휴대폰을 내려놓는 순간 누군가가 고함을 질렀다. 그녀는 다시 훅- 공간을 치고 사라졌다.

— 어디 갔었어?

오두막의 침대로 돌아온 지하는 이든에게 PC방에 갔던 일을 말했다.

— 거기 CCTV에 순간이동 하는 순간이 찍혔을 텐데.

이든은 지하를 나무라듯 쳐다보며 한숨을 내쉬었다.

그때였다. 갑자기 '욱' 하고 욕지기가 치솟았다. 그녀는 얼른 욕실로 뛰어들었다.

변기 뚜껑을 열고 먹은 것을 모조리 게워냈다. 변기물이 나오지 않는다는 것을 다시 확인하는 순간 갑자기 화가 치밀었다. 한곳에 정착하지 못하고 살아가는 삶, 훔치지 않고서는 생계를 유지할 돈이 없다는 사실, 곳곳에 설치된 CCTV. 언제 붙잡힐지 모른다는 불안감이 점점 증폭되어 견딜 수 없는 그 무엇이 되어가고 있었다.

게다가 이든은 뉴욕으로 돌아가고 싶어 하는 것 같았다. 일러스트레이터로서의 삶도, 그가 운영하던 체육관도 뉴욕에 있다. 이곳에서 살아가려면 모든 것을 처음부터 다시 시작해야 한다.

이든은 언제든지 지하를 떠나 새로운 삶을 살 수 있다. 범죄를 저지른 것은 이든이 아니라 자신이었으니까.

심한 두통이 일었다. 머리를 움켜쥐자 머리카락이 한 움큼 빠졌다. 너무 놀라 머리를 다시 움켜쥐었다가 손을 폈다. 머리카락이 다시 한 움큼 빠졌다. 그제야 지하는 눈에 띌 정도로 머리숱이 휑하다는 걸 깨달았다. 순간이동을 하는 동안 몸에 무리가 온 것이다. 짐작하고 있었지만 이렇게 급작스런 변화를 겪게 될 줄은 몰랐다.

지하는 세면대 아래 달린 서랍장을 열어 봤다. 녹슨 가위와 특이한 모양의 단도가 들어 있었다. 단도는 날 길이가 9센티미터, 전체 길이는 18센티미터로 대나무 칼집 안에 들어 있었다.

어떤 기시감이 느껴졌다. 단도를 쥐고 보이지 않는 상대를 향해 찌르기 연습을 하는 자신의 모습. 그녀는 확실히 이곳에 산 적이 있었다. 적이 진짜로 앞에 있는 것처럼 지하는 칼을 내뻗었다. 이 집에 살았던 과거의 자신과 하나가 된 듯 모든 것이 너무도 자연스러웠다.

그녀는 손바닥으로 거울의 먼지를 닦아냈다. 자신의 모습이 뿌연 거울 위에 비쳤다. FBI가 가만히 있을 리 없다. 어쨌든 겉모습에 변화를 줘야 한다. 지하는 가위로 머리카락을 짧게 잘랐다. 긴 머리카락이 뭉텅뭉텅 떨어졌다. 머리카락 토

막들이 얼굴과 목, 어깨에 달라붙었다. 손으로 털어도 잘 떨어지지 않았다.

한바탕 게워낸 탓인지 오한이 들었다. 욕조 가득 따뜻한 물을 받아 그 안에 들어가 눕고 싶었다. 지하는 마음껏 물을 사용할 수 있었던 맨해튼의 아파트가 그리웠다. 누가 기다리고 있든 말든, 경찰 따위 잠복을 하든 말든 상관없다. 지하는 단도를 움켜쥐고 48001호를 떠올리며 질끈 눈을 감았다.

조용한 세상

남들은 서영이 대형교회의 목사 사모이자 시의원의 아내로 아무런 걱정 없이 살고 있다고 생각한다. 그러나 이 집안에서는 상식적이지 못한 일들이 날마다 벌어지고 있다. 우선 CCTV만 해도 그렇다. CCTV를 설치한 일반 가정이 과연 몇이나 될까.

누군가 와인창고 문을 여는 소리가 들렸다. 입주도우미 아주머니인가 싶어 서영은 방심한 상태로 계단을 올려다봤다. 문이 열리고 시어머니가 들어섰다. 서영은 전율하며 들고 있던 성경책을 재빨리 덮었다.

시어머니는 서영을 벌레 보듯 위아래로 살피더니 곧장 화장실로 들어갔다.

"나가 있어라."

서영은 성경책을 내려놓고 와인창고를 나갔다. 거실에 CCTV 설치 회사의 유니폼을 입은 남자가 앉아 있었다. 도우미 아주머니가 남자를 데리고 와인창고로 내려갔다가 혼자 올라왔다.

"화장실에도 CCTV를 설치한대요."

도우미 아주머니가 커피 테이블을 닦는 척하며 낮게 속삭였다. 시어머니가 서영이 화장실에 오랫동안 앉아 있는 것에 의혹을 품기 시작한 것 같았다. 조심해야 했다.

잠시 후 시어머니와 CCTV 설치기사가 와인창고에서 올라 왔다. 시어머니는 인자한 얼굴로 설치기사를 보냈다. 시어머니가 서영을 유령 취급하며 위층으로 올라간 후 헬스트레이너가 현관문을 열고 들어섰다. 눈매를 강조한 화장, 혈색 좋은 얼굴, 찰랑거리는 긴 머리카락. 커다란 가슴을 앞으로 내밀고 꼿꼿한 자세로 걷는 그녀는 자신감이 넘쳐 보였다.

그녀가 서영에게 눈인사를 했다.

"전부터 궁금했는데 누구시죠?"

서영은 기가 막혀 아무런 대답도 할 수 없었다. 헬스트레이너는 도우미 아주머니에게 커피를 달라고 했고, 그녀가 커피를 가지고 오자 서영이 누구인지 물었다.

"어르신께 여쭈세요."

도우미 아주머니는 질문에 대한 답을 회피하는 것으로 헬스트레이너를 은근히 무시했다.

"사모님, 커피 한잔 가져다 드릴까요?"

계단을 내려가는 서영에게 도우미 아주머니가 소곤거렸다. 서영은 고개를 가로저었다.

예전 같았다면 자신의 처지를 비관했겠지만 지금 그녀에겐 읽어야 할 책이 있다. 책이 기다리고 있는 와인창고로 내려가는 것이 즐거웠다. 책을 다 읽고 나서 어찌해야 할지 지금으로선 알 수 없지만, 끝까지 다 읽고 나면 분명 무엇인가 알게 될 것이다.

다행스럽게도 성경책은 그녀가 놓아둔 그곳에 그대로 있었다. 서영은 성경책 표지가 딸이 쓴 책을 완독할 때까지 보호막이 되어주길 바라며 침대에 앉았다. 무릎을 세우고 다시 책을 펼쳤다.

7

샤워실 안에 갇혀 있던 사람은 놀랍게도 시어머니였다. 짙은 마스카라와 함께 흘러내린 시커먼 눈물, 퉁퉁 부은 눈, 박스테이프가 붙은 입, 등 뒤로 묶인 두 팔과 발. 서영이 처음 보는 시어머니의 처참한 몰골이었다. 시어머니는 배로 바닥을 밀며 그곳에서 빠져나오려고 필사적인 몸부림을 치고 있었던 것 같았다.

시어머니가 고개를 치켜들고 서영을 쳐다봤다.

"으으으……."

시어머니가 두 눈을 부릅뜨고 뭐라고 말했다. 풀어달라는 뜻일 것이다.

서영은 뒤로 물러났다. 신음소리가 더욱 커졌다. 대체 이게 무슨 일일까. 하늘이 내린 기회일까. 어쩌면 칸막이마다 시집식구들과 친정식구들이 갇혀 있을지도 모른다. 서영은 비실비실 웃으며 칸막이 문을 모조리 열어 확인했다. 하지만 다른 사람은 없었다.

서영은 다시 시어머니가 있는 샤워실 문을 열고 들여다봤다. 시어머니는 풀어달라며 온몸으로 신음하고 있었다.

서영은 샤워실 벽에 걸려 있는 시어머니의 밍크코트를 집어 들고 얼른 문을 닫았다.

시어머니의 곁엔 가기 싫다. 시어머니의 몸엔 손가락 하나 대고 싶지 않다. 입을 막은 저 테이프를 뜯어내면 무시무시한 욕설이 쏟아질 것이다. 끔찍하고 저열한 언어폭력으로 자신을 무력화시켰던 저 무시무시한 입.

밍크코트는 따뜻했다. 시어머니의 변기에 잠겼던 그녀의 머리카락과 얼굴에서는 아직도 악취가 나는 것 같았다.

시어머니가 신음 소리를 내며 칸막이 문을 발로 찼다. 서영은 자신이 당한 그대로 시어머니에게 갚아줄까 생각했다가 고개를 가로저었다. 같은 인간이 되고 싶진 않았다.

새벽기도를 갔던 그날 새벽, 목사의 아들이던 지금의 남편과 마주쳤다. 그는 아무도 없는 간증방으로 그녀를 데리고 갔다.

가장 먼저 그녀에게 일어난 일을 알게 된 것은 우탁이었다. 우탁은 목사의 아들에게 당한 서영의 몰골을 사진 찍어 친정식구들에게 보냈다. 친정식구들은 남편의 집이 재력가라는 사실을 알고 두 사람의 결혼을 종용했다. 평소 그녀에게 호감을 가지고 있던 남편은 아이러니하게도 그 결혼을 적극적으로 받아들였다. 하지만 시집에서는 친정을 부숴버리겠다며 결사반대했다. 두 사람은 동거를 시작했고 쌍둥이가 들어섰다. 시집은 할 수 없이 결혼을 허락했다.

시어머니는 미친 듯이 칸막이벽을 차고 머리로 문을 처박으며 신음 소리를 내더니 어느 순간 조용해졌다. 지친 것 같았다.

시어머니의 머리카락 한 올 보고 싶지 않다는 마음과 그래도 풀어줘야 한다는 마음이 서로 싸웠다. 아무도 없는 곳에서 시어머니를 죽여버리고 싶다는 생각도 들었다. 자신이 당했던 것처럼 의식을 잃을 때까지 시어머니의 배를 걷어차는 장면도 상상했다. 아니면 새까맣게 염색한 머리카락을 두피째 쥐어뜯을까. 모두 시어머니가 서영에게 한 짓들이었다.

"풀어드릴게요. 하지만 저랑 꼭 약속해야 해요. 여기서 나가면 저랑 제 친정식구들한테 함부로 하지 않겠다고."

약속 따위 지킬 위인은 아니지만 서영은 필사적으로 고개를 끄덕이는 시어머니를 풀어주기로 했다.

서영은 성큼 샤워실로 들어서서 시어머니의 입에 붙은

박스테이프를 뜯어냈다.

"악! 이 미친년아 살살해!"

시어머니는 입이 자유로워지자마자 욕을 했다. 기대했던 첫 마디는 아니었다.

"뭐 해? 이것도 마저 풀지 않고?"

시어머니는 여전히 고압적인 자세로 팔다리를 묶어 놓은 케이블타이를 풀어달라고 했다.

짧은 케이블타이로 묶은 손목과 발목 사이를 긴 로프가 잇고 있어 시어머니는 활처럼 휘어진 자세였다. 혼자 풀어보려고 발광했는지 케이블타이의 날카로운 모서리가 팔목 근처의 통통한 살점을 파고들어 있었다. 아마도 시어머니는 지금껏 살아오면서 이런 험한 일을 당해본 적이 없었을 것이다.

시어머니의 뻔뻔스러운 태도에 동정심은 순식간에 사라졌다. 괜한 짓을 하는 건 아닐까. 만약 시어머니가 집에서처럼 머리채를 잡고 흔든다면 폭력에 길들여진 서영이 맞설 수 있을까?

머뭇거리고 있는 사이 시어머니가 뭐 하고 있냐는 듯 힐끗 쳐다봤다.

"손으로는 못 해요. 자를 게 필요해요."

가방도 휴대폰도 없이 몸만 달랑 갇힌 데다 이곳은 사용하지 않은 지 오래된 곳이었다. 단단한 케이블타이를 자를 만한 것이 있을 리 없다. 그래도 혹시 몰라 칸막이 밖으로 나와 이리저리 훑어봤지만 생각대로였다. 그런데 시어머니는 언제부터 여기 있었을까. 자신이 갇힌 첫날 밤에는 이곳에 없었을 것이다. 그렇다면 빵과 물을 먹고 잠에 취해 있었을 때 놈이 자신에게 했듯, 시어머니를 마취시켜 끌고 들어온 것일까?

"어쩌죠? 자를 만한 것이 없어요."

서영이 칸막이 안으로 얼굴을 내밀고 말했다.

"이 뒀다 뭐해?"

"네?"

"이로 잘라. 네 이로 물어뜯어보란 말이야!"

서영은 시어머니를 빤히 내려다봤다. 이런 상황에서도 제 몸 소중한 것만 아는 이기적인 성격. 입장이 바뀌었다면 시어머니는 과연 자신의 이로 케이블타이를 끊으면서까지 서영을 풀어주려 했을까. 저 입을 다시 막아버리고 싶었다.

"아범한테 먼저 연락해. 우리 여기 납치되었으니까 경찰에 신고하라고."

"저, 가방도 휴대폰도 없어요. 어머닌요?"

"나도 없어. 그런데 넌 왜 안 묶여 있는 거야?"

시어머니는 서영을 의심스런 눈초리로 바라봤다.

"이상하잖아? 같이 감금당했는데 왜 나는 묶이고 넌 안 묶인 거야?"

"그, 그건 저도 몰라요."

뜬금없이 의심을 받고 있었다. 서영은 잘못한 것도 없으면서 움츠러드는 자신이 싫었다. 서영은 불쾌감에 사로잡혀 시어머니를 쳐다봤다. 상황이 달라졌다. 주눅 들어야 할 필요가 전혀 없었다.

"뭐죠? 지금 풀어주려는 절 의심하시는 거예요?"

서영이 노려보자 시어머니가 치켜뜬 눈에서 힘을 뺐다. 그제야 자신의 처지를 깨달은 것 같았다.

케이블타이를 끊어낼 방법이 떠오른 서영은 화장실 칸막이로 들어가 변기 수조 뚜껑을 들고 나왔다. 그것을 세면대의 거울을 향해 힘껏 집어던졌다. 거울이 쩍 갈라지면서 날카로운 유리 파편들이 우수수 떨어졌다. 서영은 얼른 손에 쥐기 적당한 유리 조각을 하나 집어 들었다. 언제 베었는지 손가락에서 피가 스며났다.

"스카프 좀 쓸게요."

"뭐하려고?"

서영은 아무 말 없이 시어머니의 스카프를 풀었다. 손이 베이지 않도록 유리조각의 일부를 스카프로 친친 감았다. 유리의 날카로운 단면으로 로프를 갈기 시작했다.

"아, 아파, 조심해 좀!"

시어머니가 신경질을 냈다. 하지만 상처를 건드리지 않고 로프를 끊어내는 게 쉬운 일은 아니었다.

"여긴 어떻게 오셨어요?"

"동휘가 붙잡혀 있다는 전화를 받았어. 경찰에 연락하면 동휘를 죽이겠다고 했어. 넌?"

"그러니까 우리 두 사람 다 제 발로 온 거군요. 저는 지하가 붙잡혀 있다고 해서 왔거든요."

"쳇, 지하 년이 뭐라고……."

시어머니가 중얼거렸지만 서영은 못 들은 척했다.

로프와 케이블타이를 모두 끊어내자 시어머니는 자유로워진 팔다리를 축 늘어뜨린 채 한동안 대자로 엎드려 있었다. 팔목과 발목에 케이블타이에 쓸린 상처가 보였다.

"물 없니?"

정신을 차린 시어머니가 일어나 밖으로 나오며 물었다.

풀어주느라 고생했다. 다치진 않았냐. 고맙다. 그런 말은 한 마디도 없었다.

"물 없어요."

"저기 한번 틀어 봐."

"여기 전기, 수도 다 끊긴 곳이에요."

"물 나오는지 좀 틀어보라고!"

시어머니가 눈알을 치켜뜨며 화를 냈다.

"어머니가 직접 하세요."

그것이 시작이었다. 지금껏 하고 싶은 말을 못 하고 살았다. 어차피 이제 남인데 하고 싶은 말은 해야겠단 생각이 들었다.

"뭐?"

시어머니는 모욕감을 참는 듯 입을 꾹 다물고 서영을 노려보더니 세면대로 가 수도를 틀었다. 물이 나오지 않는다는 것을 확인한 시어머니가 갑자기 몸을 홱 돌리더니 서영에게 달려들어 머리채를 움켜잡았다.

"이년아! 도망을 쳐? 도망쳐서 어쩌게? 내가 말했지 네년은 죽어서 나가야 한다고! 네년이 앞날 창창한 우리 아들 꼬드겼잖아. 오점 하나 없는 우리 집안에 너랑 네 딸년이 오점이라고!"

"이거 놔!"

서영은 팔을 뻗어 시어머니의 얼굴을 움켜잡고 엄지손가락을 양쪽 눈에 찔러 넣었다. 시어머니는 비명을 지르며 손을 풀고 물러나 씩씩댔다.

"이보세요! 말은 바로 하셔야죠! 당신 아들이 날 망쳤잖아요! 아무것도 모르는 나를, 그것도 간증실에서!"

"뭐? 이보세요? 당신? 이년이 이제 막나가네?"

"당신도 봤잖아. 당신 아들이 휘두른 주먹에 맞은 내 얼굴, 피멍자국!"

"네년이 한껏 달아오르게 꼬셔놓고 몸 빼려고 했겠지. 네 언니가 그렇게 하라고 시키든? 처음부터 그렇게 하려고 네 어미랑 짰냐?"

서영은 냉소했다.

"당신도 여자잖아? 당신한테도 딸 있잖아?"

"나나 내 딸들은 너처럼 몸을 함부로 굴리지 않아."

"결혼하자고 한 건, 당신 아들이야."

"그럼 그 상황에서 내 아들한테 선택권이 있었겠냐? 네 어미가 휴대폰에 손가락 딱 대고 그 사진들 가지고 협박했어. 합의금을 달라면 줬을 거야. 근데 더 큰 욕심을 부린 거지. 너희 둘 결혼시키라고. 학교, 경찰서, 교육청, 심지어 교인들 리스트 모두 준비해놓고 내가 보는 앞에서 모두에게 다 전송하겠다고 협박했다, 이년아. 너희 친정식구들 싹 다 죽여버리려고 했는데 그것도 미리 준비해놨더라. 네 집에 무슨 일 생기면 누군가 다 뿌려버리게 해놨다고. 돈 없이 살더니 아주 돈독이 올라도 단단히 올라서. 네 엄마 대단해."

시어머니는 피해자인 척 열변을 토했다. 거기까지는 서영도 모르던 일이었다.

"배은망덕한 년. 네가 애 낳았을 때 산후조리 누가 해줬니? 네 어미가 해주던? 그것도 내가 했다."

"산후조리?"

시어머니의 말을 끊은 서영이 갑자기 정신 나간 여자처럼 웃기 시작했다.

"지민이 내 품에서 뺏어 가고, 지하랑 나만 차디찬 와인창고에서 지내게 했잖아! 그게 산후조리야? 정말 시간을 되돌릴 수만 있다면 그 끔찍한 시간을 내 기억에서 지워버리고 싶어. 당신이 나한테 무슨 짓을 했는지 알아?"

"무슨 짓? 너 부기 빼는 데 호박물이 좋다고 해서 호박물 끓여서 대령했고 닭 넣어서 끓인 미역국 먹고 싶다고 해서 토종닭까지 사서 끓여줬다. 너 편하게 쉬라고 네 남편 내가 다 챙겼고, 애 낳았다고 교인들 찾아오면 내가 커피 대접하고 말동무해줬어. 그런데 뭐? 하나도 안 고마워? 배은망덕도 유분수지!"

"난 그런 음식 먹은 적 없어! 아주머니가 내려다준 빵 한 조각에 물이 전부였지. 위층에서 당신이 교인들 불러 파티 여는 동안 난 지하실에서 지하 얼어 죽을까 봐 덜덜 떨면서 끌어안고 있었어. 그 사람들한테는 내가 친정 가서 몸조리한다고 말했다지. 당신은 악마야. 피 흐르는 밑을 씻지 못해 악취가 날 때까지 당신은 나를 위층에 올려 보내지 않았어! 휴대폰 뺏고 친정식구는 집안에 발도 못 들이게 했어. 당신 술 마시고 와인창고에 내려와서 내 따귀 때리면서 말했잖아. 죽어라. 이년아. 왜 안 죽니. 너 죽어야 애들한테 엄마 노릇 제대로 해줄 새엄마 데리고 오지. 능력 있고 교양 있는 새엄마가 무능력하고 성질 나쁜 친 엄마보다 나을 거라고 당신 입으로 말했지. 그게 내 산후조리였어!"

"내가 언제, 이년아! 아갈머릴 확 찢어 놓을라!"

결혼하고 처음으로 하고 싶었던 말을 모조리 쏟아냈다. 응어리가 풀리는 것 같았다. 왜 진즉에 이렇게 받아치며 살지 못했을까.

"난 그 안에서 죽고 싶었어. 지옥이 따로 없었으니까."

영원히 시집살이할 날들을 생각하니 미칠 것만 같아서 지하랑 같이 죽으려고 두 손으로 갓난아기 목을 졸랐다.

지하는 걸핏하면 현실을 잊고 상상 속에 빠져 살았다. 또래 아이들보다 학습능력이 떨어지는 데다 열 손가락은 휘었고, 오른쪽 새끼발가락은 움직이지 않는다. 서영은 지하의 장애가 자신의 탓이라 믿었다. 목이 졸리는 동안 뇌에 산소가 공급되지 않아 신경에 손상을 입은 거라고 생각했다.

젖먹이 딸의 목을 조른 것은 시어머니가 아닌 서영 자신이었지만 시어머니에게 학대를 당하지 않았다면 그런 짓을 하지 않았을 것이다. 시어머니는 원인제공자였다. 하지만 자신은 피해자인 동시에 가해자이기도 했다. 당신 때문에 지하가 농아가 된 거라고 퍼부으려던 서영은 본능적으로 그 말은 꿀꺽 삼켰다. 산후우울증으로 인해 갓난 자식의 목을 졸랐다는 비밀을 입 밖에 내는 순간 부메랑이 되어 돌아올 것임을 잘 알고 있었기 때문이다.

"죽지 그랬냐? 왜 아직 안 죽고 살아 있냐? 넌 벌레야. 네 친정은 돈 버러지고. 네 딸은 업보고."

"업보?"

드디어 서영 속의 괴물이 터져 나왔다.

서영은 시어머니에게 달려들었다. 두 사람은 한 덩어리가 되어 엎치락뒤치락 서로 할퀴고 물어뜯었다.

거친 폭풍이 지나갔다. 승자도 패자도 없었다. 지친 두 사람은 멀리 떨어져 앉았다.

뜯기고 할퀴어진 상처가 쓰라렸다. 두 사람 다 배가 고팠고 목이 말랐다. 시어머니는 서영이 훔쳐간 자신의 밍크코트를 뺏으려 했지만 뜻대로 되지 않았다. 그런 상태로 오전이 훌쩍 지나갔다.

서영은 밍크코트를 여민 채 한쪽 구석에 웅크리고 앉았다. 한동안 그러고 있다 보니 졸음이 왔다. 서영은 꾸벅꾸

벅 졸기 시작했다.

시어머니는 졸고 있는 서영의 얼굴이 너무나 밉살스러워 견딜 수 없다는 듯 차갑게 노려봤다. 서영이 무릎에 얼굴을 묻었다. 시어머니는 서영이 좀 더 깊게 잠들기를 기다렸다가 살며시 일어나 자신이 갇혔던 샤워실 문을 열고 들여다봤다. 찾고 있던 것을 발견한 것인지 노모의 눈이 빛났다.

너무 열중해 있으면 시어머니가 수상쩍게 여길지도 모른다. 그런 생각이 퍼뜩 머릿속을 스쳤다.

시어머니는 무엇을 찾고 있었을까. 서영은 성경책을 덮었다. 두 손을 모으고 기도하는 척했다. 창문이 없는 와인창고에서는 낮인지 밤인지 지금이 몇 시인지도 알기 어려웠다.

순간이동자

누군가 지하의 어깨를 흔들었다. 정신을 차려보니 이든과 울프가 그녀를 내려다보고 있었다.

— 어떻게 된 거야? 아파트에 갔었어?

타자기와 이든의 스케치 노트, 그리고 달러 뭉치 하나가 욕실 바닥 위에 떨어져 있었다.

— 응.

— 아무도 없었어?

— 사람은 없고 CCTV가 설치되어 있었어. 나, 머리가 깨질 것 같아.

지하는 손바닥으로 관자놀이를 눌렀다. 찌르는 듯한 두통과 함께 치통이 몰려왔다.

지하는 자신의 입안으로 손을 집어넣었다. 어금니가 심하게 흔들렸다. 손가락에 힘을 주자 어금니가 쑥 빠졌다. 이든은 지하가 뺀 어금니를 놀란 눈으로 바라봤다.

— 이, 이거 혹시 순간이동 부작용 같은 거 아냐? 울프 앞다리랑 가슴 사이에 커다란 종양이 생겼어. 크기를 보니 그동안 자라고 있었던 것 같아.

지하는 두려운 마음으로 울프를 끌어안고 종양이라는 덩어리를 봤다. 털에 덮여 있어 겉에선 잘 보이지 않았지만 확실히 겨드랑이에 단단한 물혹 같은 게 붙어 있었다.

— 넌? 넌 아무 이상 없어?

— 난 아직. 아무런 증상도 없어.

지하는 절망적인 얼굴로 이든을 바라봤다.

— 혼자 있고 싶어.

— 병원에 가봐야 하지 않을까?

— 의사들이 알겠어? 우리한테 무슨 일이 일어나고 있는지를? 미쳐버릴 것 같아. 나가라고!

지하는 거칠게 수화하곤 이든의 가슴을 확 밀었다.

그녀는 욕실 문을 잠갔다. 혼자가 됐다. 갑자기 감정이 격해지더니 눈물이 쏟아졌다. 도무지 정상적인 생각을 할 수가 없다. 후두부가 묵직해지는 감각과 함께 갑자기 눈까풀이 마구 떨리기 시작했다.

뭔가에 홀린 듯 지하의 눈에서 빛이 사라졌다. 지하는 갑자기 자신의 목을 졸랐다. 악력이 세어질수록 시야가 어지럽게 겹쳐졌다. 그때였다. 미세한 진동이 욕실을 흔들기 시작하더니 훅- 소리와 함께 지하가 공간 속으로 사라졌다.

지하가 갑자기 사라진 지 한 달이 되어가고 있었다. 지하가 어디로 간 것인지 언제 돌아올지 알 방법은 없다. 이든이 할 수 있는 일은 그저 기다리는 것뿐이었다.

이든은 산 아랫동네에서 빌려온 사다리를 들고 현관 안으로 들어섰다. 갑자기 집 안에서 쿵 하는 소리가 났다. 곁에 있던 울프가 꼬리를 흔들며 안으로 뛰어들었다. 혹시 지하가 돌아온 것은 아닌가 하는 기대감에 그는 사다리를 내팽개치고 안으로 달려갔다.

지하가 바닥에 곤두박질한 채 버둥거리고 있었다. 울프는 반갑다는 듯 지하의 얼굴을 핥아대는 중이었다. 이든이 달려가 그녀를 꼭 끌어안았다.

— 어디 갔었어? 도대체 어떻게 된 거야?"

그녀의 몰골은 말이 아니었다. 얼굴은 상처투성이였고 발바닥은 새까맸다. 옷은 그녀가 사라지기 직전에 입고 있던 차림 그대로였다.

— 온몸이 찢어진 것처럼 아파.

지하는 축 늘어진 채 겨우 손가락만 움직여서 수화를 했다.

— 너무 추워.

이든은 몸을 쓰지 못하는 지하를 번쩍 안아들고 거실 안쪽으로 갔다. 오래된 놋쇠 난로에서 장작이 타오르고 있었다.

— 너 한 달 동안 사라졌었어. 대체 어딜 갔었던 거야?

— 한 달? 그동안 나도 내가 어디에 있었는지 기억이 안 나.

지하는 마치 이든에게서 대답을 찾으려는 듯 절망적인 표정으로 이든을 바라봤다.

이든은 뜨거운 코코아를 가지고 와 지하의 차가운 두 손에 안겨주고 지하 곁에 앉았다.

— 차근차근 생각해봐. 어디로 이동했었는지. 왜 이동했

는지. 대체 왜 기억이 안 나는지 알아야 할 거 아냐?

— 나도 모른다고!

지하가 화를 내며 수화했다.

— 알았어. 침착해. 화낼 일이 아니야.

— 나 뭔가 이상해. 내가 내 목을 졸랐어. 정말 죽일 것처럼 작정하고 졸랐어. 제 손으로 자기 목을 조른다고 죽는 것도 아닌데. 좀 웃기지 않아?

지하는 헛웃음을 웃다가 다시 정색했다.

— 그다음에 어디론가 이동했어. 그리고 지금 여기 있어. 중간 단계가 전혀 기억나지 않아.

지하가 비틀거리며 일어나 사진들이 붙어 있는 벽을 마주보고 섰다. 이든은 지하의 행동을 지켜봤다. 지하는 사진 하나를 뜯어내더니 손에 쥐고서 두 눈을 질끈 감았다. 지하가 순간이동을 하는 방법이었다. 몇 번을 시도했지만 지하는 여전히 그 자리에 서 있었다.

— 나 순간이동이 안 돼.

지하가 말했다. 갑자기 쓸모없는 인간이 된 것 같은 기분이 들었다.

순간이동이 되지 않는다는 말에 충격을 받을 줄 알았던

이든은 잠시도 망설이지 않고 대답했다.

— 그딴 능력 없는 게 나아!

충격은 오히려 지하가 받았다. 그럼 지금까지 이든은 그녀의 순간이동 능력을 싫어했던 것일까. 그 능력 때문에 도망자가 되어 살기 때문일까. 순간이동 능력이 없는 자신을 이든은 사랑할까. 회한이 밀려왔다.

— 어떻게 그렇게 말할 수 있어?

두 사람의 수화가 거칠어졌다. 오두막의 공기가 불안하게 흔들렸다. 울프가 안절부절 못하며 두 사람을 쳐다봤다.

— 우리 이제 정신 차려야 해. 더 이상 순간이동 하면 안 돼. 능력이 있더라도 쓰면 안 된다고. 지금은 아무도 우릴 주목하지 않지만 언젠가 붙잡힐 거야. 그러니까 차라리 없는 게 나아.

지하는 아무 말도 할 수 없었다.

— 네가 사라진 동안 나 일자리 구했어. 네가 이렇게 오랫동안 돌아오지 않은 적이 없어서 미칠 것 같았지만 알아낼 수도 없는 일이라서 그 시간에 일자리를 찾아다녔어. 산 아래 제법 큰 격투기 도장이 있더라. 거기서 스파링 상대로 뛰기로 했어.

— 스파링 상대? 그건 대놓고 맞아주는 거잖아?

— 그러니까 일할 수 있었던 거야. 우리는 지금 신분증도 은행구좌도 만들 수 없어. 보증을 서줄 사람이 없잖아. 거긴 그런 걸 요구하지 않더라고. 그냥 맞아줄 사람이 필요했던 거고, 나는 아무것도 묻지 않는 고용주가 필요한 거고. 난 괜찮아. 그리고 출판사에서 일러스트 일도 맡게 될 것 같아.

— 출판사? 출판사 어디?

— D출판사로 찾아갔어. 거기서 너한테 계약서 보냈다는 문자 받은 게 기억나서 찾아갔는데 대표가 엄청 반가워하더라. 답도 없고 연락도 안 되서 이미 다른 출판사와 계약했다고 생각했대. 내가 좀 뻥을 쳤어. 다른 출판사에서도 계약서를 보내서 지금 고민 중이라고. 그랬더니, 관례에 의하면 선인세를 100만 원 주는데 자기들은 2천만 원 줄 수 있다면서 프린트된 계약서 다시 주더라.

파격적인 대접처럼 느껴졌지만 지하는 처음처럼 기쁘지 않았다.

— 이상한 건 없었고?

— 대표는 우리에 대해선 아무것도 모르는 것 같았어. 그걸 보면 아직 FBI가 정식으로 우리를 수배하진 않은 것

같아. 이유는 모르겠지만.

— 수배하지 않고 아무도 모르게 우릴 찾아다니고 있을지도 모르지.

— 그래, 그럴지도 모르지. 잠시만.

이든은 방으로 들어갔다가 휴대폰을 들고 나왔다.

— 너랑 내 휴대폰도 개설했어. 휴대폰을 개설하려면 외국인 등록증이랑 은행계좌가 있어야 하는데 그 출판사 대표가 도와줬어. 우리 이제 일해서 돈 벌어야 해. 다시 은행을 털순 없다고. 난 이제 먹튀도 싫어. 2천만 원이나 준다는데 거기랑 계약해. 계약서 사인해서 넘겨주면 곧바로 출간 진행하겠대.

— 출간해서 어쩌게? 나 여기 있다고 알려주는 거나 마찬가지잖아.

— 그렇게 생각할 수도 있지만 그건 네 책이 세계적인 베스트셀러가 되거나 떠들썩할 정도로 문제작인 경우고. 바쁜 세상이야. 아무도 우리한테 주목하지 않을걸? 그리고…… 2천만 원, 적은 돈 아냐.

— 그 대표 이상한 거 아냐? 내 글이 그 정도로 잘된 작품 아니잖아? 단지 작품만 가지고 그러는 거 아닌 것 같아.

— 작품 보는 눈이 있는 거지. 작품성도 작품성이지만 그것보단 네 작품으로 돈 벌 가능성이 크다는 걸 간파한 거야. 요즘 세상에 손해 볼 일에 투자하는 사람이 어디 있겠어? 그리고 이제 나, 정착하고 싶어. 가정을 꾸리고 싶다고. 나도 아일 갖고 싶어.

지하는 충격 받은 얼굴로 멍하니 입을 벌렸다. 이든이 그런 생각을 하고 있었는지 몰랐다.

— 난 아이 갖기 싫어! 아이 따위 갖기 싫다고, 나 닮아서 듣지도 말하지도 못하는 애 나오면 어쩔 건데? 어떻게 키울 거냐고! 나는 나만으로도 벅차! 그 따위 요구할 거면 헤어져! 이제 그만 헤어지자고! 계약 위반이야. 아이 갖자는 이야기하면 헤어지기로 했잖아!

— 왜 그렇게 아일 싫어해?

— 싫다고!

— 너 이상하게 변했어!

— 그래 맞아. 나 이상하게 변했어! 하지만 우리한테 아이 이야긴 금기 사항 아니었어?

— 미안해. 내가 말을 잘못했어.

이든은 지하에게 즉시 사과했지만 지하는 이미 건너지

못할 강을 건넌 기분이었다.

그날 밤 두 사람은 각자 따로 잤다. 어느 쪽으로 가야 할지 혼란스러워 하던 울프는 지하의 품에 주둥이를 들이밀고 들어왔다. 울프를 안고 자려던 지하는 일어나 거실로 나왔다. 그녀에게 괴로움을 잊는 방법은 한 가지뿐이었다. 소설 속으로 파고드는 것.

고맙게도 이든은 지하가 뉴욕에서 찾아 온 타자기를 책상 위에 올려두었다. 사라진 한 달 동안 오두막도 사람 사는 곳처럼 달라져 있었다.

양말을 겹쳐 신고 털 실내화를 신었다. 책상 앞에 앉아 무릎담요를 덮었다. 지하는 타자기가 내는 소리를 들은 적이 없다. 하지만 글쇠를 누를 때마다 활자 막대기가 먹끈을 때리는 진동은 느낄 수 있었다.

그 진동이 집 안을 가득 채우는 동안 이든은 잠에서 깼고 그녀가 다시 글쓰기를 시작한 것을 보고 커피를 끓여 왔다.

— 새벽부터 작업이야? 새 소설?

이든은 머그잔을 내밀었다. 지하는 머그잔을 감싸 쥐곤

고개를 끄덕였다.

— 뭐 써? 이번엔?

— 그냥……. 아깐 미안했어. 진심으로 사과해.

— 나야말로 미안했어.

두 사람은 각자 다른 곳을 바라보며 커피만 마셨다.

이든은 책상 위에 머그잔을 내려놓고 지하의 얼굴 앞에서 손짓했다. 지하가 이든을 쳐다봤다.

— 내일 출판사 찾아갈 거지?

지하는 고개를 끄덕였다.

— 출판사 대표가 너한테 궁금한 게 많은지 나한테 묻더라. 너, 노트북 없어서 타자기로 치는 거냐고?

— 지금은 노트북이 없긴 하지.

지하가 피식 웃었다.

— 2천만 원 받으면 노트북부터 하나 사자.

지하는 전자제품 코너로 순간 이동해서 마음에 드는 노트북을 슬쩍해 오는 모습을 상상했다. 하지만 이젠 불가능한 이야기였다. 그녀는 갑갑한 마음으로 고개를 끄덕였다.

— 나도 전부터 궁금했어. 초고를 타자기로 쓰는 이유가 뭐야?

— 버리기 쉬우니까.

— 버린다고? 고생해서 쓴 글을 왜 버려?

— 버려야 제대로 된, 괜찮은 글이 나오거든.

지하는 커피를 한 모금 더 마시고 수화를 이어갔다.

— 노트북에 쓰면 이상하게 쓴 만큼의 문장을 삭제하는 게 쉽지 않아. 나도 왜 그런지 모르겠어. 펜으로 쓰면 버리긴 쉽지만 단단한 문장이 나오지 않아. 타자기는 글쇠를 칠 때마다 단어들이 뇌 속에 각인되는 느낌이거든. 초고는 글의 전체적인 플롯을 짜는 작업인데 타자기로 하면 집중이 잘 돼.

— 노트북 화면 속의 문장은 손에 쥘 수 없기 때문에 불안감이 바탕에 깔려 있지. 하지만 타자기는 활자를 찍는 순간, 종이에 남으니 상대적으로 불안감이 덜하지. 그런 요소도 있지 않아?

— 맞아. 컴퓨터의 커서는 인내심이 없어. 금방이라도 꺼져버릴 듯 1초마다 깜빡이면서 불안감을 줘. 그러니까 쫓기듯 생각을 쏟아내게 만들어. 그런데 타자기는 문장이 끝난 그곳에서 진득하게 기다려주잖아. 충분히 생각하고 다시 돌아와, 그때까지 기다리고 있을게, 라고 말해주지.

— 언제든 같은 자리에서 진득하게 기다리는 건 나도 잘

하는데.

이든은 어젯밤 스스로 계약조항을 위반한 일을 만회하려는 듯 씩 웃었다. 그 웃음에 지하의 기분도 조금 풀렸지만 이제부터는 완벽하게 혼자 사는 방법을 모색해야 한다는 생각엔 흔들림이 없었다.

시외버스를 타고 가라는 이든의 말을 무시하고 지하는 오토바이를 몰고 서울을 향해 달렸다. 새 휴대폰이 내비게이트가 되어 길을 안내했다. 그녀는 보청기를 빼고 출발했다. 보청기를 끼고 타면 주변의 소음이 증폭되어 끔찍한 두통을 겪어야 한다. 위험은 감수해야 했다. 보청기가 없으면 갑자기 뒤에서 누가 부른다거나 차가 경적을 울려도 알아챌 수 없다. 언제든 죽을 준비가 되어 있다고 생각하면 들리지 않는 것이 무섭지 않았다.

속도감에 몸을 맡긴 채 이든과 헤어져 울프와 단 둘이 살아가는 모습을 상상해봤다. 쓸쓸한 삶이겠지만 또 다른 재미를 발견할 수도 있을 것이다. 삶이란 늘 한 면만 있는 것은 아니지 않은가.

그렇게 살아야 한다면, 그 누구에게도 의지하지 않고 살아갈 수 있을 것 같았다.

이든이 다시 아기 이야길 꺼내면 그땐 단호하게 이별할 생각이었다. 하지만 이별이란 단어를 떠올리는 것만으로도 지하는 가슴이 아팠다. 두 눈에 어느새 눈물이 고였다.

우울해지거나 불안해지면 목을 조르는 기이한 습관은 언제부터 어떻게 시작된 것일까. 부모는? 친구는? 이곳에서의 삶이 일부분 드러났지만 그녀는 여전히 과거가 없는 사람이었다.

지하는 무릎에 힘을 주고 오토바이에 몸을 밀착시킨 채 고속도로를 질주했다.

11

대표는 지하가 내민 계약서를 받아들고 자세히 살폈다.

— 계약서 꼼꼼하게 보시고 사인하신 거 맞죠?

두 사람은 마주보고 앉아 문자를 주고받으며 대화했다.

— 도장 가지고 오셨어요? 그럼 함께 날인할까요?

대표가 작성이 완료된 계약서를 반으로 접어 내밀었다. 지하는 도장을 가지고 있지 않았으므로 대표가 시키는 대로 지장을 찍었다.

"이제 계약이 완료되었습니다. 작가님."

대표가 환하게 웃으며 손을 내밀었다. 두 사람은 악수했다. 대표는 묘한 눈빛으로 그녀를 바라보더니 이윽고 정적을 깨며 말했다.

"그분 맞으시죠?"

"……?"

— 작가님이 우리 출판사로 처음 찾아왔을 때 제가 얼마나 놀랐는지 모릅니다. 저 기억 못 하죠? 하긴 그땐 작가님도 정신이 없었을 테니. 절 기억하는 게 오히려 이상하겠죠.

대표는 문자를 찍어 보였다.

대체 무슨 말을 하려는 것일까. 지하는 휴대폰 화면과 대표의 표정을 번갈아보며 대표가 모든 비밀을 토해내도록 잠자코 기다렸다.

— 그 능력 아직도 갖고 있어요?

지하는 정신이 번쩍 들었다. 대표는 처음부터 그녀를 알고 있었다.

— 능력이라니요? 무슨 말인지 모르겠습니다.

— 모 정신병원에서 산후우울증에 대한 포럼이 있던 날 그 건물에 화재가 일어났었죠. 작가님께서 제 멱살을 잡고 순식간에 건물 밖으로 데리고 나가주셨죠. 덕분에 전 지금 여기 살아 있고요. 작가님은 제 생명의 은인입니다. 꼭 다시 뵙고 싶었답니다. 물론 작가님을 뵌 건 그때가 처음이 아니었습니다. 작가님은 분명 기억하지 못하시겠지만, 전 지하철 안에서도 작가님을 뵀습니다. 그날도 작가님이 절 구해줬죠.

그제야 지하는 2천만 원을 내걸고서라도 자신을 잡으려 했던 대표의 의도가 이해됐다.

— 대표님께서 관심을 가진 것은 제 원고가 아니라 저의 순간이동 능력이었나요?

— 두 가지 답니다. 아무리 순간이동 능력이 있다고 해도 작품이 재미없었다면 출간하자고 하진 않았을 겁니다.

지하는 냉소했다. 하지만 다른 선택이 없었다.

— 알겠습니다. 그런데 2천만 원은 현금으로 주실 수 있나요?

대표는 그럴 줄 알고 미리 준비해뒀다는 듯 책상 서랍에서 종이봉투를 꺼내 와 지하에게 건넸다.

— 2천만 원, 현금입니다. 이건 선인세 개념의 계약금입니다. 아시죠?

돈이 손에 들어오자 참담했던 기분도, 대표에 대한 적개심도 조금 가라앉았다.

— 그런데 왜 갑자기 한국으로 오셨습니까? 혹시 미국에서 범죄를 저지른 건가요? 어쩌다가 휴대폰을 개설할 처지도 못되는 불법체류자 신분이 되신 건가요?

대표는 지하의 처지가 갑이 아닌 을이라는 것을 알려주려는 듯 은근슬쩍 정곡을 찔렀다. 지하는 굳은 얼굴로 대표를 바라봤다.

— 하지만 걱정 마세요. 이제 제 출판사 소속 작가가 되었으니 제가 한 식구처럼 돕겠습니다.

새로운 불안감이 엄습했다. 이든도 그녀도 대표에게 약점이 잡힌 것이다.

오두막으로 돌아온 지하는 밖에서 기다리고 있던 이든에게 대표가 그녀의 정체를 알고 있었다고 이야기했다.

— 그 대표 음흉한데. 왜 처음부터 말하지 않았을까?

— 처음부터 날 안다고 했으면 내가 계약하지 않을 거라고 생각했겠지. 나라서 계약하자는 건 아니고 정말 첫 문장 읽고는 숨도 안 쉬고 끝까지 읽었대. 한 공간에 갇힌 사람이 며느리와 시어머니라는 설정부터 마음에 들었대. 그 말 때문에 내 기분이 풀렸어. 본문 수정할 부분이 없기 때문에 바로 교정으로 들어간다고 했어. 교정과 표지 작업을 동시에 할 거래.

— 알고 있어. '조용한 세상' 표지 작업 의뢰 나한테 했으니까.

— 그럼 표지를 네가 그리는 거야?

이든은 고개를 끄덕이고는 정사각형의 봉투 하나를 내밀었다.

— 이게 뭐야?

봉투 겉면엔 아무것도 적혀 있지 않았다.

— 혹시 이 집과 네 과거가 관련이 있는 건 아닐까 해서 네가 돌아오지 않는 며칠 동안 책상 정리하면서 좀 뒤졌어. 봉투가 빨간색이라 곧바로 눈에 띄더라. 혹시 네가 아는 건가 싶어서.

봉투를 열자 아무런 그림도 없는 빨간색 카드가 나왔다. 카드를 열어보니 뭔지 모를 선과 점들이 그려져 있었다. 지하는 의문스러운 표정으로 이든을 쳐다봤다.

— 모스부호야. 201이라는 숫자와 년도, 날짜, 시간이 적혀 있어. 지금부터 3년 전 날짜야. 오토바이 박스 안에 들어 있던 가죽장정 노트에도 온통 모스부호로 뭔가 적혀 있었어.

— 몰라, 난 모르는 거야.

지하는 강하게 부정했다. 이든은 그런 지하를 의심스런 눈으로 바라보다가 마침내 뭐라고 말하려는 듯 입을 열었다. 시간이 멈춘 것은 바로 그때였다.

뭔가를 감춘 듯한 눈빛으로 이든을 올려보던 지하도, 뭐라고 수화하려던 이든도, 주둥이를 바닥에 붙인 채 주인들의 눈치를 살피고 있던 울프도 그대로 얼어붙은 것처럼 정지했다.

조용한 세상

침대 밑에서 기어 나온 바퀴벌레는 침대 시트를 타고 올라가 서영의 머리카락 속으로 파고들었다. 자고 있던 서영은 무엇인가 머리카락 속을 기어 다니는 감각에 짧은 비명을 지르며 침대에서 뛰쳐나왔다. 너무 무서워서 머리카락 속에 손을 집어넣지는 못하고 그 자리에서 덜덜 떨며 머리를 털었다.

바퀴벌레는 서영의 이마로 기어 나오다가 바닥으로 툭 떨어졌다. 침대 밑으로 재빨리 기어들어가려는 바퀴벌레를 보고 있자니 갑자기 날카로운 분노가 치밀었다. 분노는 자신을 업신여기고 이용하고 억압하는 이 집 식구들과 친정, 무기력하게 당하고 사는 자신을 향하고 있었다. 서영은 도망치는 바퀴벌레를 있는 힘껏 밟았다.

화장실 세면대에서 손발을 씻고 다시 방으로 온 서영은 납작하게 짓이겨진 바퀴벌레를 한참동안 내려다봤다. 배가 터져 있는 것을 보니 징그러웠지만 다시 나타난다면 이젠 바로 죽일 수 있을 것 같았다. 별것도 아닌 것을 왜 여태 그토록 무서워했던 것일까.

서영은 바퀴벌레를 치우고 다시 성경책을 펼쳤다.

소설 속의 시어머니는 칸막이 안에서 무엇을 찾았던 것일까.

노모는 스카프가 감긴 유리조각을 집어 들었다. 세상 모르고 잠든 서영에게 가만히 다가가 유리조각을 치켜들었다.

"악!"

서영은 소스라쳐 놀라 잠에서 깼다. 다리에서 피가 흐르고 있었다.

시어머니는 무표정한 얼굴로 피가 뚝뚝 떨어지는 유리조각을 든 채 그녀를 내려다보고 있었다. 아픔도 아픔이지만, 그 표정에 소름이 돋았다.

"내 옷 벗어 이리 내. 안 그럼 이 걸로 네 얼굴을 확 그어버릴 테니까."

뾰족한 유리 조각의 끝이 바로 눈앞에 있었다. 서영은 순순히 밍크코트를 벗었다.

"상의 벗어서 안에 사람 있으니 살려달라고 써서 걸어."

"보, 볼펜 같은 거 없어요."

"네 피 찍어서 써. 그 더러운 피 그런 곳에라도 써야지, 안 그래?"

밍크코트를 입은 시어머니가 차가운 얼굴로 서영을 내려다봤다.

8

밤도 아닌데 하늘이 벌써 어둑어둑했다. 금방이라도 비가 쏟아질 것 같았다. 지하는 편의점 안에 앉아 컵라면을 먹었다.

편의점을 나가려는데 머리를 노랗게 염색한 남자가 지하 앞을 막아섰다.

"너 ○○아파트 살아?"

지하는 남자의 입술을 읽었다. ○○아파트라면 지금 지

내는 곳이다.

"한 시간 전에 타자기 친 사람이 혹시 너니?"

지하는 고개를 끄덕였다.

"희한하게 이상한 소리가 들려서 가만히 귀를 기울여보니까 타자기를 치는 소리 같더라고. 긴가민가했는데 맞구나. 안녕? 난 아래층에 살아. 일주일 전에 이사 왔어. 난 아버지랑 골동품 매입해서 고쳐 파는 일을 해. 여러 종류 타자기도 팔아. 넌 학생?"

남자의 말은 너무 빨랐다. 지하가 다 알아들을 수 없을 정도였다. 반응이 늦자 남자가 대뜸 수화를 했다.

— 너, 혹시 농인?

농인이라는 말은 어째서인지 듣기 싫다. 하지만 청인이 수화를 하자 남자에게 호기심이 생겼다. 지하는 고개를 끄덕였다.

— 아하. 그럴 줄 알았어. 내 입술을 뚫어지게 쳐다보기에.

— 어떻게 수화를 해?

— 동생이 농아야. 그런데 넌 어디까지 들어? 내 동생은 아예 못 듣지만, 농인들마다 조금씩 달라서 말이야.

— 보청기 껴도 잘 안 들려. 머리만 아프고, 입을 보는 게 그나마 정확해. 근데 난 진동에 예민해서 공기 속에서 소리가 움직이는 걸 느껴.

— 그렇구나. 우리 같은 청인들은 소리가 움직이는 걸 느낀다는 게 뭔지 잘 몰라. 그건 특별한 능력 같아. 아무튼, 새 타자기 싸게 사고 싶거나 고장 나거나 도와줄 거 있으면 문자 보내. 휴대폰 줘 봐.

— 휴대폰 없어.

아버지에게 추적당할까 봐 휴대폰은 배터리를 아예 빼뒀다.

— 그럼 언제든 찾아와. 참 내 이름은 유연석, 너는?

— 내 이름 부를 일은 없을 것 같은데?

연석은 지하가 이름을 알려주기 싫다는 걸 알아들은 것인지 다시 묻지 않았다. 대신 지하가 들고 있는 커다란 비닐 백을 들어줬다. 두 사람은 아파트로 걸음을 옮겼다. 지하는 문득 자신이 호신술을 할 줄 안다는 걸 자랑하고 싶었다.

— 너, 싸움 잘해?

지하가 주먹을 쥐고 펀치 날리는 시늉을 하며 말했다.

— 글쎄. 아직 주먹 쥐고 싸워본 적이 없어서. 왜?

— 난 잘해.

— 진짜?

— 봐. 실제라고 생각하고 내 머리채를 잡아봐.

— 진짜 그래도 돼?

지하는 연석의 손을 잡아 자신의 머리 위로 올렸다. 연석은 머리채를 잡는 시늉을 했다.

— 꽉 잡아.

연석이 손에 힘을 줬다. 바로 다음 순간, 뭐가 어떻게 되었는지 알아차리기도 전에 연석의 팔이 등 뒤로 꺾였다.

— 우왓 대단해!

연석은 감탄하며 웃음을 터트렸다.

"음…… 너는 예쁜 얼굴은 아닌데 분위기가 독특해. 지나가는 사람들이 꼭 한 번씩 뒤돌아볼 것 같아. 말라깽이에 얼굴은 조막만 하고, 눈빛은 굉장히 거칠고 반항적인데 얼굴은 또 겁을 집어먹고 긴 머리카락 뒤에 숨어 있는 거 같아."

연석은 진지한 표정으로 지하에게 수화와 음성언어를 섞어 말했다.

— 그래서 뭐, 내가 좋다는 거야?

— 우왓 너 훅 들어온다? 그냥 네가 어떤 앤지 궁금하다는 거지. 또 어떤 거 할 줄 알아?

지하는 아파트에 도착하기 전까지 연석을 상대로 자신이 익힌 호신술을 자랑했다.

— 도장 다녔어?

— 아니. 유튜브로.

— 우와. 영상 보고 따라 한 건데 그 정도야?

— 워낙 많이 반복해서 그런지 머릿속에 다 입력됐어.

— 실제로 써먹어본 적 있어?

— 응. 근데 겁을 집어먹으면 잘 안 되는 거 같아.

— 그건 그래. 무서우면 손발이 먼저 얼어붙잖아. 저기 경양식 파는 레스토랑 보이지?

연석이 골목에 늘어선 식당 중 하나를 가리켰다.

— 저긴 사실 토요일 새벽이 되면 클럽으로 변해. 변칙 영업을 하는 곳이지. 넌 저런 데 한 번도 안 가봤지?

— 난 아직 고딩이라고.

— 야. 네가 몰라서 그렇지, 고딩들도 대딩인 척 저기 가서 춤춰. 저긴 신분증 검사를 안 하거든. 내 동생도 가봤는 걸.

— 나도 가보고 싶어!

— 진짜? 너희 부모님한테 들키면 큰일 날 텐데?

— 괜찮아. 지금 우리 부모님 해외여행 중이라 집에 아무도 없거든. 특별히 할 일도 없고, 또 오늘 토요일이잖아!

지하는 아무렇지도 않게 거짓말을 했다.

— 그럼 오늘 밤에 갈까?

연석이 눈을 빛내며 지하를 쳐다봤다.

9

서영은 하는 수 없이 티셔츠를 벗었다. 다리 위로 흘러내리는 피를 손가락에 묻힌 다음 '안에 사람이 갇혔어요. 살려주세요.'라고 썼다. 어쨌든 이곳에서 나가야 한다.

이곳에서 탈출하는 것이야말로 두 사람의 공통된 목표였다. 그렇지만 서영은 시어머니의 표독스러움에 다시 한 번 소름이 돋았다. 그녀는 절룩이며 일어나 세면대 위로 올라섰다. 구조 요청을 쓴 티셔츠를 창틀에 걸쳐 밖에서 볼 수 있도록 하고, 티셔츠가 바람에 떨어지지 않도록 세면대 수도꼭지에 묶을 생각이었다. 그러려면 끈이 필요했다.

티셔츠 위에 걸쳐 입었던 후드에서 끈을 뺐지만 세면대까지 이어지지는 않았다. 시어머니가 올이 다 터진 스타킹을 벗어 내밀었다. 두 개를 연결하자 겨우 소매 끝에 묶을 수 있었다. 서영은 발끝으로 서서 창 너머로 숲을 바라봤다. 어둑해지는 숲 저편으로 불빛 같은 것이 보였다. 누군가 있는 것 같았다.

"이보세요! 살려주세요! 여기 사람 있어요!"

서영은 큰 소리로 외쳤다.

"왜 그래? 밖에 누가 보여?"

"불빛이 있어요!"

"그래?"

시어머니는 문을 두드리며 고함을 질렀다.

두 여자가 필사적으로 고함을 질러대도 불빛은 움직임이 없었다.

냉기가 뼛속까지 파고들었다.

서영은 시어머니가 입고 있는 밍크코트를 부러운 듯 쳐다봤다.

"그 코트 같이 덮어요. 제가 티셔츠 벗었으니."

"헛소리 그만해. 내 옆에 오기만 해. 확 찔러버릴 테니까.”

시어머니가 유리 조각 쥔 손을 치켜들었다.

어두운 숲의 공기는 금방이라도 비를 뿌릴 것처럼 축축했다. 아니나 다를까, 갑자기 비가 쏟아지기 시작했다. 티셔츠가 비에 젖으면 피로 쓴 글씨도 번져서 지워질 것이다. 힘이 빠졌다.

내부가 빠르게 어두워졌다.

첫 번째 칸막이 화장실 안에서 본 맥도날드 컵이 떠올랐다. 컵을 주워온 그녀는 발끝으로 서서 창밖으로 손을 내밀어 빗물을 받았다. 그거라도 마셔야 살 것 같았다.

“드실래요?”

서영이 물었다. 시어머니가 손을 뻗었다. 파렴치한 시어머니를 내려다봤다.

자기가 아픈 것은 못 견디면서 서영의 몸엔 아무렇지도 않게 유리 조각을 들이댔다. 사람이 어떻게 저럴 수 있을까. 시어머니의 손이 컵에 닿는 순간 자상을 입은 다리가 따끔했다. 바로 그 순간 이성이 마비됐다. 서영은 들고 있던 컵을 시어머니의 얼굴에 집어던졌다.

“뭐 이딴 년이 다 있어!”

시어머니가 서영의 다리를 붙잡아 잡아당겼다. 그 바람에 서영은 세면대에서 바닥으로 곤두박질쳤다. 두 여자는 다시 엉겨 붙어 치고받았다. 서영은 필사적으로 밍크코트를 뺏으려 했고 시어머니는 뺏기지 않으려 했다.

163센티미터의 키에 몸무게가 67킬로그램인 시어머니는 서영보다 힘이 셌다. 154센티미터의 키에 몸무게는 겨우 43킬로그램밖에 나가지 않는 서영은 죽기 살기로 덤벼야 했다.

"아, 잠깐만! 어지러워."

시어머니가 갑자기 서영의 머리끄덩이를 놓더니 사지를 뻗고 드러누웠다. 서로의 모습이 어둠에 가려져 잘 보이지 않았다. 서영은 숨을 헐떡거리면서도 악착같이 손을 뻗어 시어머니의 밍크코트를 뺏어 입었다.

"날 원망하지 마라. 내가 살아보니까 자기 자신을 못 지키는 것들이 남한테 휘둘려. 남한테 쓴소리 못하는 것들이 뒤끝 작렬이지. 독립심 없는 것들은 얕잡히게 마련이고 겁 많은 것들은 이용당하지. 어느 순간 억울하다는 생각이 들어서 그만두면 네가 길들인 것들이 가만있지 않을걸? 우리가 널 길들인다고 생각했겠지만 우리도 너한테 길들여진 거니까. 네가 그 꼴이야. 처음부터 지금처럼 나한테 필사적으로 달려들지 그랬냐? 그랬다면 무서워서 손가락 하나 안 댔을 거다. 다 네가 빌미를 준 거야. 나도 남 탓 잘 하지만 너도 알고 보면 남 탓하는 년이야. 제일 무서운 년은 길들여지지 않는 년이지. 지하 년처럼. 그런데 너는 처음부터 길들여지길 자청하고 들어온 년이다."

"그래서 이 모든 게 제 잘못이라는 건가요?"

서영이 맞받아쳤다. 뭐라도 말해야 한다. 가만히 있으면 시어머니의 말을 인정하는 꼴이 된다. 지고 싶지 않다. 서영은 두 번 다시 시어머니가 기세등등해지는 걸 보고 싶지 않았다.

"스스로 판 무덤이야. 내가 너더러 그렇게 살라고 하진 않았지."

"아뇨. 그렇게 만드셨죠! 어머닌 원인제공자라고요!"

"말을 하려면 똑바로 해. 원인제공자는 바로 네 어미지."

"……!"

분노가 치밀었다.

"억지 부리지 마. 너 같은 성격은 니들 부부끼리만 살았어도 지금처럼 됐을 거다."

"억지는 당신이 부리는 거지. 난 애 낳고 그 추운 와인창고에 갇혀서 오돌 오돌 떨면서 긴 밤을 지냈어. 그러니까 당신도 정말 추운 게 어떤 건지 난방 안 되는 여기서 한번 겪어 봐."

서영은 샤워실 칸막이 안으로 들어가 문을 걸어 잠갔다.

"이, 이년아…… 내 밍크코트…… 내…… 놔."

시어머니는 누운 채 목소리를 쥐어짜냈다.

'정말 그럴까. 정말 시집에서 살지 않고 남편과 단 둘이 살았어도 지금처럼 되었을까?'

지하의 굽은 손가락과 움직이지 않는 오른쪽 새끼발가락이 떠올랐다. 죄책감이 심장을 죄어왔다.

당시 그녀에겐 탈출구가 없었다.

서영은 출산 때 회음부절개를 했다. 회음부절개란 아이가 나오는 산도를 넓히기 위해 메스로 질과 항문 사이를 자르는 것을 말한다. 부분 마취를 한 터라 아프진 않았지만 칼날이 음렬과 항문 사이에 꽂히던 순간이 머릿속에서 생생하게 그려지면서 이미지가 되어 뇌리에 각인됐다.

의사가 메스로 절개선을 그었다기보다 '턱-' 하고 음렬 위로 내리꽂은 것 같은 기분이 들었는데 그 '턱-' 하는 소리가 실제로 들린 것은 아니었다. 하지만 '상상의 소리'는 출산 이후 수시로 떠올랐다. 그때마다 그녀는 어깨를 움츠리며 진저리를 쳐야 했다.

출산 후 꿰맨 부위의 상처가 회복되는 과정에서 서영은 밑이 찢어지는 듯한 고통과 불편함을 감수해야 했다. 도움의 손길 하나 없는 와인창고에서 한 달 남짓 피 묻은 산모용 패드만 갈아댔다. 힘을 주면 그곳이 찢어질 듯 아파 대소변도 제대로 보지 못했고 앉기는커녕 겨우 어기적어기적 걸었다.

시어머니는 울지 않는 지하가 기분 나쁘다면서 지민을 빼어갔다. 젖을 먹이겠다고 하면 '더러운 년의 젖을 먹이느니 최상급 외제 분유를 먹이는 것이 낫다.'고 비아냥거렸다.

남편에게 분가하자고 애원해보았지만 소용없었다. 그 역시 들은 척 만 척할 뿐이었다. 하다못해 정신과 상담이라도 받게 해달라고 했더니 시의원이자 목사인 자신의 아내가 정신병자라는 소문이라도 나길 바라는 거냐며 윽박질렀다. 그러면 차라리 이혼하자고 말했다가 귀싸대기를 맞았다.

와인창고에 갇혀 있는 동안 위층에선 줄곧 웃음소리가

들려왔다. 산모와 아기는 산후조리 중이라는 시어머니의 말 한 마디에 와인창고에 갇힌 지하와 서영은 사람들로부터 잊혀 유령으로 살았다.

분노와 불안, 무기력한 상태에서의 자살충동은 혼자서 이겨낼 수 있는 감정이 아니었다. 하지만 그 누구와도 산후의 우울감을 터놓고 이야기할 수 없었던 서영은 막다른 골목에서 입을 꾹 다문 채 산후우울증을 키웠다. 그 당시엔 그러한 심적 혼란이 산후우울증이란 것조차 알지 못했다.

그냥 죽고 싶었다. 죽는 것이 친정과 시집으로부터 자유로워질 수 있는 유일한 방법이라 생각했다. 어린 지하를 혼자 두고 갈 생각을 하니 지하가 불쌍해 견딜 수가 없었다. 듣지도 소리 내 울지도 못하는 지하를 불행에 던져 놓느니 데리고 가는 게 맞았다. 그녀는 지하의 목을 졸랐다. 자신이 무슨 일을 당하고 있는 것인지도 모르는 아기는 팔다리를 버둥댔다. 서영의 관자놀이에 핏대가 섰다. 건잡을 수 없는 눈물이 흘러내렸다.

소스라쳐 놀라 아이의 목에서 손을 뗀 것은, 혹시라도 아이를 먼저 죽인 후 자살에 실패해 자신만 살아남게 될지도 모른다는 생각이 든 순간이었다. 그녀는 비로소 정신을 차렸고 끔찍한 짓을 저지를 뻔했음을 깨닫고 지하를 끌어안고 엉엉 울었다. 아무리 엄마라고 해도 자식의 생명을 자기 마음대로 할 권리는 없다. 그 엄중한 진리를 그땐 깨닫지 못했다. 그저 내 새끼는 내가 거둬야 한다는 생각뿐이었다.

서영은 멍하니 성경책을 내려놨다. 나는 대체 어떤 인간인가. 낳았다는 이유만으로 한 생명의 가능성을 말살하려 했던 나는 대체 어떤 엄마인가. 지하에게 속죄하고 싶었다.

지하는 심하게 불안하거나 화가 나거나 혼자만의 생각에 사로잡힐 때마다 자신의 의지와는 달리 사라졌다 돌아오길 반복했다. 예전처럼 가고 싶은 곳으로 순간이동을 하는 능력은 두 번 다시 가질 수 없었다. 대신 예기치 않은 순간에 어딘가로 소환됐고 돌아오는 데 걸리는 시간은 일정하지 않았다.

이든은 지하가 없는 동안 묵묵히 자신이 해야 할 일을 했다. 연장과 재료를 사서 오두막의 부서진 곳을 손봤고 지하가 돌아오면 주려고 최신형 노트북을 샀다. 스파링 상대로 나가 흠씬 두들겨 맞고 집으로 돌아오면 울프를 챙기고 포트폴리오를 만드는 일에 열중했다. 그러는 사이 2월이 되었다. 전국의 도로가 명절 귀성객들로 붐볐지만 숲은 여전히 고요하고 쓸쓸했다.

울프를 데리고 아침 산책을 나갔다 돌아오니 대표가 보낸다던 책이 배달되어 있었다. 『조용한 세상』 20권. 류지하의 첫 장편소설. 그는 자신이 일러스트 작업을 한 표지를 물끄러미 바라봤다. 아련하게 깨어나는 새벽의 도시를 배경으로 몸의 절반이 사라져가는 지하를 표현했다. 표지가 독자들의 호기심을 자극해 한 부라도 더 팔린다면 더할 나위가 없을 텐데.

휴대폰이 울렸다. 출판사 대표였다.

"책 받으셨지요?"

"네, 방금 받았습니다."

"근데 왜 이렇게 작가님한텐 연락이 안 되죠?"

"지하가 휴대폰을 꺼두고 살아서 그래요. 죄송해요."

이든은 거짓말을 했다.

"오늘 아침부터 전국 서점에서 판매 시작했어요."

"정말요? 서점에 한번 가봐야겠네요."

"이제 사인회 준비하셔야 한다고 전해주세요."

"사인회요?"

"네. 출간 기념으로 작가가 독자들과 만나는 자리입니다. 오신 분들과 질의응답 시간도 갖고 또 구매하신 책에 사인을 해드리는 그런 자리죠."

뭔가 이상했다. 얼굴을 노출시키는 일에 지하가 동의했을 리가 없었다.

"지하도 알고 있습니까?"

"당연히 알고 계시죠. 계약서에 직접 사인하지 않으셨습니까? 계약서 조항에 보시면 작가는 발행물 홍보를 위한 모든 이벤트에 반드시 협조해야 한다고 되어 있습니다. 계약조항을 지키지 않을 시엔 계약금 2천만 원의 두 배에 해당하는 금액을 위약금으로 물어내야 한다고도 적혀 있습니다."

생애 처음으로 계약을 해본 지하가 계약서 조항 전부를 이해했을 리 없다. 설마, 사인회에서 정신병원 화재사건과 지하철 충돌사건 때 사람들을 구한 사람이 지하라는 것을 밝히려는 걸까.

아무리 영악한 대표라고 해도 FBI로부터 쫓기고 있다는 것까진 모를 것이다. 만약 FBI가 한국 인터폴에 이든과 지하의 사진을 뿌린다고 해도 이든이 전과가 없는 이상 쉽게 발각되지 않을 것이다. 지하는 미국에선 서류상으로 존재하지 않는 유령과 같은 존재라 미국 시민권자인 그만 조심하면 추적을 피할 수 있다.

지하가 PC방에서 다른 손님의 휴대폰을 훔쳤던 일도 온라인상에 언급되지 않았다. 그 일을 당한 사람이 온라인 어딘가에 글을 올렸을 법한데도 조용하다. 마치 순간이동자 관련 글이 올라오면 자동으로 삭제되는 것 같은 이상한 기분이 들었다. 두 사람을 향해 뭔가가 다가오고 있는 것만은 분명했다.

지하의 정체가 밝혀진다면 책은 순식간에 베스트셀러가 될 것이다. 이제 와 어쩔 수 없는 일이다. 모든 사람은 개인의 욕망에 따라 움직이지 않는가. 지하의 초능력을 이용해 자신의 출판사에서 출간한 책을 베스트셀러의 반열에 올려놓고 싶은 대표의 욕망은 어떻게 보면 당연한 것이다.

대표가 지하의 능력을 먼저 밝히지 않는 이상 무명작가의 팬 사인회가 언론이나 경찰의 주목을 받을 일은 없을 것이다. 하지만 그것은 그의 바람일 뿐이었다.

이틀 후 마치 이런 다급한 일이 그녀를 기다리고 있다는 것을 알기라도 한 듯 지하가 돌아왔다. 그녀는 사라질 때 입고 있던 옷을 그대로 입고 있었고 여전히 맨발에 사라지기 직전까지의 기억만 가지고 있었다. 이든은 사인회에 대해 설명했다.

— 팬 사인회? 그게 뭔데? 그냥 책에 사인만 해주는 거 아냐?

— 아니, 독자들 질문에 네가 대답하고 인터뷰도 해야 한대. 걱정 마. 내가 옆에서 통역할 테니까.

— 내가 거기 동의했다고?

— 네가 계약서에 도장 찍었으니까. 되돌릴 방법은 없어.

— 난 몰랐어!

— 몰랐다고 하기엔 너무 늦었어. 사인한 건 너니까.

— 난 안 해! 모든 사람들이 날 비웃을 게 뻔해. 내 얼굴이 인터넷에 나가면 우리가 식당에서 돈 안 내고 도망친 거다 들통날 거야! 그리고 FBI에까지 알려질 거야.

— 너무 확대해서 해석하지 마. 그냥 독자들을 대상으로 하는 조그만 사인회야.

— 아니.

그녀는 뒤로 물러나며 고개를 가로저었다.

— 난 못해.

— 그럼 4천만 원을 위약금으로 내야 해. 그 계약서 좀

줘봐.

지하는 서랍에 넣어둔 계약서를 꺼내 이든에게 건넸다. 이든은 계약서 조항들을 꼼꼼히 살폈다. 아무리 봐도 사인회를 하지 않으려면 계약금의 두 배를 물어내는 방법밖에 없었다.

문득 '잘못 산 과거가 발목을 잡는다.'는 말이 떠올랐다. 은행을 털고 그 돈으로 호의호식했던 건 분명 잘못이다. 하지만 그녀와 보낸 시간들은 조금도 후회되지 않았다.

— 나 생각 좀 해볼게.

지하가 침실로 들어갔다.

이든은 그의 작업실로 들어왔다. 이 오두막에 오고부터 그녀와 그 사이에 존재했던 어떤 견고함에 균열이 일기 시작했다. 지하가 이곳에 살았다는 사실을 안 후 그는 놀랐지만 지하는 무덤덤했다. 그녀는 아직 자신의 유년기를 기억해내지 못하고 있었다. 가끔, 이든은 의아했다. 정말 그녀도 모르는 것일까? 왜냐면 지하는 누구보다 간절히 알고 싶어 하는 것 같으면서도 동시에 정말 알기 위한 노력은 하지 않았다.

이든은 의자에 앉아 벽에 기대놓은 그림들을 물끄러미 바라봤다. 지하를 처음 만났을 때부터 줄곧 그녀를 그려왔다. 이곳에 와서 그린 대부분의 그림은 지하의 몸 일부가 사라진 모습이었다. 자욱한 진눈깨비 안개 속의 기차역에 서서 반쯤 사라지고 있는 그녀. 이쪽을 돌아보는 지하의 불안한 표정. 그리고 덩그러니 남겨진 그녀의 검은색 워커.

그는 두 손에 얼굴을 파묻었다. 머릿속이 복잡했다. 어쨌든 그녀에겐 자신만의 시간이 필요할 것이다. 설득과 회유는 자신의 몫이 아니라 시간의 몫이었다. 지하는 어쩔 수 없이 팬 사인회에 나가야 할 것이다. 그들에겐 4천만 원이라는 위약금을 한 번에 물어낼 능력이 없었다.

그는 지하가 팬 사인회를 통해 다시 한 번 강해지길 바랐다. 게임처럼 새로운 장애물을 하나씩 격파하면서 앞으로 나갈 때마다 강해지는 것. 인생도 그런 게 아닌가. 고난은 누구에게나 찾아온다. 강도가 다를 뿐 비장애인도, 장애인도 무자비한 인생의 고난 앞에서 크게 다를 것이 없다.

지하는 침대 끝에 걸터앉아 생각에 잠겨 있었다. 어떤 대가라도 치르겠다는 결심만 서면 장애물 따윈 아무것도 아니었다. 기어이 추적을 당한다면 그때 가서 또 무슨 수가 생기겠지.

마음을 다잡은 그녀는 휴대폰에 문자를 찍었다.

— 대표님. 류지하입니다. 사인회, 하죠.

그때 시간이 멈췄다.

이든은 붓을 잡으려다 놓치는 상태로, 지하는 전송을 누르고 고개를 드는 자세로, 울프는 앞발 한쪽을 지하를 향해 들어 올린 채.

정적이 흘렀다. 멈춰버린 시간 속의 일부분처럼 보였던 지하는 어느 순간 입꼬리를 살며시 끌어 올렸다. 초점 없는 시선으로 정면을 향한 채 은밀하게 웃더니 다시 무표정한 얼굴로 돌아갔다.

조용한 세상

와인창고의 잠금장치가 해제되는 소리가 들렸다. 도우미 아주머니가 들어 와 감자와 물을 담은 쟁반을 내려놓았다.

"오늘 며칠 째죠?"

서영이 물었다.

"내려오신 지 이틀째 밤이에요."

"위에는 아무 일 없죠?"

"위에 걱정을 왜 하세요? 어르신이 그 젊은 년을 사모님 대신 집안에 들일 생각 같던데요? 어떻게 안주인이 버젓이 살아 있는데 그럴 수 있나 몰라요. 무서운 분들이세요. 저기, 사모님."

"……?"

"저 내일부로 그만둬요."

두 사람은 서로를 바라봤다. 서영은 도우미 아주머니의 손을 꼭 잡았다. 자신도 모르게 눈물이 흘렀다.

"은혜 잊지 않을게요."

이 집안에서 유일하게 온기를 나눠줬던 사람이었다.

"사모님께서 왜 이 집에서 나가시지 않는지 잘 모르겠지만요. 얼른 이 집에서 나가세요. 저 사람들은 사람거죽만 썼지 다 악마예요. 그년이 벌써 안방 침대 쓰고 있는 걸 봤어요."

별로 놀라운 소식도 아니었다. 마음이 괴로운 것은 마음을 줘서다. 남편에게 마음을 준 적 없는 서영은 담담했다.

"마지막으로 제 부탁 하나만 들어주세요."

"네. 들어보고 제가 할 수 있는 일이면요."

"제 휴대폰 좀 훔쳐주세요. 어머님 방 안 어딘가에 제 가방 안에 들어 있을 거예요."

도우미 아주머니의 표정이 변했다.

"그, 그건 좀…… 만약 들키기라도 하면 전……."

"죄송해요. 제 생각만 했네요. 못 들은 걸로 해주세요."

서영은 절박한 마음에 경솔하게 말을 뱉은 것을 금세 후회했다. 도우미 아주머니는 안타깝지만 어쩔 수 없다는 표정을 짓고 돌아서 계단을 올라갔다.

괜한 것을 부탁했다는 자책감이 들었다. 좋은 관계로 떠나보낼 수 있었을 텐데 아주머니의 입장은 생각지도 않고 자신만 생각했다. 도우미 아주머니는 지금까지 서영에 대해 가지고 있던 호감을 버렸을지도 모른다. 사람의 관계란 조그만 것으로도 틀어질 수 있지 않은가.

서영은 자신에게 화가 나서 감자를 우걱우걱 삼켰다. 목이 멨다. 서영이 이 집에서 제 발로 걸어 나가는 순간 시집은 친정에 대한 경제적 지원을 끊을 것이다. 또한 지금까지 그들이 줬던 것들을 모조리 뺏기 위해 무슨 짓을 할지 모른다. 친정이 무너지는 것을 견딜 수 있을까.

친정식구들은 서영이 이렇게 살고 있는지 알기나 할까. 안다고 해도 서영을 보호하려 들진 않을 것이다. 그녀는 깊은 한숨을 내쉬고 다시 지하의 소설 속으로 빠져들었다.

10

남자는 알 수 없는 동물이다. 만난 지 몇 시간도 안 된 사이인데 그녀를 데리고 클럽에 가주겠다니. 벌써부터 그녀를 위해 불법을 저지르겠다고 하는 남자를 어떻게 믿을 수 있을까.

문득 고등학교 1학년 때 그녀가 일방적으로 좋아했던 구재명이라는 소년이 떠올랐다.

구재명은 농구를 잘했고 키가 컸고 가끔 그녀에게 친절하게 대해줬다. 심지어 무거운 것을 들 때 도와주기도 했다. 그래서 자신을 싫어하지 않는다고 생각했는데, 그 착각이 현실에서 망상을 불러왔다.

햇살 뜨거운 어느 날 오후 지하는 농구를 마친 그 소년에게 다가갔다.

엄마는 항상, 기죽지 말 것이며 청인들이 하는 일이라면 그게 무엇이든 너도 할 수 있다고 가르쳤다. 장애는 결함이 아니라고 강조했다. 결함을 통해 결함을 채워줄 다른 세계를 배우는 것이라고 했다. 하지만 현실에서는 엄마의 말이 통하지 않았다.

매시매초 비루해지고 구석으로 내몰리고 거부당했다. 그런 상황에 노출된 채 다른 세계를 배우고 싶진 않을 것이다. 하지만 장애를 가진 딸에게 삶의 이정표가 되어줄 무엇이라도 심어주고 싶었던 엄마의 말은 그녀의 가슴속 어딘가에 남아 자신을 포기하고 싶어질 때마다 힘을 줬다. 그래서 남들처럼 고백도 해보고 싶었다. 자신의 마음을 당당하게 알리고 싶었다.

"뭐?"

재명은 마주 선 두 사람을 지켜보는 농구팀 친구들의 눈치를 보며 뚱한 얼굴로 지하를 봤다.

지하는 수첩에 적어 온 것을 재명에게 보였다.

수첩엔 '좋아해.'라고 적혀 있었다.

수첩에 적힌 말을 흘끗 본 재명의 입술이 묘하게 일그러졌다. 옆의 소년이 재명에게 귓속말로 뭐라고 속삭였다. 재명이 그 친구를 흘끗 쳐다보더니 지하에게 말했다.

"말로 해봐. 네 목소리 듣고 싶어."

지하는 당황했다. 하지만 나쁜 의도로는 느껴지지 않았다. 좋아하는 사람의 목소리가 듣고 싶은 것은 누구나 마찬가지 아닐까. 그녀도 재명의 목소리가 듣고 싶었다. 좋아하니까. 좋아하는 소년이 해달라는 건 해주고 싶었다.

"싫음 말고."

재명은 기다리지 못하고 농구부 소년들에게 "가자."라

고 말하며 돌아섰다.

"조, 조아해!"

지하는 힘껏 소리쳤다. 재명이 멈춰 섰다. 한쪽 입술 끝을 올린 채 뒤돌아봤다.

"다, 시. 말해봐."

"쪼, 쪼아해."

재명의 입술 끝이 이지러졌다.

"그 입 확 찢어버릴라. 좋아하지 마! 너 같은 게 왜 날 좋아해! 한 번만 더 내 앞에서 알짱거리기만 해, 가만 안 둬!"

정말로 싫다는 날카로운 감정이 비수처럼 날아왔다. 서슬 퍼런 거부에 지하의 모든 감각은 그 자리에서 얼어붙었다.

그는 들고 있던 농구공을 지하를 향해 세게 집어 던졌다. 지하의 얼굴보다 큰 오렌지색 농구공이 지하의 얼굴을 때리고 저만큼 튕겨 나갔다. 재명은 농구부 부원들과 함께 돌아서 낄낄거리며 그 자리를 떠났다.

— 좋아하는 것처럼 착각하게 해놓고 실제로 다가가니까 나한테 그랬어. 너도 그런 거 아냐?

지하의 이야길 다 들은 연석이 지하의 두 눈을 똑바로 쳐다보며 말했다.

— 그 자식이 나였다면 용기 내서 고백해줘 고맙다고 말했을 거야.

지하는 연석과 함께 클럽에 가기로 결심했다.

서영은 책에서 눈을 뗐다. 마음이 무거웠다. 소설 본문 중 "엄마는 항상, 기죽지 말 것이며 비장애인들이 하는 일이라면 그게 무엇이든 너도 할 수 있다고 가르쳤다. 장애는 결함이 아니라고 강조했다. 결함을 통해 결함을 채워줄 다른 세계를 배우는 것이라고 했다."라는 대목 때문이었다.

그녀는 그런 말을 해준 적이 없었다. 한 번도 딸의 인생에서 이정표가 되어줄 만한 말을 해주지 못했다. 딸과의 대화는 항상 단순했다.

"밥 먹었니? 학교 안 가? 엄마도 힘들어."

딸이 열여덟 살이 되도록 의미 있는 말을 단 한 마디라도 해준 적이 있었을까. 아니, 의미 따윈 없더라도 딸과 두 마디 이상을 해본 적은? 서영은 자신을 돌아보며 자조했다. 형편없는 엄마였다. 그 사실을 지하의 소설을 통해 깨닫고 있다니. 한심한 인간.

"오늘 학교는 어땠니? 속상한 일 있었어? 뭐 먹고 싶어? 뭐 만들어줄까? 엄마도 힘들지만 우리 딸이 곁에 있어서 힘이 나."

이런 식의 말들을 해줬다면 지하는 영원히 집을 떠나지 않았을 것이다.

지하는 밥 먹듯이 가출하곤 했다. 학교에서 이미 포기했을 정도였다. 대부분 며칠 만에 돌아왔지만 일주일이 넘도록 연락 한 번 없다가 불쑥 나타난 적도 많았다. 서영은 마음속으로부터 그런 지하를 포기했다. 뉴스에 간간이 나오는 십대들처럼 범죄에 가담하거나, 범죄의 피해자만 되지 않길 바랐다.

시어머니와 서영이 캠핑장에 갇힌 에피소드는 완전한 허구지만 실제처럼 생생했다. 아무리 상상력이 뛰어나다고 해도 한 번도 경험하지 못한 일을 실제처럼 지어낼 수 있는 것일까. 아니면 그와 비슷한 경험을 해봤던 것일까.

지하는 아무한테도 말할 수 없는 비밀을 소설을 통해 허구인 듯 털어놓으면서 상처를 치유하려는 것일지도 모른다.

지하는 소설 속에서 주인공을 통해 자신에게 묻고, 대답하고 용기를 북돋아주고 장애를 극복하는 법을 배우고 사랑하면서 현실보다 흥미진진한 삶을 살아간다. 하지만 서영은 마음 한구석이 무거웠다. 지하가 소설 안의 세계와 밖의 세계 사이에서 괴리를 느끼면 그땐 어떻게 극복할 것인가.

서영은 착잡한 마음으로 다음 페이지를 넘겼다.

11

경양식집 안은 자리가 없을 정도로 손님이 많았다. 초반에는 가족단위 위주였던 손님들이 시간이 흐르면서 20대 초반으로 보이는 남녀손님들로 바뀌었다. 새벽 2시 30분쯤 되자 개성 있는 외모에 짙은 메이크업을 한 여자들, 피어싱을 한 남자들, 성인인지 미성년자인지 나이를 가늠할 수 없는 앳된 얼굴의 커플들, 국적을 알 수 없는 외국인들만 남았다. 갑자기 웨이터들이 한꺼번에 나오더니 경양식집 중앙 홀을 막아둔 커튼을 벽 쪽으로 쭉 밀었다. 40평 남짓한 공간이 나타났다.

헤드폰을 쓴 DJ가 계산대였던 곳에 서서 최신 클럽음악을 틀기 시작했다. 동시에 웨이터들이 홀을 돌며 손님 테이블에 있는 유리잔을 모두 거둬 쟁반에 올리고 빨간색 플라스틱 컵을 내려놨다.

변칙 클럽은 새벽 3시가 피크 타임이다. 대개 다른 클럽에서 춤을 추던 사람들이 애프터를 위해 찾아오는 곳이다. 유흥주점 영업 허가도 없이 불법으로 영업을 하는데도 단속이 뜨는 건 주변에서 큰 사고가 났을 때뿐이다.

비트가 서서히 고조됐다. 사방에서 레이저빛이 뿜어져 나왔다. 조명이 모두 꺼지고 미러볼이 돌아가기 시작했다. 변칙클럽 안은 광란의 도가니로 변했다.

이런 곳에 처음 와본 지하는 넋을 잃고 구경했다. 미러볼의 화려한 빛이 지하의 얼굴에 비칠 때마다 그녀는 다른 사람처럼 보였다. 빛과 어둠, 현실과 몽상, 연약함과 강인함…… 알 수 없는 비밀이 공존하는 얼굴이었다.

지하는 아랫입술을 살짝 깨문 채 솟구치는 흥을 애써 눌렀다.

— 실제로 와보니 어때? 좋아?

연석이 물었다.

— 신기해. 가슴이 터질 것 같아.

그때였다. 두 사람을 지켜보던 웨이터가 굳은 표정으로

연석에게 걸어왔다.

"잠시 저 좀 보시죠?"

웨이터는 지하를 흘끗 보더니 연석을 데리고 홀 한쪽으로 갔다.

"저 혹시 두 분 장애인이세요?"

"왜 그러시죠?"

"수화하는 걸 봤어요. 여긴 장애인은 출입할 수 없거든요."

"저번에 왔을 땐 아무 소리 안 하더니 갑자기 왜 그래요?"

"갑자기 아니고 원래 여기 규칙입니다."

"미성년자는 되고, 장애인은 안 돼? 니들은 여기서 불법영업 하잖아?"

연석의 말에 웨이터의 표정이 사납게 돌변했다.

"뭐래. 이 자식이. 불법영업이란 거 알면서 온 넌 뭔데? 너 고딩이지? 민증 까봐."

연석은 흥분해서 주민등록증을 꺼내 보였다.

"됐냐?"

"저 여자 민증도 까봐."

연석은 도망쳐야겠다고 생각하며 지하를 돌아봤다. 지하는 대형 스피커에 가만히 손을 내려놓고 리듬을 타고 있었다. 여동생이랑 같이 왔을 때 이런 일을 당하지 않아서 이번에도 문제가 없을 거라고 생각했다. 그 누구에게도 피해를 주지 않았는데 장애인이라는 이유만으로 출입을 금지하다니. 이런 기분으로는 클럽에 더 머물고 싶지 않았다. 연석은 지하의 손을 잡고 밖으로 데리고 나갔다.

— 왜 그래?

지하가 물었다.

— 아냐, 아무것도. 그냥 너무 시끄러운 거 같아서.

연석은 자신의 동생도 언젠가 이런 일을 당할 것이라 생각하니 울분이 치밀었다. 그래서일까? 지하 앞에서 장애인이니, 출입금지니 하는 단어들을 입에 담고 싶지 않았다. 그 말들을 듣는 순간 상처 입을 게 뻔했으니까.

— 돌아가자.

지하는 고개를 끄덕였다.

— 너 휴대폰 없다니까 든 생각인데, 네가 거실 바닥을 쿵쿵 치면 나한테 들리거든? 그러니까 언제든 나를 부르고 싶으면 S.O.S를 쳐. 그럼 내가 뛰어 올라갈게. 어때?

— 너, 모스부호로 S.O.S를 어떻게 치는지 알아?

지하가 물었다.

— 아니. 넌 모스부호도 알아?

연석의 말에 지하가 배시시 웃었다. 그때였다. 짙은 화장에 아슬아슬한 옷차림을 한 여자 둘이 지하와 연석의 앞을 가로막고 섰다.

"야, 유연석. 여기서 보네?"

연석이 흠칫 놀라며 재빨리 지하를 곁눈질했다.

"설마, 저기서 나오는 거야? 너 오늘 밤에 시간 없다더니? 얘는 누구?"

오렌지색으로 머리를 염색한 여자가 턱짓으로 지하를 가리켰다.

"아, 아는 동생."

연석이 구화를 했지만 지하는 연석의 입술을 읽었다.

"웃기고 있네. 아는 동생은 무슨. 이 새끼. 또 바람났네."

"헐, 바람이라니."

"가라. 가. 지금 분위기 파악이 안 되냐?"

연석이 시치미를 떼는 동안 오렌지머리의 여자가 손가락으로 지하의 이마를 꾹 누르며 뒤로 밀었다. 그 순간 지하가 여자의 손목을 잡아 비틀면서 어깨를 밀어버렸다.

"악!"

여자가 비명을 지르며 넘어졌다.

"이 쌍년이 어디서!"

오렌지머리와 같이 있던 노랑머리의 여자가 지하에게 성큼 다가가 손을 치켜들었다. 지하는 순식간에 노랑머리의 팔을 쳐내고서 곧바로 귀싸대기를 후려쳤다. 노랑머리가 지하의 머리채를 잡으려 달려들었지만 소용없었다. 지하는 재빨리 뒤로 물러서 공격을 피한 뒤 어둠 속으로 달려갔다. 연석은 지하를 부르려다가 입을 다물었다. 어차피 들리지 않는다.

애인을 두고 좋아하는 척하다니. 연석에게 어장관리를 당한 것 같아 참을 수가 없었다. 짧은 시간이었지만 괜찮은 사람이라고 생각했는데 어이없이 끝났다. 하지만 한편으로는 '센 언니들'을 단숨에 제압했다는 사실에 실실 웃음이 나왔다. 그동안 혼자 연습한 기술이 유사시에 바로 튀어나왔다는 사실에 의기양양해졌다. 뭐든 포기하지 않고 꾸준히 하면 되는구나.

지하는 변칙 클럽에서부터 자신의 뒤를 따라오고 있는

남자들이 있다는 사실을 조금도 눈치채지 못한 채 고양이와 자라거북이, 햄스터와 식물이 기다리고 있는 아파트를 향해 걸었다.

자기 애인을 두고 지하에게 작업을 건 연석이 나쁜 놈인 건 확실하지만 언제든 'S.O.S를 치면 뛰어 올라 오겠다.'는 말은 기분 좋았다.

12

아파트 계단으로 올라가려던 지하는 등 뒤에 누군가 있는 것 같아 흘끗 돌아봤다. 성인 남자 셋이 계단을 올라오고 있었다. 지하는 계단 벽 쪽으로 붙어 섰다. 그러자 남자들은 무심한 표정으로 담배를 피우며 지하를 지나 계단 위로 올라갔다.

지하는 집주인에게서 받은 도어락 비밀번호를 누르고 안으로 들어섰다. 순간, 스르르 닫히는 현관문 틈으로 구둣발 하나가 불쑥 들어왔다. 바로 위층으로 올라가던 남자 셋 중 한 명이었다. 남자 셋이 기겁한 지하를 밀고 안으로 들어왔다.

지하는 필사적으로 저항했다. 남자들의 힘에 떠밀려 들어가면서도 목에 검은 지네 문신이 되어 있는 남자의 팔을 물었다. 그러나 작정하고 침입한 남자들의 힘을 이길 수는 없었다. 지하는 자신을 향해 날아오는 커다란 주먹에 한 대 맞고 쓰러졌다.

세 남자는 모두 흉기를 가지고 있었다. 두 남자가 집 안을 뒤지기 시작했다. 이런 일이 한두 번이 아닌 듯 일사 분란하게 움직였다.

목에 지네 문신을 한 남자는 지하에게 물린 팔을 인상을 쓰고 보다가 분풀이를 하듯 지하의 다리에 칼침을 놓았다.

"……!"

지네 문신의 남자는 지하의 소리 없는 비명에 재미를 느꼈는지 씩 웃더니 지하 앞에 쪼그리고 앉았다. 지하는 두 눈을 부릅뜨고 남자를 노려봤다. 남자는 그 눈앞에 칼끝을 들이대고 겁을 주다가 천천히 칼끝을 내려 지하의 팔을 휙 그었다.

"……!"

지하는 주먹을 거머쥔 채 남자를 노려봤다. 남자는 실실 웃으며 이번엔 지하의 다리를 휙휙 그었다. 삽시간에 다리도 팔도 피투성이가 됐다.

"씹새야, 고만해!"

목이 굵고 땅딸막한 체구의 남자가 지네 문신의 남자 뒤통수를 때렸다. 그제야 남자는 행동을 멈추고 주머니에서 노끈을 꺼내 지하의 팔을 등 뒤에서 묶었다. 지하는 겁에 질려 덜덜 떨면서도 머릿속으로는 소파 밑으로 들어간 『홀리랜드』를 어떻게 꺼낼지 궁리했다. 책갈피에 끼워 둔 단도를 손에 넣을 수만 있다면……. 소파 앞 테이블 위에 올려놨던 『홀리랜드』는 몇 분 전 지하가 지네 문신을 한 남자와 몸싸움을 벌일 때 소파 밑으로 굴러 떨어졌다.

가방을 들고 안방을 뒤지러 들어갔던 남자 둘이 거실로 나왔다.

현금다발, 금, 어쩌고저쩌고 떠들어대던 그들은 어느 순간 말을 멈추고 지하를 돌아봤다. 머리를 노랗게 염색한 남자가 휴대폰을 꺼내 들었다.

13

서영은 새가 지저귀는 소리를 어렴풋이 들으면서 눈을 떴다. 어느새 날이 밝아 있었다. 햇살이 창구멍 너머로 비춰 들었다. 밖은 조용했다. 시어머니는 아직 자고 있는 걸까. 서영은 밍크코트를 여미며 일어나 칸막이 문을 열고 나왔다.

"……?"

시어머니가 바닥에 누워 있었다. 서영은 흠칫했다. 움직임이 느껴지지 않는 것이 어딘가 이상했다. 손가락에 침을 묻혀 코앞에 갖다 댔다. 숨이 느껴지지 않았다. 입술은 새파랗고 온몸은 차가웠다.

서영은 세면대 위로 올라가 고함을 질렀다.

"살려주세요! 병원에 가야 해요! 사람이 죽어가요!"

숲의 자욱한 안개 위로 아침 햇살이 스며들고 있었다. 그녀는 목이 터져라 고함을 질렀고 고함소리는 안개에 섞여 들었다.

그러길 수차례 반복할 때였다. 시커먼 형체 하나가 안개를 뚫고 나와 서영이 갇힌 건물 쪽으로 걸어왔다.

서영은 세면대에서 뛰어내렸다. 자물통을 여는 소리가 들렸다. 누군가 안으로 성큼 들어섰다.

"……!"

서영은 경악했다.

"너, 너, 네가 왜 여기 있는 거야?"

지민은 무표정한 얼굴로 시어머니를 흘끗 쳐다보더니 중얼거렸다.

"젠장. 좀 더 치밀하게 했어야 하는데."

소름이 돋았다. 읽는 동안 조금도 예상하지 못했던 아들 지민이 등장했다. 그것도 '지민'이라고 실명을 썼다. 가슴이 파르르 떨렸다. 서영은 소설이 현실처럼 느껴져 너무 무서웠다. 진저리를 치며 소설에서 빠져나와 책을 덮었다. 어째서 지하는 이토록 무서운 글을 쓴 것일까. 서영 역시 시어머니가 죽어버렸으면 하고 늘 바랐지만 정작 소설에서 그렇게 죽어버린 걸 보니 현실이 아니어서 다행이라는 생각마저 들었다.

순간이동자

서점 입구에는 엑스배너가 세워져 있었다.

"출간 한 달 만에 베스트셀러 진입, 『조용한 세상』 류지하 작가 팬 사인회. 수화, 필담, 구화로 소통할 줄 아는 분들 대 환영!"

이든이 지하를 돌아보며 엄지손가락을 치켜들었다.

출간 기념 팬 사인회 장소에 30분 일찍 도착한 그들은 서점에 딸린 카페로 들어갔다. 은은하고 고소한 커피향이 흘러나왔다. 두 사람이 카페의 첫 손님이었다.

이든이 커피를 주문하는 동안 지하는 테이블에 앉아 가죽장정 노트를 펴놓고 만년필을 만지작거렸다.

그녀는 노트에 '내 생애 첫 소설, 첫 사인회, 첫 강연, 나,

잘할 수 있을까? 용기를 냈지만 여전히 두려움은 사라지지 않는다. 당황할까 봐, 남들이 비웃을까 봐. 그들에게 노출될까 봐. 독자들의 질문에 답을 못하면 어쩌지?'라고 썼다.

이든은 지하가 쓴 글을 곁눈질하며 에스프레소 잔을 지하 앞에 내려놨다.

— 잘 못해도 돼. 실수하면 어때? 달라질 건 1도 없어. 넌 여전히 글을 쓸 거고, 네 글을 좋아하는 독자라면 그 글을 읽을 테지. 그게 가장 중요한 거 아냐? 계속하는 거.

계속하는 거라면 자신 있다. 지하는 고개를 끄덕였다.

— 진짜는 진짜를 알아봐. 진짜들은 예의 없이 굴지 않지. 예의 없는 것들은 그냥 신경 쓰지 않으면 돼.

— 혹시라도 나를 알아보는 사람이 있을까 봐 무서워.

두 사람은 잠시 잊고 있던 현실을 떠올리곤 어두운 표정으로 서로를 바라봤다.

서점이 문을 여는 시간이 다 되어가자 사람들이 줄을 서기 시작했다. 지하의 책을 가슴에 안은 소녀가 어머니로 보이는 여자에게 수화했다. 지하는 유리창 너머에 앉아 그들의 수화를 훔쳐봤다.

— 엄마. 나도 저 언니처럼 작가가 되고 싶어.

소녀가 말했다.

— 그럼. 너도 할 수 있어. 이따 질문시간에 남 눈치 보지 말고 궁금한 거 다 물어 봐.

모녀의 다정한 모습을 보니 부러웠다. 어떤 질문을 할진 모르겠지만 지하는 소녀의 질문에 최선을 다해 대답해주고 싶었다.

그때 대표가 카페 문을 열고 들어왔다. 이든이 일어나 인사했다.

"작가님, 시작 5분 전이에요. 슬슬 준비하셔야죠?"

대표는 서슴없이 작가님이라는 호칭을 사용했다. 지하는 어쩐지 겸연쩍은 기분이 되어 긴장과 부담감을 잔뜩 안고 일어섰다.

서점 안 한쪽 공간에 많은 사람들이 앉아 있었다. 중년 여성이 그녀를 알아보고는 짧게 고개를 숙이며 미소를 보냈다. 사람들의 시선이 일제히 그녀에게 쏠렸다.

심장이 목구멍 밑까지 뛰어오르는 것 같았다. 도망치고 싶었다. 그때였다. 도망칠 빌미를 주려는 듯 사람들 틈에 섞여 앉아 있던 어떤 남자의 얼굴이 그녀의 시야로 성큼 들어왔다. 남자의 무릎엔 지하의 책이 놓여 있었다. 두 사람의 눈이 마주쳤다. 남자는 앉은 자세 그대로 얼굴만 돌려 지하를 향해 입술 끝을 들어올렸다. 까무잡잡한 피부에 짙은 눈썹, 오뚝한 콧날. 입술 위의 점. 어떤 소년의 얼굴이 남자의 얼굴과 겹쳐졌다. 놀랍게도 남자는 지하가 음성언어를 사용하지 않게 된 직접적인 원인을 제공한 구재명이었다. 성인이 된 소년은 여전히 입술 끝을 들어 올린 채 웃고 있었다.

'저 자식이 왜 여기 나타난 거지?'

지하는 재명의 입술 끝에 숨겨진 알 수 없는 의도가 두려웠다. 그때처럼 사람들 앞에서 창피를 주려고 온 것일까?

나쁜 자식. 지하는 온몸에서 기운이 빠져나가는 것을 느꼈다.

'왜 하필 이런 때에…….'

이런 증상이 오면 곧 사라진다. 사람들이 보는 앞에서 사라질 순 없다.

그때 갑자기 이든의 휴대폰이 울렸다. 이든은 지하에게 휴대폰을 가리키곤 어디론가 갔다. 고개를 돌리던 지하의 왼편에 화장실 푯말이 보였다. 지하는 황급히 몸을 틀어 화장실로 들어갔다.

화장실 거울에 하반신이 사라지고 있는 자신의 모습이

비쳤다. 칸막이 문을 열고 나오던 여자가 지하를 보고는 비명을 지르며 화장실을 나갔다. 제발 팬 사인회에 온 사람이 아니기를 바라는 동안 지하의 모습은 완전히 사라졌다. 그녀가 신고 있던 워커 위로 들고 있던 가방이 툭 떨어졌다.

전화통화를 마치고 돌아온 이든은 지하가 보이지 않아 당황했다.

"좀 전에 작가님 화장실로 들어가시던데요?"

독자 석에서 누군가 말했다. 화장실로 몸을 돌리려는데 어떤 여자가 비명을 지르며 달려 나왔다.

"화장실에 그 작가가…… 작가 몸이……."

여자가 횡설수설하는 동안 이든은 화장실로 달려갔다.

화장실 바닥에는 지하의 가방과 신발만 남아 있었다. 그는 가방과 신발을 챙겨 화장실에서 나왔다. 지하가 알 수 없는 곳으로 강제소환 될 때마다 덩그러니 남겨지는 신발과 가방의 비밀을 그는 아무에게도 털어놓을 수 없었다. 그때 툭 하는 소리와 함께 서점 유리창을 때리며 빗줄기가 쏟아지기 시작했다.

"류 작가가 어떻게 되었다고?"

대표가 놀란 얼굴로 뛰어와 물었다. 이든은 한숨을 쉬며 대표를 돌아봤다.

"몇 분 전까지도 청인들 앞에 서는 게 무섭다고 했어요. 도망친 것 같은데요?"

"도망? 연락 안 돼? 어떻게 이렇게 무책임해?"

"왜 처음부터 사인회에 대해 터놓고 의논하지 않으셨어요?"

"하자고 했음 했겠어?"

대표가 화를 내기 시작했다.

"취소 못 해. 꼭 해야 해. 일주일 연기할 테니 알아서 해."

대표가 굳은 얼굴로 책상에 놓인 마이크를 잡았다.

"작가 하반신이 사라진 걸 봤어요! 잘못 본 거 아니에요! 어떻게 된 거죠?"

화장실에서 비명을 지르며 뛰쳐나온 여자가 소리쳤다. 사람들이 모두 웅성거리며 대표와 여자에게 시선을 집중했다.

"네. 말씀드리겠습니다. 혹시 6년 전 ○○역 지하철 충돌 사건 때 현장에 있었던 분 계십니까?"

손을 드는 사람은 아무도 없었다.

"그리고 산부인과 건물 화재사건은요? 두 사건이 일어났을 때 수많은 사람들의 목숨을 구한 사람이 바로 『조용한 세상』을 쓴 류지하 작가이십니다."

대표가 마침내 터트리고 말았다. 지하가 순간이동 능력을 가지고 있다는 사실이 드러나는 건 시간문제였다. 그때 세미정장을 입은 남자가 손을 들었다.

"제가 지금 놀라운 소릴 들은 것 같아 어안이 벙벙한데요. 그 두 사건 때 살아남은 사람들이 하나같이 했던 말이 있어요. 자기들을 구해준 사람이 순간이동을 하는 초능력자였다고. 그럼 류지하 작가가 순간이동 능력자라는 말씀이신가요? 방금 저 여자 분이 작가 하반신이 사라진 걸 봤다는 게 그걸 뜻하는 건가요?"

"그 질문에 대한 대답은 일주일 후 같은 시간, 이 자리에서 들려드리겠습니다."

사람들이 웅성거렸다.

"그래서 오늘 사인회를 한다는 거요. 안 한다는 거요?"

골동품으로 보이는 낡은 타자기 케이스와 지하의 소설을 무릎 위에 올려놓고 앉아 있던 중년 여자가 물었다.

"죄송하게도 오늘 사인회는 취소하게 됐습니다. 실은 류 작가가 평소에 공황장애를 앓고 있는데 많은 사람들 앞에 서려니 무서웠던 모양입니다. 도망쳤습니다."

대표는 가벼운 농담을 하듯 도망쳤다고 말하면서 살짝 웃었다.

독자들 중에는 불쾌한 표정을 짓거나 실망하는 사람도 있었지만 대체로 청각언어장애인 작가의 두려움을 이해해주고 싶어 하는 분위기였다.

"그럼 사인회는 일주일 후 여기서 같은 시간에 다시 한다는 말씀이시죠?"

초조한 마음으로 대표와 독자들의 대화를 듣고 있을 때였다. 서점 여직원이 조용히 다가와 이든에게 봉투 한 장을 건넸다.

"저기, 팬이라는 사람이 작가님께 전해달라면서 이걸……."

정사각형의 빨간 봉투였다. 이든은 그 안에 무엇이 들어 있는지 알 것 같았다.

11

사람들이 돌아갔다. 사인회를 위해 마련되었던 의자들

이 치워지고 대표가 서점을 떠났다. 이든은 그녀의 가방과 신발을 챙겨들고 서점을 나왔다. 카페 앞에 세워둔 오토바이 앞에 우두커니 섰다. 아무래도 오두막으로 돌아가려면 택시를 타야 할 것 같았다. 이든은 오토바이를 탈 줄 몰랐다.

올 때 같이 왔는데 혼자 돌아가려니 마음이 무거웠다. 그는 서점을 물끄러미 돌아봤다. 그때였다. 서점 문이 열리고 누군가 뛰어 나왔다.

"……!"

지하였다. 지하가 절뚝이며 그를 향해 걸어왔다. 서점으로 들어가려던 사람들이 돌아봤다. 지하의 팔과 찢긴 청바지에 피가 잔뜩 묻어 있었다. 소름이 돋았다. 이든은 지하에게 달려갔다.

— 어떻게 된 거야?

지하는 울먹이며 고개를 가로저었다.

— 이렇게 다쳤는데 모른다고?

다쳐서 돌아온 것은 처음이다.

— 정신을 차려보니 서점 화장실 안이었어. 이렇게 된 건 그때 알았어.

— 병원 가자.

— 병원 못 가. 보험카드도 신분증도 없잖아! 집에 가고 싶어.

이든은 황망한 얼굴로 그 자리에 서 있었다.

— 집에 가자고.

— 그 다리로 오토바이 타게?

— 괜찮아. 안 아파.

— 피가 그렇게 나는데 안 아파?

— 안 아프다고!

지하가 거칠게 수화했다.

— 그게 말이 돼? 말이 되냐고!

두 사람은 씩씩대며 서로를 쳐다봤다.

— 나……, 지금까진 잘 기다렸어. 영원히 이렇게 살아도 상관없다고 생각했어. 시간이 걸려서 그렇지 멀쩡하게 돌아왔으니까. 그런데 이젠 그러지 못할 것 같아.

지하는 감정에 북받쳐 수화를 쏟아내는 이든을 묵묵히 보고 있었다.

— 또 사라졌다가 어딘지 모를 곳에서 덜컥 죽어버리면 영원히 돌아오지 못할 거 아냐? 그럼 난 어쩌라고! 이제는…… 정말 네가 없는 세상은 상상도 할 수가 없는데.

이든은 눈물을 글썽였다. 지하 역시 같은 마음이었다. 함께했던 3년 남짓한 시간들이 주마등처럼 스쳤다.

이든은 기우뚱하게 서 있는 지하를 가만히 끌어안았다.

— 집에 가자. 울프 보고 싶어.

지하가 수화했다.

그때 시간이 멈췄다. 하늘을 날던 새는 공중에 뜬 채, 사거리 근방의 수많은 차량과 행인들은 이동하던 방향 그대로, 모두 움직임을 멈췄다. 정지된 시간이 풀렸을 때 지하의 청바지엔 피의 흔적이라곤 보이지 않았다. 그녀는 멀쩡한 다리로 오토바이 운전석에 앉아 있었다. 바로 몇 초 전까지 지하의 몸에 심한 상처가 있었다는 사실을 이든은 기억하지 못했다.

두 사람은 오두막으로 돌아왔다. 지하는 입구에서부터 무엇인가 이상한 기분이 들었다. 그 위화감의 정체는 울프였다. 그들이 도착하기 전부터 소리를 듣고 마당에 나와 있어야 할 울프가 보이지 않았다. 이든이 튼튼하게 고쳐 둔 현관문은 활짝 열린 채였다. 머리카락이 곤두서는 것 같았다. 도둑이라도 든 것일까, 아니면 경찰?

지하는 오토바이에서 내려 오두막 안으로 뛰어갔다.

"왜 그래?"

이든은 영문을 모른 채 지하의 뒤를 따랐다.

지하는 집 안의 문이란 문을 모조리 열어젖히며 울프를 찾았지만 울프는 어디에도 없었다.

— 울프가 없어졌어! 대체 왜 문이 열려 있는 거지?

지하가 흥분해서 수화했다.

— 울프? 울프가 뭐야?

이든으로부터 황당한 대답을 들은 지하는 숨을 쉴 수가 없었다. 울프가 뭐야라니. 울프의 하네스를 걸어 놓는 벽을 돌아봤다. 하네스도 목줄도 사료도 울프의 침대도 밥과 물그릇도 보이지 않았다.

— 왜 그래? 울프가 뭐냐니까? 뭔데 없어졌다는 거야?

이든이 울프를 모른다는 사실에 지하는 소름이 돋았다. 울프는 마치 처음부터 존재하지 않았다는 듯 완벽하게 사라졌다. 울프는 청각장애인 도우미견으로 훈련된 개가 아니었다. 그럼에도 불구하고 그녀의 귀가 되어줬다.

"……."

지하는 갑자기 멍해졌다. 울프를 어떻게 만났는지 도무지 알 수가 없었다.

— 울프가 뭐냐니까?

— 내 개. 우리 개.

— 개라고? 우리가 개를 키웠어? 무슨 소릴 하는 거야?

그녀는 서랍을 뒤졌다. 폴라로이드로 찍어둔 울프의 사진이 있을 것이다. 하지만 그것조차도 사라지고 없었다. 서랍 안에는 201을 의미하는 모스부호가 적힌 빨간색 카드만 덩그러니 남아 있었다.

'아…… 아 그것이 다시 시작됐다!'

그녀는 속으로 생각했다. 그것은 그녀만 알고 있는 비밀 경고였다. 201이라는 모스부호가 적힌 카드가 도착하면 그녀에게 소중한 것들이 사라지기 시작한다.

잃어버린 기억이 하나둘 문을 열고 나오기 시작했다. 그녀는 3년 전 이 카드를 받은 후 이곳에서 함께했던 소중한 것들을 모두 잃었다. 그래서 오두막을 떠나 뉴욕에서 다시 시작했다.

울프가 사라졌다. 그렇다면 새 카드가 어딘가에 도착해 있어야 했다. 혼란스런 표정으로 이든을 쳐다봤다.

— 이거.

이든이 그 카드와 똑같이 생긴 카드를 내밀었다.

— 오전에 네 팬이라는 사람이 주고 간 거야.

그녀는 떨리는 손으로 카드를 열었다. 예상했던 대로 안에는 201을 뜻하는 모스부호가 적혀 있었다.

— 원래 이 집에 있던 카드랑 같아. 같은 내용을 반복해서 보내는 걸 보면 보내는 사람이 201이라는 숫자에 대해 네가 알고 있다고 믿는 것 같은데, 201이 의미하는 게 대체 뭐야? 정말 아무것도 몰라?

— 난 아무것도 몰라.

그녀는 아무런 표정 없이 대답했다.

하지만 그녀는 알고 있었다. 201은 그녀가 한때 살았지만 도망쳐 나온 집의 건물 번호였다. 201호가 사라지면 그녀의 평온한 일상을 위협하는 '강제소환'도 없어질 것이다.

지민은 시어머니의 목에 손가락을 대보더니 일어섰다.

"이미 죽었어."

서영은 짧은 비명을 지르며 뒤로 물러났다.

"이제 어떡해?"

서영이 혼잣말처럼 중얼거렸다.

"농담이지?"

지민이 히죽 웃었다.

"뭐가 농담이라는 거야?"

"어떡하냐라니, 할머니 죽으면 좋잖아?"

서영은 할 말을 잃었다. 그 어떤 말보다 정곡을 찌르는 질문이었다.

"아직 안 죽었을 거야. 지금이라도 병원으로 옮기면……."

"죽었어! 이미 시체라고."

지민은 무표정한 얼굴로 시어머니를 신발 끝으로 툭 툭 찼다. 서영은 그 행동에 소름이 돋아 입을 다물었다. 서영을 바라보는 지민의 눈은 텅 비어 있었다. 그녀가 알던 아들의 눈빛이 아니었다. 자기 잘못으로 할머니가 죽었는데도 아들은 아무렇지 않은 것 같았다. 지민의 눈빛엔 어떠한 인간적인 감정도 담겨 있지 않았다.

"죽었으면 좋겠다고 생각했는데 결국 죽었네."

지민이 중얼거렸다. 서영은 할 말을 잃었다.

"손발은 동휘 닮았는데 눈코입은 딱 제 어밀 닮았어. 어미년 닮은 데만 싹 도려냈으면 좋겠네."

지민은 갑자기 시어머니의 말투를 흉내 냈다.

"……?"

"내가 자고 있다고 생각했는지 할머니가 그러더라. 난 단지 할머니가 성가셔서 자는 척했을 뿐인데. 웃긴 건 말만 들었는데도 정말 엄마 닮은 내 얼굴 부위가 도려내지는 것처럼 섬뜩했다는 거야. 암튼, 됐고. 이젠 저 시체 치울 계획을 세우는 게 좀 더 건설적이지 않을까?"

"지민아!"

서영이 충격 받은 얼굴로 지민을 쳐다봤다.

'내가 아이들을 어떻게 키운 것일까?'

적어도 자신이 생각하는 아들은 이런 아이가 아니어야 했다.

"왜? 왜 그런 얼굴로 봐? 어째서 어른들은 우릴 얕잡아 보는 거지? 우리보다 지적능력도 떨어지는 주제에."

서영은 지민의 말투와 눈빛에 충격을 받았다. 아니 소름이 돋았다.

"우리가 애라서 옳은 판단을 내리지 못할 거라고 생각하잖아. 우린 어른들이 생각하지 못하는 것들을 생각하는데."

"엄마랑 할머니한테 전화한 게 너야?"

지민은 굳이 그걸 대답해야 아느냐고 묻는 듯한 표정으로 서영을 바라봤다. 아들의 얼굴을 이렇게 가까이에서 바라본 적이 없었다.

"약 묻힌 수건으로 엄마 정신 잃게 한 것도 너고?"

"듣기 싫어. 그만 물어. 머리 나빠? 그게 나니까 내가 지금 여기 있잖아?"

서영은 지민의 얼음 같은 말투에 움찔했다. 네. 아니요. 피곤해요. 나중에요. 아들은 늘 단답형으로만 대답하며 그 순간을 피해갔다. 이렇게 긴 대화를 하고 있다는 사실이 놀랍기도 했지만, 무엇보다 서영의 가슴을 서늘하게 만든 것은 아들의 대답 속에 타인에 대한 공감능력이 전혀 없다는 것과 소통하고 싶어 하는 마음이 전혀 보이지 않는다는 점이었다.

지민은 늘 있는 듯 없는 듯 조용한 아이였다. 서영과는 물론 학교에서도 집에서도 그 누구와도 문제를 일으키지 않았다. 성적은 언제나 상위권이었고 요구하는 것도 없었다.

"지하는 어디 있어?"

"어딘가에 있겠지. 적어도 내가 납치하진 않았으니까."

"도대체 왜 이런 짓을 한 거야?"

"엄마가 숨어버리면 난 영원히 비밀을 풀지 못할 테니까."

"비밀? 무슨 비밀?"

"누나가 이상한 말을 했는데 난 꼭 알고 싶었거든."

"무슨 이상한 말?"

"누나가 어릴 때 엄마가 내 목 조르는 걸 봤대. 그런데 가끔 그 아기가 나인지 자기인지 모르겠다는 거야."

"……!"

서영은 속으로 비명을 질렀다. 세상에 나온 지 일주일도 안 된 지하가 그 장면을 보고 기억한다는 말을 어떻게 받아들여야 할지 알 수 없었다.

"나는 할머니에게도 엄마한테서도 미움을 받았던 거야? 목을 졸라 죽여버리고 싶을 정도로?"

지민이 서영을 바라봤다. 공허한 눈빛 너머로 상처받은 작은 아이가 보였다.

"누나야? 나야? 아님 둘 다야. 우리 목 조른 거 맞아? 우릴 죽일 생각이었어?"

"엄마한테 직접 물어보지 그랬어? 할머니랑 엄말 가두긴 왜 가둬?"

"그런 멍청한 말 하지 마. 이미 일어난 일, 지나간 일은 대화에서 빼주면 좋겠어. 의미가 없으니까. 묻는 말에만 대답하라고!"

"엄마는 너희 둘한테 그런 짓 한 적 없어."

"끝까지 거짓말을 하겠다는 거지? 진실게임에서도 다 거짓으로 나왔는데? 그럼 누나가 봤다는 건 뭐야? 엄마가 무표정한 얼굴로 계속 눈물을 줄줄 흘렸다는데. 그러면서 내 목을 조르는 걸 누나가 문틈으로 봤대. 그런데 다시 또 생각해보면, 엄마가 누나의 목을 조르고 있는데 누나는 문틈이 아니라 엄마 머리 위에서……, 그러니까 천장에 붕 떠서 내려다보고 있었던 것 같다는 거야. 그리고 그게 누나이든 나든, 자식을 지켜줘야 할 엄마가 자기 자식을 살해할 수 있다는 사실을 깨닫고는 너무 무서웠대. 엄마가 대체 왜 그런 짓을 했는지 이해하지 못하면 평생의 트라우마가 될 것 같다고 말했어. 그 말이 내게도 트라우마가 됐지. 정말 날 죽이고 싶었던 거야? 왜?"

"네 누나는 자기가 상상한 걸 진짜처럼 이야기한 거야."

서영은 자신의 비밀을 감추기 위해 지하를 탓했다.

"나도 처음엔 그럴지도 모른다고 생각했지만, 확실하게 알고 싶었어. 그게 나인지 누나인지. 누나는 몸이 안 좋을 때면 어김없이 엄마가 자길 살해하는 악몽을 꾼대. 나는 어릴 때 엄마가 우릴 버리고 절대로 찾을 수 없는 곳으로 떠나는 꿈을 꾸곤 했어. 꿈속에서 난 어린앤데 자다가 깨

보니 아무도 없어서 막 울어. 누나가 그러는데 엄마가 어린 아기 목을 조르는 건 영아살인을 한 거래. 우리가 안 죽고 살아 있으니까 영아살인미수겠지."

영아살인이라는 말에 서영은 오싹했다. 틀린 말이 아니다.

'하지만 아무도 모른다. 영원히 비밀이 되어야 한다. 진실을 알려줄 수 없다면 차라리 끝까지 의심하도록 내버려 두는 것이 낫다. 의심하는 이상 진실을 알기 위해서라도 살아갈 테니까.'

서영은 끝까지 진실을 숨기는 쪽을 선택했다.

"엄마는 니들 목을 조르지 않았어."

서영은 단호하게 말했다. 하지만 마음 한구석에서는 사실대로 털어놓고 지하에게 용서를 구해야 한다는 생각이 들었다. 그때는 제정신이 아니었다. 사랑받고 축복받았다면 산후우울증에 걸렸더라도 이내 털고 일어났을 것이다.

"누나가 상상한 거 아니라는 거 알아! 이제 말해! 그랬냐고, 안 그랬냐고!"

"그게 네가 이런 짓을 할 만큼 중요한 일이야?"

"중요한 일이야! 그게 내 존재 이유를 판단해줄 테니

까! 끝까지 말해주지 않을 거라면 할머니 시체랑 같이 얼어 죽어버려!"

지민이 뒤로 물러났다.

"지민아!"

서영은 지민을 붙잡았다.

"이거 놔!"

지민이 서영을 거칠게 떠밀었다.

"아, 알았어. 말해줄게. 하지만…… 제발 누나한테는 말하지 마."

끝까지 비밀로 하려던 결심은 가차 없이 무너졌다. 지민이 눈을 빛냈다.

"그때 난 내가 아니었어. 산후우울증이 너무 심했고, 심리적으로 기댈 곳이 없었어. 혼자 견디기엔 엄마가 너무 어렸고 사는 게 무서웠어. 지하를 죽이려고 목을 조른 게 아니야. 그 끔찍한 집에서 지하를 키워야 한다고 생각하니 견딜 수가 없었어. 지하 죽이고 나도 죽으려고 했어."

"그러니까 내가 아니라 지하란 말이지?"

"그래. 너 아니고 지하야. 내가 지하 목을 졸랐기 때문에 지하가 그런 장애를 안게 된 거야. 난 지하를 볼 때마다 죄인이었어."

서영은 울먹였다.

"지하가 이 사실을 알게 되면 더 큰 상처를 받게 될까 봐 죽을 때까지 비밀로 하려 했어. 내가 이혼 안 하고 그 집에서 버틴 것도 지하랑 너 때문이었어. 적어도 그 집안사람으로 사는 동안에는 너희 둘을 잘 키울 수 있다고 믿었으니까. 요새 돈 없으면 인간 취급도 못 받잖아. 그건 너도 알지?"

"그럼 엄만 누나 평생을 지켜줘야지 왜 이런 꼴로 살고 있어? 대체 누나가 무슨 죄야? 누나가 왜 모든 고통을 껴안고 살아야 해? 엄만 누나보다 못한 인간이야. 누나 봐! 누난 절대 굽히지 않아. 엄마가 절대 굽히지 않는 사람이었다면 모든 게 달라졌을 거야."

같은 상황에 처해보지 않고 하는 말은 쉽다. 남자인 지민은 죽을 때까지도 제 엄마가 감내해야 했던 산후우울증의 고통을 이해하지 못할 것이다. 세상의 다른 남편들도 마찬가지다. 그들 또한 제 아내가 산후에 겪어야 하는 우울감의 정체를 조금도 짐작하지 못할 것이다.

누군가 와인창고 문을 여는 소리가 났다.

도우미 아주머니가 휴대폰을 가지고 온 것일까. 서영은 책 읽기를 멈추고 문을 올려다봤다. 문이 열리고 얼굴을 드러낸 것은 남편과 시어머니였다.

"……!"

시어머니의 표정이 의기양양했다. 서영은 하얗게 질렸다. 온몸이 얼어붙는 것만 같았다. 지하의 소설을 숨겨야 한다고 생각하면서도 몸을 움직일 수 없었다.

남편과 시어머니가 계단을 달려 내려왔다. 남편은 가까스로 몸을 움직여 일어나려는 서영의 머리채를 움켜잡았다. 시어머니가 성경책을 빼앗았다.

"세상에, 내 이럴 줄 알았어!"

겉면만 성경일 뿐 가죽장정 안에 엉뚱한 소설책이 들어있다는 걸 발견한 시어머니가 서영의 뺨을 후려쳤다.

"어쩐지 하는 짓이 수상했어! 네가 웬일로 성경을 그렇게 열심히 읽나 했다. 감히 주님의 말씀을 뜯어내고 안에다 소설책을 집어넣어?"

시어머니는 서영의 머리를 때리고 발로 걷어찼다.

"대체 무슨 소설이야?"

남편은 성경책 표지 속에 숨겨져 있던 소설책을 꺼내 살폈다.

"류…… 지하?"

작가의 이름을 나지막이 중얼거리던 남편은 해명을 바라는 눈빛으로 서영을 쳐다봤다.

잠시 후, 남편과 시어머니는 24살이 된 지하가 이 책을 썼다는 것, 소설 속의 등장인물들이 실명으로 나온다는 것, 캐릭터와 캐릭터의 배경 역시 현실과 흡사하다는 것을 알아차렸다.

"실명이라니, 이년이 제대로 미쳤구나! 이 책 못 팔게 해야 해! 책이 세상에 나오면 우린 끝장이야!"

시어머니가 바락바락 소리 질렀다.

"동휘야. 당장 이 책 만든 출판사에 연락해서 지하 연락처 찾아!"

"지민 아빠. 제발 지하는 건드리지 마!"

"이런 년은 우리 호적에서 파야 해."

"내가 죽을게. 내가 죽어서 나갈게. 제발 지하만 건드리지 마."

"그럼, 죽어."

서영의 목숨 따윈 아무런 가치도 없다는 듯 남편이 싸늘하게 말했다.

"그래 이년아. 오늘, 이 안에서 목매 죽어. 그럼 네 딸년은 건드리지 않을 테니까."

시어머니가 덧붙였다.

거짓말. 그들은 결코 지하를 가만두지 않을 것이다. 지하를 지키려면 살아서 지켜야 한다.

두 사람은 지하의 책을 챙겨 계단을 올라갔다. 그들이 창고 문에 점점 가까워질수록 서영의 심장박동 소리가 빨라졌다.

와인창고의 문은 한 번 잠기면 그만이다. 밖에서 누가 열어주기 전엔 절대 나갈 수 없다. 어쩌면 저 문이 열린 것을 보는 것도 이번이 마지막이 될지 모른다.

'와인!'

갑자기 서영의 머릿속에 '와인'이라는 두 글자가 떠올랐다. 소설 속의 지하는 시어머니가 가장 아끼는 와인병을 박살내 유리 조각으로 위협하며 이 집을 탈출했다. 지하의 책 속 견고한 문장들이 그녀의 마음 어딘가를 집요하게 자극했다. 단단한 문장과 나약한 마음이 서로 충돌했다.

'문이 닫히기 전에!'

순간 머릿속에서 불똥이 튀었다.

서영은 와인렉으로 달려가 와인병 하나를 꺼내 들었다. 소설 속의 지하가 한 것처럼 와인병 목을 잡고 벽에 후려쳤다. '퍽!' 하고 터지는 소리에 정신이 번쩍 들었다. 왜 지금껏 순순히 당하기만 했을까. 자신을 보호해주지 않는 친정에 대한 애정 따윈 애당초 버렸어야 했다. 살아야 할 사람은 친정 식구들이 아니라 그녀 자신이었다. 서영은 계단을 뛰어 올라가 시어머니의 목에 팔을 감고 깨진 와인병으로 위협했다.

"악, 동휘야!"

"너 뭐 하냐 지금? 미친 거 아냐? 엄마 놔줘."

"위로 올라가."

서영은 시어머니의 등을 떠밀어 위층으로 올라갔다.

"어머님 방에 내 가방 있어. 그거 그대로 들고 나와. 그리고 가방 안에 지하 책 넣어."

남편이 순순히 따랐다.

교인들의 돈으로 호의호식하며 살아온 가증스러운 악마들. 그들은 숨길 것이 많아서라도 경찰에 신고할 수 없을 것이다. 남편이 제 어머니의 방에서 서영의 가방을 들고 나와 서영이 보는 앞에서 가방 속에 책을 넣었다.

"당신 지갑 열어."

남편이 바지 뒷주머니에서 지갑을 열어 보였다. 수표와 지폐가 가득했다.

"그거 그대로 빼서 내 가방에 넣고 따라와. 허튼짓 하지 마, 당신 엄마 목 긋고 내 목도 그어버릴 거니까."

"장모님 아시면."

"하! 장모님? 너 꼴리는 대로 해. 이젠 그런 말로도 날 겁박할 수 없어. 나는 이미 친정을 버렸거든."

서영은 신발을 신었다. 손을 내밀자 남편이 가방을 쥔 채 잠시 눈알을 굴렸다.

서영은 깨진 와인병의 날카로운 끝을 시어머니의 턱밑으로 찔러 넣었다.

"허튼 수작 하지 마. 이 집과 관련된 어떤 일도 입 밖에 내지 않을 거야. 쥐죽은 듯 조용히 살아갈 거니까 날 찾지 마. 그리고 경고하는데, 지하 건드리지 마. 지하 건드렸다간 나도 가만있지 않을 거야."

"네가 가만 안 있으면 어쩔 건데?"

"그땐, 다 폭로해버릴 거야."

"네까짓 게 뭘 폭로할 수 있는데?"

폭로할 것은 많아도 증거는 하나도 없었다. 남편은 이런 순간이 올 것을 대비해 일찌감치 그녀의 휴대폰을 빼앗았다.

"맞아. 증거는 없어. 대신 언론에 제보할 거야. 나, 현직 서울시의원이자 이름만 대면 모두가 아는 N교회 목사 사모잖아? 그 목사 사모의 입에서 나오는 말에 혹하지 않을 기자가 있겠어? 언론에서 떠들어대면 당신한테도 타격이 오겠지. 그러니까 지하 건드리지 마. 지하만 건드리지 않으면 쥐죽은 듯 살아갈 거야."

서영은 시어머니를 인질로 삼고 그 집을 탈출했다.

순간이동자

지하는 새벽에 일어났다. 이든의 방에 불이 켜져 있었다. 문틈으로 보니 이든이 캔버스 앞에 앉아 작업에 열중하고 있었다. 심경이 복잡할 때마다 그는 그림을 그렸다. 지하는 조용히 돌아서 난로에 불을 지피고 커피를 끓였다. 부엌 창 너머로 여명이 밝아오고 있었다. 생각 같아서는 이든과 마주 앉아 커피를 마시고 싶었지만 그의 시간을 방해하지 않기로 했다.

지하는 차가운 공기 속으로 은은하게 퍼져나가는 커피 향을 친구 삼아 책상 앞에 앉았다. 지하가 없는 동안 이든이 사놨다는 최신형 노트북이 책상 위에 놓여 있었다. 지하는 노트북을 한쪽으로 밀어내고 타자기 앞에 앉았다.

어젯밤에 타자해둔 문장을 물끄러미 바라봤다.

상상의 세계가 아무리 달콤해도 현실의 내가 없다면, 상상 속의 나도 존재하지 않는다.

그녀는 마침표 뒤를 이어 새 문장을 찍어 넣었다.

상상의 궁극적인 목표는 고통스런 현실을 극복할 힘을 주는 것이다. 현실도피가 되어서는 안 된다.

그녀는 의자 뒤로 몸을 젖히고 방금 친 문장을 다시 읽어봤다. 자기 자신에게 하는 말이었다. 이곳에서의 삶을 지속하려 든다면 종국에는 모든 걸 잃을 것이다. 그녀는 의자를 밀치고 일어섰다.

○○동은 철거구역으로 묶여 있었다. 사람들이 떠난 동네는 스산했다. 붉은 페인트로 '철거'라고 적어 놓은 큰길을

지나자 파괴된 주택단지가 모습을 드러냈다. 땅은 파헤쳐져 있고 과거 화단이었던 곳엔 나무들이 뿌리를 드러낸 채 뽑혀 있었다.

천천히 서행해 코너를 돌자 그 집이 나왔다. 주변 집들에 비해 터무니없이 크고 고급스러운 저택.

굴착기 몇 대가 동작을 멈춘 채 집 앞에 서 있었다. 철거반원들은 보이지 않았다. 한쪽 길엔 부서진 변기며 텔레비전, 냉장고 같은 것들이 철근과 부서진 콘크리트 위에 버려져 있었다.

그 집을 제외한 주변의 집들은 모두 철거된 상태였다. 무슨 이유로 그 집 차례에서 철거공사가 중단되었는지 알 수 없지만 곧 작업이 재개될 것이다. 지하는 오토바이에서 내려 주변 상황과는 아랑곳없이 견고하게 살아 숨 쉬는 그 집을 바라봤다. 유럽풍으로 지은 고급스러운 외관. 값비싼 주물대문 사이로 넓은 마당과 정원이 보였다. 현관문은 오리나무로 된 짙은 갈색의 원목이다. 그녀는 이 아름답고 우아한 집에서 끔찍하게 자랐다. 문패가 아직까지 붙어 있었다. 201. 이 집의 건물번호였다.

'잠겨 있을까?'

지하는 주물대문 손잡이를 잡아당기려다 말고 숨을 삼키며 뒤로 물러났다. 고개를 가로저었다. 안 된다, 저 문을 열면 안 된다. 문을 여는 순간 이 세계와는 작별이다. 다시 오지 않을 각오로 도망친 곳이었다. 이 집이 사라지면 영원히 돌아갈 수 없다. 그래서 이 집이 파괴되길, 죽어 없어지길 바랐다. 이든이 받아 놓은 카드에는 이 집이 철거되는 날짜와 시간이 적혀 있었다. 저 대문을 열고 들어가거나 영원히 돌아보지 않거나. 어쨌든 선택은 그녀의 몫이었다.

서영은 무조건 택시를 타고 그 동네를 빠져나갔다. 어디로 가야 할지, 오늘 밤은 어디서 자야 할지 막막했다. 현금을 확인했다. 당분간 지낼 금액은 되는 것 같았다. 휴대폰은 충전해야 사용할 수 있을 것 같았다.

서영은 일단 번화가에서 내렸다. 충전기를 사고 카페로 가 아이스커피를 주문했다. 말라붙은 위장 속으로 카페인이 들어가자 정신이 번쩍 들었다. 서영은 커피를 마시면서 냅킨에 해야 할 일들을 적었다. 우탁이 찾기, 지하 만나기, 살 곳 마련하기. 그 외엔 떠오르는 것이 없었다. 커피를 마시는 그 순간까지 아무도 자신의 뒤를 밟지 않았다는 사실에 서영은 안도했다. 일단은 안전해 보인다. 그녀는 전원이 나간 인형처럼 한동안 멍하니 벽에 머리를 기댄 채 앉아 있었다. 사납게 날뛰던 심장이 겨우 가라앉고 있었다. 지하의 소설이 아니었다면 결코 저 집에서 나오지 못했을 것이다. 소설 속 서영처럼 현실의 자신도 시집을 나왔다는 사실이 그저 놀라웠다. 이제 친정식구들이 그녀를 잡아 시집으로 돌려보내려고 혈안이 되어 날뛸 것이다.

서영은 지그시 눈을 감은 채 깊은 한숨을 내쉬었다. 바로 이 순간을 상상하며 셀 수 없이 많은 밤과 낮을 견뎠다. 비록 스스로의 용기에 의한 탈출이 아니라 지하의 소설 덕분이었다고 해도 어려운 일임엔 틀림없었다. 일단 시작은 했다. 그다음은 지하를 만나야 한다. 지금은 거기까지만 생각하자.

서영은 날카로운 신경을 가라앉히고 싶었다. 엄청나게 달아 보이는 초콜릿 무스 케이크를 한 조각 주문했다. 커피와 케이크를 먹는 동안 휴대폰이 충전됐다.

서영은 이미 구식이 되어버린 휴대폰을 켰다. 아이들이 어렸을 때 찍어둔 사진이 보고 싶었다. 하지만 전원이 들어옴과 동시에 그녀는 분노에 사로잡혔다. 남편의 짓인지 시어머니의 짓인지 모르겠지만 휴대폰은 초기화되어 있었다. 그녀가 저장해둔 기록들이 깡그리 삭제된 것이다.

서영은 잠시나마 감상적으로 흐르려 했던 마음을 다잡았다. 지나간 추억 따위에 사로잡혀 있을 때가 아니다. 그녀는 근처의 모텔을 검색했다.

서영은 모텔 방에 들어가 끈적이는 몸부터 씻었다. 그제야 정신이 좀 들었다. 모텔 방은 작았지만 침대며 소파, 컴퓨터까지 최신식으로 갖춰져 있었다. 확실히 돈이 좋긴 하다. 이런 곳도 돈 없으면 올 수 없지 않은가. 착한 딸 코스프레를 종용하며 마음껏 서영을 조종해왔던 친정엄마가 떠올랐다. 스멀스멀 분노가 일었다. 지하의 책을 꺼냈다. 언제 빼앗길지 모를 이 소중한 시간을 단 한 순간이라도 분노에 사로잡혀 소모하고 싶지 않았다.

서영은 푹신하고 좋은 냄새가 나는 1인용 카우치에 앉아 무료로 비치된 커피에 얼음을 넣어 마시며 『조용한 세상』을 펼쳤다. 남편이 그나마 책을 찢지 않아 다행이란 생각이 들었다. 만약 찢어버렸다면 새 책을 사서라도 끝까지 읽었을 것이다. 읽다가 멈춘 곳을 찾아내 이미 읽었던 마지막 문장을 다시 읽을 때였다. 소리 내어 읽은 문장이 머릿속으로 들어오자 시집과 친정식구들에 대한 두려움과, 실명을 드러낸 소설에 대해 가졌던 불안한 마음이 빠른 속도로 사라지기 시작했다.

그녀는 문장 속으로 뛰어들어 현실의 문을 닫았다. 문을 닫으면서 지금 이 순간이야말로 '조용한 세상'이 아닌가 생각했다. 빙그레 웃음이 나왔다.

14

"저것들은 다 뭐야? 네가 한 짓이니?"

서영은 손가락 끝으로 벽 위에 고정되어 있는 무수한 철장들을 가리켰다.

돌아보던 지민이 피식 웃었다.

"가둬놓은 거야. 가둬놓으면 설치지 않으니까. 땅을 파지도 않고 도망치지도 않고 약한 것들을 괴롭히지도 않아. 숨 쉬는 것 외엔 아무것도 못하지. 그러다가 굶어 죽는 거야. 처음엔 할머니만 저렇게 만들어버리려고 했어. 나도 누나나 엄마만큼은 아니었지만 와인창고에 갇혔던 적이 있어. 그때 결심했어. 갇힌다는 게 얼마나 끔찍한 것인지 똑같은 걸 느끼게 해줄 거라고. 자, 이제부터 어떻게 할 건지, 엄마가 선택해야 할 순간이 왔어."

지민은 경찰에 자수하라면 하겠다며 엄마의 결정을 따르겠다고 했다.

이 일을 묻고 간다면 지켜야 할 비밀이 하나 더 생긴다. 아무한테도 말할 수 없는 비밀을 간직한다는 것, 그것이 얼마나 고통스러운 일인지 서영은 잘 알고 있었다. 아직 어린 지민이 비밀을 간직한 채 살아갈 수 있을까. 경찰에 모든 것을 털어놓고 처벌을 받게 하는 것이 옳은 선택일 것이다. 하지만 살인을 한 것도 아닌데 긁어 부스럼을 만들 순 없었다. 숨길 수 있다면 끝까지 숨기고 싶었다. 잘못된 선택이란 걸 알지만 아들의 창창한 미래를 망치고 싶지 않았다. 그녀는 시어머니의 시신을 앞에 두고 벽에 기대앉았다. 지민은 서영을 바라보며 벽에 기대 서 있었다. 머릿속이 터질 것만 같았다. 이제 어떻게 해야 하지? 이대로 여기서 나가 사라져버릴까. 외국으로 도망쳐버릴까. 지민인 어쩌고. 사람이 죽었다. 아무리 생각해도 뾰족한 방법이 없었다. 차라리 경찰에 사실 그대로를 알리고 죄 값을 치르는 것이 속 편할 것 같다고 생각할 때였다. 밑도 끝도 없이 지하가 화를 내며 서영에게 수화로 퍼붓던 말이 떠올랐다.

—엄마는 가족이 싼 똥을 치우는데 왜 아빤 안 해? 왜

아빠 엄마가 싼 똥을 못 치우는데? 엄마가 싼 똥을 아빠더러 치우라고 해봐. 아빠도 해야 공평하지. 그걸 못 한다면 영원히 그렇게 살아!

무슨 일 때문에 지하가 그런 말을 했는지는 기억이 나지 않았다. 하지만 지하는 어릴 때부터 시아버지가 핀셋으로 딸기 씨앗들을 모조리 뺀 후 손을 닦고 쌓아둔 크리넥스나 오물이 묻은 변기, 식사를 하고 난 각자의 그릇들, 아무렇게나 벗어 던져 둔 옷가지 같은 것들을 싸잡아 '똥'이라고 말했다. 왜 모두 손이 있으면서 자신이 어지른 것을 직접 치우지 않고 엄마가 다 치워야 하냐는 뜻이었다. 아이들이 집에 있을 때까지는 아주머니를 고용하지 않았다. 그때는 단 한 시간도 자신을 위해 쓸 여유 시간을 가지지 못한 채 살았다. 아이들이 모두 떠난 후, 시어머니는 서영에게 아무것도 하지 말라며 입주도우미를 고용했다.

지하의 말을 떠올리고 있는 동안 어떤 방법이 뇌리를 직격했다. 위기를 벗어날 수 있는 방법은 이 위기를 만들어낸 최초의 원인 제공자에게 위기를 돌려주는 것이 아닐까. 서영은 위기를 조종해야겠다고 생각했다. 어쩌면 이 선택이 자신의 새로운 삶을 여는 출발점이 될지도 모른다.

"선택은 네 아버지가 해야겠다."

서영이 대답했다.

지민은 뜻밖의 대답을 들었다는 듯, 한쪽 눈썹을 치켜 올리며 서영을 돌아봤다. 하지만 그게 다였다. 지민은 모든 일에 특별한 감정이 없었다. 지민의 그런 모습에 서영은 마음이 아팠다.

지민은 겉으로 보기엔 아픈 사람이 아니었다. 하지만 속은 이미 문드러질 대로 문드러져 있었다. 가족끼리 서로 헐뜯으며 싸우고 폭력을 행사하는 동안 아이의 영혼은 깊은 내상을 입었을 것이다. 이제 그 상처가 터지면서 모양도 성질도 다른 낯선 아이가 되어버렸다.

남편은 우애 깊고 다툼 없는 가정의 가장이자 평화롭고 자애로운 목회자라는 이미지를 유지해왔다. 그는 자신이 만든 그 이미지가 깨지는 것을 극도로 두려워했다.

이 사건이 밖으로 드러나면 사람들은 학교의 모범생이자 우등생인 아들이 왜 할머니와 자기 엄마를 납치해 감금했는지 알고 싶어 할 것이다. 소문은 꼬리에 꼬리를 물 것이고 진실을 파헤치려는 사람들은 남편의 추악한 정체를 밝혀낼 것이다. 과연 남편은 그 상황을 견딜 수 있을까.

서영은 남편에게 전화를 걸었다. 통화음이 울리자마자 남편이 전화를 받았다.

"이 쌍년아! 너 지금 거기 어디야?"

욕설이 먼저 들려왔다.

"당신 어머니 돌아가셨어. ○○캠핑장으로 와."

서영은 전화를 끊었다.

"이제 어떻게 할 거야?"

지민이 물었다.

"집으로 돌아갈 거야. 엄마가 싼 똥을 네 아버지가 치우게 만들어야지. 내가 할 수 있을지 해보고 싶어. 미안해. 널 이용할 수도 있어. 네 아버지가 지하는 싫어해도 넌 그렇게 싫어하지 않으니까."

지민은 아무런 대꾸 없이 서영을 흘끗 쳐다봤다. 입꼬리에 알 수 없는 미소가 걸렸다.

정말 남편이 이 산에서 일어난 일을 덮으려 한다면 그들은 공범이 된다. 만약 남편이 공범이 되길 거부한다면……. 그녀는 불안 속에 한숨을 내쉬었다.

"아버진 할머니 장례식에서도 울지 않을걸?"

"그게 무슨 말이야?"

"아버진 할머니 안 좋아해. 두고 봐……. 비 와."

지민이 창구멍을 올려다봤다. 비가 내리고 있었다.

15

놈들과 사투를 벌이는 동안 지하는 주먹을 쥔 채 바닥을 두드렸다. 하지만 S.O.S를 치면 언제라도 달려 올라오겠다던 유연석은 코빼기도 비치지 않았다. 지하는 결국 남자의 주먹 한 대에 나가떨어졌다.

지네 문신을 한 남자는 치아 모양으로 피가 고인 자신의 팔을 내려다봤다. 농아는 의식을 잃은 것처럼 보였다. 한 대 더 패려고 손을 치켜드는데 휴대폰이 울렸다. 그는 전화를 받으면서 싱크대로 갔다.

소파 앞에 쓰러져 있던 지하의 눈까풀 아래에서 동공이 움직였다. 의식을 잃은 척하고 있던 지하는 살며시 눈을 떴다. 지네 문신의 남자는 싱크대 서랍을 열고 닫으며 뭔가를 찾고 있었다. 지하는 묶인 팔을 필사적으로 소파 밑으로 밀어 넣었다. 몇 번의 헛손질 끝에 만화책 책갈피에 끼워뒀던 과도를 쥐는 데 성공했다.

욕설을 섞어가며 통화를 하던 남자는 어떤 기척을 느꼈는지 갑자기 고개를 홱 돌렸다. 바로 그 순간, 지하는 칼을 쥔 팔로 남자의 목을 그었다. 남자는 두 눈을 부릅뜨며 자신의 목을 움켜잡았다. 술과 밥을 먹고 나서 좀 데리고 놀다가 죽일 생각이었다. 이제 곧 죽을 운명이었던 농아에게 당했다는 사실이 믿기지 않는다는 듯 그는 지하를 노려보다가 피를 쏟으며 거꾸러졌다.

지하는 그 피를 고스란히 뒤집어썼다. 차가운 눈빛으로 남자의 숨이 끊기는 순간을 지켜봤다. 지하는 현관 옆 벽에 바싹 등을 붙이고 다른 남자들을 기다렸다. 곧 공범 둘이 돌아올 것이다.

이 싸움은 단 1초의 틈이라도 생기는 순간 그녀가 죽는 게임이었다. 가슴을 찌르거나 다른 곳을 찔러도 진다. 괴물들은 질기다. 그녀가 살 길은 단 하나, 목을 정확하게 긋는 것뿐이다.

지금까지 지하는 칼 쓰는 방법을 수없이 반복 연습했다. 『홀리랜드』를 보면서, 유튜브를 보면서, 심지어 상상 속에서까지.

잠시 후, 문이 열리고 먹을 것이 잔뜩 담긴 비닐봉투를 양손에 쥔 남자 둘이 들어섰다. 그들이 문 뒤에 숨어 있던 지하와 눈이 마주치기 직전에 지하는 앞선 남자의 목을 그었다. 앞선 남자의 목에서 피가 뿜어져 나왔다. 뒤따라 들어오던 남자는 음식봉투를 내팽개치고 도망쳤다.

앞선 남자가 음식이 잔뜩 든 비닐봉투를 양손에 쥐고 있지 않았더라면, 뒤따라 들어오던 남자가 도망치지 않았다면, 그녀가 죽었을 것이다.

성폭행이 나오는 관음적인 장면 묘사가 있을까 봐 가슴 졸이며 읽어 내려온 서영은 문단 끝에서 안도했다. 상황은 끔찍했지만 침입자에게 살해당하는 것보단 이 편이 나았다.

과연, 의도를 하고 지하의 뒤를 밟은 성인 남자 셋에게서 안전하게 벗어날 수 있는 방법이 있었을까. 집주인 여자가 있었다면 몰라도 비명조차 지르지 못하는 소녀는 혼자였다. 도움이 필요할 땐 거실 바닥을 치라던 아래층 남자 연석은 끝내 나타나지 않은 모양이다. 이 내용이 현실이었다면 지하는 죽었을 것이다. 온갖 더러운 짓을 다 당한 뒤 처참하게.

'지하에게 칼이 있었나?' 서영은 현실의 지하를 생각하며 고개를 갸우뚱하다가 자신의 딸에 대해 모르는 것이 너무 많다는 사실과 다시 한 번 직면해야 했다. 소설 속 지하의 다음 행보가 궁금했다. 그녀는 다음 장을 펼쳤다.

16

만취한 사람들로 시끌벅적한 지구대 안으로 누군가 들어섰다. 무심코 고개를 들고 출입구 쪽을 쳐다보던 여순경이 '악!' 하고 비명을 지르며 자리에서 벌떡 일어섰다.

출입문 앞에 어떤 소녀가 서 있었다. 지나가던 행인들이 발걸음을 멈추고 휴대폰을 꺼내 들었다.

소녀의 얼굴과 옷에는 피가 잔뜩 묻어 있었다. 159센티미터 정도의 키, 쇄골이 움푹 들어갔을 만큼 바싹 마른 몸, 심하게 구타를 당한 듯 부어 있는 얼굴. 소녀는 앞을 볼 수 없을 지경까지 부어 오른 한쪽 눈을 간신히 뜬 채 오들오들 떨고 있었다. 여순경은 재빨리 소파에 놓여 있던 담요를 들고 와 소녀를 감쌌다.

지하는 휴대폰에 글을 써 여순경에게 건넸다.

여순경은 눈으로 먼저 읽고 나서 다른 경찰들에게 말했다.

"나이는 열여덟 살이고, 이름은 류지하. 언어청각장애가 있답니다. 좀 전에 무단으로 침입한 성인 남자들을 살해했대요."

"살해? 사람을 죽였다고? 저 조그만 애가 남자들을?"

지하는 침입자의 휴대폰을 건네고 다시 자신의 휴대폰에 글을 써 보였다.

"이 휴대폰은 남자들 휴대폰인데 안에 남자들이 한 짓이 찍혀 있답니다. 학생 좀 앉자."

여순경은 지하를 난로 앞으로 데리고 갔다.

"부모님 연락처는? 학교는?"

여순경이 천천히 말했다.

지하는 '고아'라고 써서 보여주었다.

지하의 사건은 포털사이트 검색 1위에 올랐고 SNS에 공유됐다. 덩달아 아무런 관심도 받지 못한 채 연재했던 웹소설의 조회 수도 미친 듯이 올라갔다. 그러는 동안 도망쳤던 남자가 붙잡혔다. 지하는 경찰병원에서 상처를 치료하고 그들의 보호 아래 검찰조사와 정신과 감정까지 받으며 이리저리 끌려 다녔다. 장애인 특별법, 소년법, 적합한 증거영상, 지하에게 살해당한 두 남자의 전과 등에 의해

지하는 아무런 처벌도 받지 않았다.

사람들은 미성년자에 언어청각장애자, 159센티미터의 키에 체중이 39킬로그램밖에 안 되는 소녀가 칼을 휘둘러 성인 남자 셋으로부터 '자신을 보호했다'는 사실에 열광했다.

한편에서는 정당방위라도 성인 남자를 둘씩이나 목을 그어 살해한 것은 정상이 아니며 류지하의 정신감정을 해봐야 한다며 목소리를 높였다.

장애인 단체에서도 연락이 왔다. 그들은 모든 이야기를 수많은 장애인과 나눠달라고 요청했다.

『조용한 세상』은 페이지터너였다. 쉴 틈 없이 몰아치는 내용들을 따라가다 보니 어느덧 소설의 막바지에 와 있었다. 서영은 남은 냉커피를 다 마시고 일어나 욕실로 들어갔다. 거울 속 자신의 얼굴을 보며 양치를 했다. 어느새 이렇게 나이가 든 것일까. 질펵한 절망 속에 웅크린 채 세월을 낭비했다.

"……."

주르륵 뺨을 타고 눈물이 흘렀다.

'괜찮아. 나서영! 이제 시작했잖아!'

그녀는 거울 속 자신에게 고개를 끄덕여줬다.

소설 속 서영은 집으로 돌아갔다.

지하가 이 책을 그녀에게 보낸 이유가 감옥 같은 시집에서 탈출하라는 메시지를 주기 위해서라고 생각했는데 뜻밖에도 소설 속 서영은 집으로 돌아갔다. 왜 그렇게 설정한 것일까. 물론 집으로 돌아간 소설 속 서영은 예전의 서영이 아니었다. 전혀 다른 사람이 되어 목적의식을 가지고 돌아갔다. 돌아가는 서영은 다른 존재가 되었지만 그녀 앞에 펼쳐질 일들은 여전히 가시밭일 것이다.

정확히 어떤 메시지를 기대했는지 서영 자신도 알 수 없었지만 어쩐지 그 설정은 마음에 와 닿지 않았다. 서영은 서둘러 다음 장을 펼치고 23장까지 단숨에 읽었다.

남편은 서영이 내건 조건에 순순히 협조했다. '아버진 할머니 안 좋아해. 두고 봐.'라고 했던 지민의 말은 사실로 드러났다.

현실의 남편은 어떨까? 서영은 끊임없이 소설과 현실을 비교하며 답을 찾으려 했다.

소설 속 서영은 마침내 끔찍했던 가정환경을 바꾸는 데 성공하는 것처럼 보인다.

유독 서영과 지하에게 표독하게 굴었던 시어머니가 사라진 집은 적당히 평화로워졌다. 서영은 와인창고의 잠금장치와 집안의 CCTV를 없앴다. 일하는 사람을 고용하지 않고 직접 집안일을 해냈다. 시아버지는 더 이상 딸기씨앗을 빼내지 않았다. 이런 가정이라면 다시 살아볼 만도 하지 않을까? 마치 지하로부터 선물을 받은 기분이 들었다. 만약 현실에서도 이런 변화를 맞이하게 된다면 자신은 돌아가고 싶을까?

해피엔딩으로 가고 있는 듯 보여 마음이 놓이지만 이 소설은 미스터리 스릴러다. 마지막 장까지 안심할 수 없다는 생각이 들었다. 과연 이 소설은 시어머니의 죽음을 그대로 묻어둘까? 납치감금극을 만든 지민과 시어머니를 몰래 매장한 죄는 어떻게 처리할까? 서영은 이 부분에 대한 지하의 도덕성이 궁금했다.

이제 남은 것은 마지막 장과 에필로그였다.

24

시간이 흐르는 동안 초여름이 되었다. 서울시의원인 지하의 아버지는 범죄를 척결하는 데 앞장서고 장애인들이 무료로 호신술을 배우도록 지원했다. 그는 어딜 가든 아내와 함께했다. 할머니가 사라진 집은 더 이상 무시무시한 곳이 아니었다. 지하는 학교로 돌아가기로 했다.

첫 등교를 하던 날, 지민이 링크를 보내왔다. 지하는 학교로 가다 말고 멈춰 서서 링크를 확인했다.

도시 안의 버려진 건물들을 찾아다니며 그 건물의 쇠락의 배경에 대해 방송하는 유튜브 방송 '도시탐험대'가 연쇄살인 사건이 일어난 ○○캠핑장을 찾아갔다가 여성 시신 한 구를 발견하고 경찰에 신고했다는 내용이었다. 시신은 부패가 심해 신원 파악이 어려웠지만 경찰견이 땅에 묻힌 밍크코트를 발견했고 코트에는 피해자의 이름과 주소, 전화번호가 새겨져 있었다고 한다.

"……!"

할머니의 시신이 세상에 드러나는 데 걸린 시간은 1년 6개월, 그동안 지하는 고3이 되었다.

도서관에서 빌린 심리학 책에서 공포에 대해 다룬 글을 읽은 적이 있었다.

공포야말로 대부분의 갈등을 해소시키는 강력한 방법이다.

지하는 그 문장을 아주 오랫동안 곱씹었고 공포영화들을 찾아보기 시작했다. 대부분의 공포영화들은 내용의 변주는 있어도 결론은 같았다. 주인공이 공포를 극복하는 순간, 갈등이 해소된다는 것.

서로를 죽일 듯 싸워대는 가족도 극심한 공포상황에 직면해 외부의 적과 싸우게 되면 처음엔 각자 행동하지만 결국엔 살기 위해 서로 힘을 합치게 된다. 마침내 살아남게 되면 그동안의 갈등들이 별것 아닌 것으로 느껴지는 생각의 변화를 가져온다. 공포는 절대로 변하지 않을 것 같은 사람을 변화시키고 불만을 잠재우는 강력한 감정이었다.

— 아빠랑 엄말 한 공간에 가둬놓고 공포영화에서처럼 괴롭히면 서로 사이가 좋아질까? 난 두 사람 사이가 좋았으면 좋겠어.

어느날 지민과 함께 공포영화를 다운받아 보던 지하가 말했다. 그때 지민은 아무런 대꾸도 하지 않더니 대뜸 할머니와 엄마를 가둬버렸다. 지하가 한 상상을 남동생이 현실화한 것이다. 지민이 그런 짓을 할 줄 몰랐다.

지하는 남동생에 대해서 잘 알지 못했다. 그녀의 적인 듯 하다가도 위급한 상황이 오면 그녀를 도와주곤 했다. 속을 알 수 없는 녀석이어서 지하 편에서도 굳이 알려고 하지 않았다. 매일 자신의 문제만으로도 머릿속이 터질 것 같은 날들이었으니까. 아마 지민 역시 누나인 지하에 대해서 잘 알지 못할 것이다.

사람의 일이란 정말 알 수 없는 것이었다.

무엇보다 기쁜 것은 엄마가 지하와 지민을 진심으로 대한다는 것이었다. 지금까지 쌓지 못한 사랑과 신뢰를 차근차근 쌓아 올리려는 듯 노력했다. 처음으로 찾아 온 평화였고 돌아가고 싶은 집이었다. 그런데 할머니의 시신이 발견되면서 어렵사리 쌓아올린 평화에 경고등이 켜지고 있었다.

지하는 휴대폰을 주머니 속에 집어넣었다. 학교로 향하던 걸음을 다시 옮겨놓았다. 오늘 따라 움직여본 적이 없는 새끼발가락이 찌릿찌릿하다. 그녀는 뒤뚱거리며 걷기 시작했다. 걸으면서 두 손으로 자신의 목을 잡고 등뼈를 쭉 폈다. 엄마가 갓난아기였던 자신의 목을 두 손으로 조르는 장면을 떠올렸다. 엄마의 손이 지하의 목을 거머쥐는 행동이 무엇을 의미하는지 몰랐다고 해도 아기였던 자신의 무의식은 분명 감지했을 것이다. 의지했던 사람의 손길에서 뿜어져 나온 허망한 살기를.

그날 엄마가 자신을 살해했다면 어떻게 되었을까. 그런 끔찍한 불행이 모녀를 비켜갔다는 것은 분명 다행한 일이다.

자신이 어떻게 그 끔찍한 순간을 기억하는지는 여전히 미스터리한 일이다. 하지만 지하는 공중에 뜬 채 그 장면을 봤다. 그것이 실제 기억인지 만들어진 기억인지조차 알 수 없어 갑갑했지만 이제 수수께끼는 풀렸다. 앞으로 그녀는 기억을 이겨내든가 아니면 기억과 함께 살아가든가 해야 한다. 그런데 그 기억은 머릿속에만 남은 것이 아니라 온몸에 흉터처럼 남았다.

들리지 않고, 말할 수 없고, 새끼발가락은 숨만 쉬며 붙어 있고, 눈을 뜬 상태에서도 의식은 현실을 빠져나가 상상의 세계를 헤맨다. 정신을 차려보면 자신도 모르는 사이에 자신의 목을 조르고 있다. 거의 자해 수준이다.

엄마가 두 손으로 자신의 목을 졸랐던 순간, 그 손을 통해 엄마가 외부에서 받았던 상처가 자신에게 옮겨졌다고 지하는 믿었다. 그래서 자신의 몸은 외부의 폭력이 자신을 해치거나 상처 내지 못하도록 매시매초 독을 만들어냈다. 이제 돌아가고 싶은 집이 생겼지만 그 행복이 자신을 평범한 소녀로 돌려놓을 수는 없었다.

몸속 구석구석 쌓인 독은 배출되지 못한 채 우울증으로 자라고 있다. 남동생은 그렇게 생긴 몸속의 독을 어떻게 배출하고 있는 걸까.

교문으로 들어가려던 지하는 우두커니 멈춰 섰다. 마지막으로 꼭 해야 할 일이 있었다. 지하는 돌아서 어디론가 바삐 걸어갔다.

다음 날 아침, 일찍 등교한 지하는 텅 빈 교실로 들어섰다. 아무도 없는 교실의 창문을 모두 열었다. 지하는 이 시간이 가장 좋았다. 찬바람이 신선하다. 그녀는 창가에 기대앉아 마이클 커닝햄의 『디 아워스』*를 펼쳤다.

사람은 그 어떤 것으로부터도 자유롭지 않다. 시간으로

---

* 『디 아워스』, 마이클 커닝햄 지음, 정명진 옮김, 비채

부터도 인간관계로부터도. 태어나 이 사회란 곳에 발을 딛는 순간부터 한 순간도 진정으로 자유로웠던 적이 없는 것이다.

'나는 왜 태어난 것일까?'

'내 영혼은 대체 무엇을 성취하기 위해 엄마의 자궁을 빌려 이 세상에 나오려 했던 것일까?'

아무리 노력해도 우울감은 숨 쉬는 만큼 쌓인다.

우울증 환자들이 자살할 때는 주변의 친한 사람이나 사랑하는 사람을 데리고 떠난다지. 사람에게 애정이 없는 자신은 죽음의 순간까지도 타인을 데리고 가고 싶은 마음은 털끝만큼도 없었다.

하지만……. 이제 데리고 가고픈 것이 하나 생겼다.

지하는 주머니 속에서 반으로 접힌 종이를 꺼냈다. 어제 산부인과 의사를 만난 후 쓴 것이다. 아마도 마지막 기록이 될 것 같았다.

저는 할머니가 미웠습니다. 제가 적절한 시기에 치료를 놓치게 만든 원인제공자였으니까요. 저는 할머니에게 벌을 주고 싶었습니다. 반성할 시간을 주고 싶었습니다. 할머니는 심심하면

절 지하실에 가뒀습니다. 할머니의 허락 없이는 지하실에서 나갈 수 없었습니다. 전 할머니에게 창문도 없는 어둡고 추운 곳에 갇히는 기분이 어떤 것인지 알게 해주고 싶었습니다. 엉뚱한 생각이 떠올랐습니다. 시체가 발견되는 바람에 이제는 폐쇄되었지만 언젠가 부모님과 함께 간 적이 있는 캠핑장. 저는 아버지의 휴대폰을 훔쳐 할머니에게 아들을 살리고 싶으면 그곳으로 혼자 오라는 문자를 보냈습니다. 물론 경찰에 연락하면 집에 불을 질러버리겠다고 겁을 주는 것도 잊지 않았습니다. 걸어서 올라온 할머니를 캠핑장의 버려진 화장실에 가뒀습니다. 다음 날 풀어줄 생각으로 갔을 때 할머니는 죽어 있었습니다. 저는 겁이 나서 할머니의 옷을 벗겨 땅에 파묻고 문을 잠그고 산에서 내려왔습니다.

지하는 편지를 다시 접어 책갈피 사이에 끼웠다. 그러고는 읽다 멈춘 부분에서부터 책을 읽기 시작했다.

다른 방으로 달려간 그녀는 리처드의 모습을 보고 경악한다.
-290페이지.
가운을 입은 채 열린 창문의 창턱에 올라앉아 말라빠진 한쪽

다리는 집 안쪽으로 다른 한쪽 다리는 그녀에게는 보이지 않지만 5층 창밖으로 달랑달랑 내놓고 있는 것이다.

지하는 다리 한쪽을 창밖으로 내려놓았다.

"나는 실패했어."

리처드의 대사를 읽는데, 지하의 머릿속엔 그 대사가 '나는 실패작이야.'라고 읽혔다. 지하의 머릿속에 상주하는 우울이 속삭였다.

"파티를 견디지 못할까 봐 겁이 나."라는 대사는 '이 삶을 견디지 못할까 봐 겁이 나.'로 읽혔다.

그는 앞으로 살짝 움직여 창턱에서 부드럽게 미끄러진다. 그리고 떨어진다.
클러리서가 비명을 지른다.
"안 돼!"

지하는 창턱에서 추락하면서 상상했다. 책갈피에 끼워 둔 편지를 발견하는 경찰과 그녀의 몸이 저 아스팔트를 때리는 순간 무거운 육체를 벗고 자유로워지는 자신을.

느닷없는 엔딩에 서영은 '뭐지?' 하고 눈을 깜빡였다. 그리고 몇 초 후, 그 장면이 지하의 자살을 의미한다는 것을 깨달았다.

"미쳤어! 왜! 왜 지하가 죽어야 해!"

서영은 책을 집어 던졌다.

고함을 지르는 동안 울음이 터져 나왔다. 누군가 죽어야 할 사람이 있다면 그건 자신이라고 생각했다.

한참을 울고 나자 멍해졌다. 진이 빠졌다.

'이건 소설이야. 소설일 뿐이야. 현실의 지하는 살아 있어.'

몇 번을 중얼거리자 겨우 제정신이 들었다.

지하는 소설 속에서 지민을 사이코패스 성향으로 묘사했다. 왜 그랬을까?

현재 대학을 다니고 있는 지민은 학교 앞 쉐어하우스에서 살고 있다. 자신의 짐을 모두 가지고 나간 다음 날부터 지금까지 한 번도 찾아오지 않았다. 전화 한 통도 없었다. 집도 부모도 그립지 않다는 뜻이리라. 그녀 역시 아들 지민이 잘 지내는지 떠올리긴 해도 전화를 걸어 안부를 물은 적도 없었다.

'다시 시작할 수 있을까?'

한숨을 내쉬는 그녀의 두 눈동자가 촉촉이 젖어들었다.

지하는 가출함으로써 부모자식 그리고 가족이라는 연결고리를 끊었다. 지하도 지민도 방법은 달랐지만 모두 집을 떠났다. 자식 둘 중 한 명이라도 그녀의 곁에 남았더라면 뭔가 달라졌을까? 그 점이 가슴 아팠지만 자신의 곁에 남아주지 않은 자식들을 원망할 생각은 조금도 없었다. 모두 자신의 탓이었다.

서영은 휴대폰으로 류지하 작가의 『조용한 세상』을 검색했다. 일요일인 내일 대형서점에서 작가 사인회가 있었다. 가볼까 싶은 생각과 내가 무슨 염치로 어미 없이 성인이 된 딸을 볼 수 있을까 하는 생각, 사인회에는 소설을 다 읽은 사람들이 올 텐데 우연히 아는 사람이라도 만나 내가 바로 소설 속의 서영임이 들통난다면 창피해서 어쩌나 하는 생각, 그리고 시집식구를 만날 수도 있다는 생각이 동시다발적으로 떠올랐다. 성인이 된 지하 앞에서 시어머니에게 머리채를 잡히고 싶지 않았다.

그런데 소설 속 지하의 자살은 암시일까. 아니면 소설 속에서 상처투성이의 자신을 죽이고 현실에선 새로운 사람으로 태어나겠다는 뜻일까? 설마 현실에서도 자살할 생각은 아니겠지?

서영은 지하를 만나야 한다는 생각에 마음이 조급해졌다. 새벽 2시였다. 날이 밝을 때까지 인내심을 가지고 기다려야 했다. 서영은 지난 반평생 동안 아침이 오지 않기를 바라며 잠자리에 들곤 했다. 아침이 오기를 이토록 간절히 바란 적이 없었다.

이제 에필로그가 남았다. 그녀는 긴 한숨을 내뱉었다. 어찌되었든 책이 끝나가는 것이 두려웠다. 페이지가 줄어들수록 마치 그녀의 생에 대해 조언하고, 힘을 내라고 응원해주는 가까운 사람이 떠나는 것 같은 기분이 들었다. 에필로그까지 다 보고 책을 덮으면 이제 완전히 혼자가 된다. 아직 에필로그가 남아 있다는 사실에 서영은 그나마 약간의 위안을 느꼈다.

그녀는 침대에서 일어나 커다란 창문 앞에 섰다. 자신의 얼굴이 검은 유리창에 비쳤다. 그녀는 멍하니 그 얼굴을 바라봤다. 흘려보낸 세월이 그곳에 있었다. 창문을 열었다. 한 줄기 시원한 밤바람이 불어 들어왔다.

그 감옥에서 마침내 벗어났다. 마음에서부터 벗어날 수 없었던 곳이었다. 결코 벗어날 수 없으리라 생각했던 그 감옥에서 벗어나는 데 필요했던 것은 용기였고 이기심이었다. 나도 살아야겠다. 아니, 내가 먼저 살아야겠다.

소설 속의 지하는 가족이 은폐한 범죄를 떠안고 갔다. 현실의 지하는 살아남아 작가가 되었다.

소설 속의 서영은 집으로 돌아갔다. 현실의 자신은 집으로 돌아가지 않을 것이다.

순간이동자

오두막으로 돌아오니 이든이 마당에 서 있었다.

— 어디 갔다 온 거야?

그는 오토바이에서 내리는 지하에게 물었다.

— 그냥 좀……. 그런데 왜 나와 있어?

— 대표가 왔다 갔어. 다음 주 월요일에 팬 사인회 다시 잡아놓았다더라. 이번에 또 그러면 곧 바로 법원에 넘기겠대. 위약금에 팬 사인회 취소되는 바람에 자기가 손해 본 금액까지 모조리 청구하겠대.

— 내가 생명의 은인이라면서 은혜를 잊지 않겠다고 했던 말은 다 잊었나 봐.

— 고마운 건 고마운 거고, 손해는 손해인 거지. 손해를

봐가면서까지 은혜를 갚고 싶진 않은 거야. 그게 인간이야.

— 동물들만 은혜를 갚을 줄 아나 봐.

지하는 울프를 떠올렸다. 그녀는 씁쓸하게 웃었다.

— 스파링 호출 왔어. 다녀올게.

— 얻어터지지 마. 피해.

그녀는 다짐시키듯 이든을 빤히 쳐다봤다. 둘은 피식 웃었다.

오두막으로 들어온 그녀는 뜨거운 커피 한잔을 손에 들고 마이클 커닝햄의 『디 아워스』를 책장에서 꺼내 소파에 앉았다. 『디 아워스』는 자신의 시간을 살고 싶었던 세 여자의 하루를 그린 소설이다. 오늘처럼 소파에 앉아 책을 읽고 있을 때면 울프가 뛰어올라 몸을 붙이고 앉아 있곤 했다. 부드럽고 묵직했던 울프의 존재감과 녀석이 나눠주던 온기가 그리워 코끝이 찡해졌을 때였다. 그녀가 쥐고 있던 책이 마룻바닥으로 툭 떨어졌다. 책을 쥐고 있던 손이 사라지고 있었다. 그녀는 끌려가지 않기 위해 다른 한 손으로 소파 손잡이를 움켜잡았다. 그 손마저도 이내 사라졌다.

텅 빈 오두막으로 땅거미가 내려앉았다.

창틀에 내려앉은 검은 새가 유리처럼 반들거리는 검은

눈으로 아무도 없는 거실을 지켜보고 있었다.

스파링 갔던 이든이 돌아왔다. 집 안이 휑했다. 지하가 또 사라진 것 같았다. 방에서 아기 울음소리가 났다. 이든은 한숨을 쉬며 앞치마를 두르고 아기를 업고 나와 우유병을 소독하고 분유를 탔다. 배부르게 분유를 먹은 아기가 트림을 하고 나자 그는 자신과 지하를 꼭 닮은 아기를 다시 업었다. 그는 잠든 아기를 침대에 눕히고 그 곁에 누워 눈을 감았다. 지하가 아일 낳은 후 지금까지 그림을 그린 적이 없었다. 그림에 대한 열정을 아이에게 고스란히 쏟아 붓고 있었다. 아일 사랑하지만 그림에 대한 열정은 또 다른 문제였다. 자신도 모르게 불만이 쌓이고 있었다.

텅 빈 거실에 지하가 스르르 나타났다. 그녀는 빠른 시간 내에 돌아온 것에 안도했다. 하지만 분명 또 무엇인가가 사라졌을 것이다. 자신에게서 소중한 어떤 것. 카드를 받는 순간부터 소중한 것들이 사라지고 자신이 거부하는 것들로 채워진다. 사라진 것을 찾아 시선을 돌리던 그녀는 책상을 노려봤다. 책상 위에 놓여 있던 타자기가 사라지고 없었다. 사라진 것은 타자기뿐만이 아니었다. 차곡차곡 모아둔 원고 더미도 사라졌고, 책장에 잔득 꽂혀 있던 신간 『조용한 세상』

도 사라지고 없었다.

책장의 빈 공간을 멍하니 보고 있는데 누군가 그녀의 어깨를 툭 쳤다.

그녀는 흠칫하며 돌아섰다. 눈가가 멍든 이든이 서 있었다.

— 언제 돌아왔어?

— 내 책들이 모조리 사라졌어. 타자기도.

— 네 책들 저기 있잖아?

— 아니, 내가 쓴 소설.

— 네가 소설을 썼다고?

이든의 반문에 지하는 휴대폰으로 신간소설 『조용한 세상』을 검색했다. 그러나 그런 책은 온라인 어디에도 언급되어 있지 않았다. 그녀는 실소했다.

창 너머로 보이는 마당엔 오토바이 대신 흙먼지를 잔뜩 뒤집어 쓴 지프가 주차되어 있었다.

— 오토바이는?

— 무슨 오토바이?

이든이 되물었다. 오토바이까지 사라졌다.

자그마한 액자 속에 지하와 이든이 갓난아기를 안고 있

는 사진이 들어 있었다.

— 우리한테 아기가 있었어?

지하의 질문에 이든은 냉소하더니 곧, 어두운 표정을 지었다.

— 오늘 아침에 네가 한 말 진심이니? 나를 사랑하고 우리의 결혼생활이 이 세상의 무엇보다 행복하지만, 네 자신은 행복하지 않다고 했어.

결혼했다고? 지하는 되물을 뻔했다.

— 넌 네 자신으로 살지 않는 것 같아서 공허해서 견딜 수가 없다고 했어. 더 이상 이렇게는 살 수 없다고. 살고 싶지 않다고. 잘하는 것도 없고 뭘 하고 싶은 건지도 모르겠고 연락할 친구도 없고 지금 죽어도 아무 미련이 없는 지겨운 삶이래. 어떻게 그렇게 말할 수 있지? 우리 애는? 아기 얼굴만 봐도 배가 부르고 행복해야 하는 거 아냐?

이든은 갑자기 수화를 멈추더니 방 쪽을 돌아봤다.

— 애 울어.

이든은 아이의 울음소리조차 듣지 못하는 지하를 원망하는 눈빛으로 흘끗 쳐다보곤 방으로 가더니 웬 아일 안고 나왔다. 아이를 보던 지하는 두려움을 느꼈다. 아이의 목에 지하와 이든과 꼭 같은 거뭇한 색소침착이 있었다.

— 저게 뭐야? 아기 목에? 아기한테 무슨 짓을 한 거야?

— 그걸 어떻게 나한테 묻니? 네가 한 짓이 기억 안 나?

— 내가 한 짓? 내가 무슨 짓을 했다는 거야?

— 사는 게 끔찍하다면서 네가 네 손으로 아기 목을 졸랐어.

그럴 리가 없다. 지하는 고개를 가로저었다.

— 내가 집에 있었으니 망정이지. 이젠 일 나갈 때도 애 데리고 나갈 거야. 일 마치고 오니까 너는 사라지고 없고 애 혼자 있더라. 애 울잖아! 이젠 네가 애 봐!

이든이 아이를 지하에게 떠안기려 했다.

— 왜 내가 해야 해?

지하는 물러서며 수화했다.

— 왜 네가 해야 하냐고? 그게 네 일이니까.

— 그게 어째서 내 일이야? 우리 일이지. 네가 해도 되는 일이잖아!

그녀의 수화가 거칠고 빨라졌다.

— 너 집구석에서 하는 일 없잖아! 애 안 키우면 뭘 할 건데?

이든은 아기를 그녀의 품에 강제로 안겨주고는 오두막을 나가버렸다.

11

지하는 잠을 이룰 수가 없었다. 그녀와 이든 사이에 아기가 누워 있었다. 그녀는 돌아누워 새근새근 잠든 아기를 한참을 바라봤다. 잠든 아기의 얼굴은 평화로워 보였다. 하지만 정작 자신은 조금도 평온하지 않았다.

조용히 일어나 거실로 나왔다. 소파에 누군가 앉아 있었다. 지하는 흠칫했다. 청회색의 큼직한 후드가 달린 롱카디건을 입고 검은색 반장갑을 낀 긴 머리의 여자가 피식 웃었다. 지하는 그녀가 누군지 알고 있었다. 또 다른 자기 자신이었다. 자기 자신이지만 다른 인격을 가진 존재, 해리.

— 기다리고 있었어. 왜 나타나지 않나 생각했어.

경고카드가 도착하고, 소중한 것들이 사라지고, 거부하는 것들로 채워질 때쯤이면 해리가 나타난다.

— 커피 마실래?

지하가 수화로 물었다.

— 너와 엄마가 위험해.

해리가 수화했다. 지하는 대꾸하지 않았다.

— 돌아가.

— 이번엔 싫어! 절대 돌아가지 않을 거야.

— 너 염증 느끼고 있잖아. 이제 넌 아무것도 아니야.

— 글이야 다시 시작하면 돼.

— 현실의 네가 없다면 상상 속의 너도 존재하지 않아. 넌 언제든 이 세계를 다시 만들 수도, 파괴할 수도 있어. 그건 현재의 네게 달린 거야.

지하는 아무런 대답도 하지 않았다. 그저 침묵한 채 해리를 바라봤다.

— 지금 돌아가지 않으면 엄마가 어떻게 될지 몰라.

잔잔하던 지하의 동공이 흔들리기 시작했다.

— 난 우리 엄마한테 조금의 애정도 없어. 남들 다 하는 사랑한다는 말도 해본 적 없고, 그립지도 않아.

— 아니, 넌 엄말 사랑해. 엄마 돌아가시면 네가 제일 많이 울걸?

속에서 반항심이 솟구쳤다. 지하는 반격하려다가 그만두고 대신 주먹을 불끈 쥐었다. 어느 정도는 그녀의 말이 맞을

지도 모른다.

— 오늘이 그 집 철거되는 날인 거 알지?

알고 있다. 카드에 적힌 오늘 날짜.

— 서둘러야 할 거야. 돌아가서 엄마와 네 자신을 구해.

해리는 검은 연기가 되어 지하의 눈앞에서 사라졌다.

지하는 자신의 분신이 사라지고 난 후에도 한참을 그렇게 서 있었다.

얼마나 시간이 지났을까. 지하는 책상 앞에 앉았다. 종이를 꺼내 놓고 연필을 깎았다. 타자기가 없다면 종이에 쓰면 된다. 뭐라도 쓰지 않으면 미칠 것만 같았다. 글을 쓴다는 것은 머릿속의 생각을 정리하는 일이고, 자신에게 암시를 주는 일이며, 이해되지 않는 문제를 이해하는 작업이다.

그녀는 뾰족하게 깎인 연필 촉을 하얀 지면에 내려놓았지만 아무것도 쓰지 못했다.

지하는 고개를 들고 어두운 창밖을 내다봤다. 노란 야간 조명이 원을 그린 어두운 마당 위로 눈이 흩날리고 있었다.

— 지금 돌아가지 않으면 엄마가 어떻게 될지 몰라.

그녀는 아주 오래전부터 마음속에서 엄마를 지웠다. 그런데도 가슴이 아픈 이유는 뭘까. 엄마처럼 살고 싶지 않았다. 엄마의 모든 것이 싫었다. 간혹 같은 여자로서 엄마가 측은할 뿐이었다.

지하의 뺨을 타고 눈물이 흘렀다. 가슴을 에는 듯한 통증이 일었다. 폭력에 길들여져 맞아도 그때뿐인 엄마를 그 엉망진창인 곳에서 꺼내줘야 한다. 엄마를 그곳에서 꺼내는 것은 자신을 구하는 일과도 같았다.

지하는 방으로 가서 살며시 이든을 흔들어 깨웠다. 이든이 잠이 덜 깬 얼굴로 돌아봤다. 지하는 이든의 뺨에 살짝 입을 맞추고 수화했다.

— 마당에서 기다릴게.

둘이 싸우고 나면 꼭 스파링을 하면서 화해했다. 보호대를 착용하고 나올 줄 알았던 이든은 평상복 차림으로 나왔다. 두 사람은 서로를 마주보고 섰다. 지하는 재빨리 수화했다.

— 그동안 고마웠어.

지하의 두 눈에 눈물이 빠르게 차올랐다. 지하는 눈물을 숨기려는 듯 고개를 숙였다.

— 넌 내 부모가 주지 못했던 사랑을 준 사람이야. 넌 내 친구이자 내 자신이었어.

이든은 아무것도 묻지 않았다. 다만 잔잔한 미소를 머금은 채 팔을 벌렸을 뿐이다. 지하는 이든을 끌어안았다.

— 잘 가. 현실에서 널 찾아갈게.

이든이 점점 사라지고 있었다.

지하는 사라지는 이든을 쳐다보지 않았다. 고개를 숙인 채 울었다.

'넌 언제든 이 세계를 다시 만들 수도 파괴할 수도 있어. 그것은 현재의 네게 달렸어.'

해리의 말이 맞다. 다만 견고하게 쌓아올린 이 세계를 부수고 싶지 않을 뿐이다.

지하는 속으로 이를 앙다물었다. 고개를 들었다. 이든은 흔적도 없이 사라졌다. 그들의 오두막이, 숲이, 산이 사라지고 있었다.

지프가 사라지고 그 자리에 오토바이가 나타났다. 헬멧, 라이드재킷, 라이드부츠, 팬츠, 장갑이 지하의 몸을 감쌌다. 지하는 오토바이에 올랐다.

이 세계에서 떠나기로 결심했다. 이 세계는 오랫동안 그녀가 구축한 완벽한 백일몽의 세계였다. 그 집이 완전히 사라지길 바랐지만 없앨 수 없었다. 가족이 끔찍했지만 어쨌든 자신의 가족이었기에 결코 놓지 못했다.

도로에 균열이 일었다. 도로는 수많은 조각으로 갈라져 일어나면서 빠르게 질주하는 오토바이 뒤를 바싹 추격했다.

주택 철거 단지로 접어들자 공중으로 뿌연 먼지가 자욱하게 번지고 있었다. 굴삭기가 건물을 부수는 진동이 바닥에서부터 느껴졌다.

그녀가 공사현장으로 진입하자 철거반원들이 손을 흔들며 나가라고 고함을 쳤다. 순순히 들어갈 수 없을 거란 걸 알고 있었다.

철거반원들은 도구를 손에 쥔 채 그녀를 향해 점점 거리를 좁혀왔다. 지하는 액셀러레이터 레버를 세게 당겨 주물 대문을 부수고 마당 안으로 뛰어들었다. 철거반원들이 달려왔다.

굴삭기가 거대한 철퇴가 되어 건물 외벽을 찍어대기 시작했다. 거대한 진동이 건물 전체를 뒤흔들었다. 지붕이 무너지고 시멘트가루가 우수수 떨어져 내렸다.

그녀는 현관문 앞에 섰다. 거대한 굴삭기의 버킷이 지하의 머리 위로 내려왔다.

지하는 재빨리 비밀번호를 입력했다. 잠금장치가 해제

됐다. 그녀의 머리 위로 시멘트 덩어리가 와르르 쏟아져 내렸다. 지하는 현관문 안으로 몸을 날렸다.

굴삭기의 버킷이 다시 한 번 벽을 찍자, 자욱한 먼지를 일으키며 201번지가 와르르 무너졌다.

제2부

로그인

IN

시간이 얼마나 지난 것일까? 아버지에게 세게 맞고 쓰러져 잠시 정신을 잃고 있었던 지하가 눈을 번쩍 떴다.

엄마는 아버지에게 얻어맞은 충격에서 벗어나지 못했는지 넋을 놓고 주저앉아 있었다. 순간, 미쳐 날뛰던 아버지가 타자기를 치켜들고 엄마의 머리를 향해 집어 던졌다.

"악!"

엄마가 두 손으로 황급히 머리를 감싸며 몸을 움츠렸다. 하지만 타자기는 엄마와 아버지 사이로 갑자기 뛰어든 지하의 뒤통수를 세게 치고서 바닥으로 떨어졌다.

지하의 온몸으로 아찔한 감각이 퍼져나갔다. 눈앞이 흐려졌다. 지하는 머리를 흔들었다. 목덜미를 타고 미지근한 액체가 흘렀다. 방바닥으로 붉은 피가 뚝 뚝 떨어졌다. 타자기에서 튕겨 나온 플라스틱 덮개가 다른 부품들과 함께 떨어져 반 동강이 났다.

엄마는 울부짖으며 지하를 감싸 안았다.

"참아. 참으라고."

할머니가 아버지를 밀고 가 소파에 앉혔다.

할아버지는 못마땅한 얼굴로 힐끗 돌아보더니 텔레비전을 켜둔 채 안방으로 들어가 문을 닫았다. 할아버지가 앉았던 자리엔 뜯어낸 딸기꼭지와 씨앗이 잔뜩 묻은 휴지가 남아 있었다.

지하는 의식이 가물가물해지는 와중에도 할아버지가 싸둔 똥을 노려봤다. 어째서 자리를 털고 일어나면서 자기가 싼 똥을 자기 손으로 치우지 못하는 걸까. 왜 매번 다른 사람이 치워야 하는 걸까.

— 찢어진 거 같아. 병원 가서 꿰매야겠다.

엄마가 수화를 했다. 엄마도 마음에 들지 않지만 그래도 엄마는 이 집안에서 유일하게 지하의 언어를 할 줄 아는 존재다. 지하는 자신을 붙잡고 있는 엄마의 손을 신경질적으로 뿌리쳤다.

이런 집구석에서 벗어날 수 없는 건 다 엄마 탓이다. 용기 없는 엄마 때문이다. 아버지의 휴대폰이 울렸다. 아버지는 금세 표정을 바꾸고 나긋나긋한 목소리로 전화를 받았다.

잠시 후 전화를 끊은 아버지는 지하와 아내를 벌레 보듯 한번 쳐다보고서 집을 나갔다.

지민은 싸움이 끝났음을 확인하려는 듯 문틈으로 내다봤다.

"저거 치워라."

할머니가 엄마에게 할아버지가 싸둔 똥 찌꺼기를 치우라고 명령했다.

엄마가 일어나 할아버지가 싸놓은 똥을 치우려는 순간 지하는 반 동강 난 타자기 덮개를 주워 엄마의 등을 향해 힘껏 던졌다. 엄마가 놀라 흠칫하는 사이 지하는 벌떡 일어나 할아버지가 싸둔 똥인 딸기꼭지와 딸기즙이 잔뜩 묻은 티슈를 쟁반에 담았다. 그러고는 할아버지의 방문을 열고 안으로 쟁반을 집어 던졌다.

"너! 뭐 하는 짓이야? 너희 둘 밑으로 내려가!"

할머니가 소리쳤다. 밑이란 와인창고를 말했다. 지하는 엄마를 노려봤다. 할머니 말대로 하면 용서하지 않겠다는 눈빛이었다.

"하지만 어머니, 지하 머리에서 피가 나요. 먼저 병원에 ……."

"피 나면 다 병원에 가냐? 네 딸년 눈 좀 봐라. 저렇게 표독스런 눈으로 노려보고 있는데 병원은 무슨 병원. 꼴 보기 싫다. 내려가, 내려가라고! 말 안 들리니? 김씨!"

할머니가 운전기사 아저씨를 불렀다.

평소 같았다면 엄마는 제 발로 내려갔을 것이다. 그런데 이번에는 달랐다. 방으로 달려 들어가 핸드백을 들고 나왔다. 지하가 아는 한 엄마가 할머니의 말을 거부한 것은 지금 이 순간이 처음이었다.

자신의 명령이 먹히지 않자 할머니는 포악해졌다. 김씨가 오기도 전에 신발을 신고 있던 엄마의 머리채를 움켜잡았다. 지하는 할머니의 팔을 물었다.

"제일 가까운 병원 응급실로 가주세요!"

택시 안에서 지하는 엄마를 쳐다보지 않았다. 수건으로

상처를 꾹 누른 채 한 사람이 앉을 만큼의 사이를 두고 앉았다. 엄마 곁에는 가고 싶지도, 엄마에게 닿고 싶지도 않았다. 상처가 괜찮은지 엄마가 물었지만 대답도 하지 않았다.

응급실에서 세 바늘을 꿰매고 집으로 돌아갈 때도 마찬가지였다. 지하는 엄마를 철저히 무시했다. 집에 오니 운전기사 김씨가 거실 소파에 앉아 커피를 마시고 있다가 일어났다.

"어르신이 사모님 돌아오시면 저녁에 교인들 데리고 오신다고 파티 준비해놓으라고 하셨습니다. 그리고 지하는 벌을 받아야 하니 와인창고로……."

— 전, 옷 갈아입어야 해요.

지하가 수화로 말했다.

"애 옷에 피가 많이 묻었으니 갈아입을 시간 좀 주세요."

엄마가 김씨에게 말했다.

2층으로 올라온 지하는 방문을 걸어 잠그고 재빨리 자신의 물건들을 배낭 속에 쑤셔 넣기 시작했다. 온라인으로 주문한 단도를 챙겨 넣으려다 말고 망설였다. 사람은 뭔가 손에 들고 있으면 사용하게 된다. 지하는 멍하니 상상에 빠져들었다.

한밤중, 불온한 목적을 품은 누군가가 그녀를 따라 온다.

그녀는 자신을 지키기 위해 칼을 휘두르다가 누군가의 목을 긋는다. 상상 속의 자신은 〈나를 찾아줘〉의 에이미만큼이나 사이코패스 성향이 짙다.

지하는 자꾸만 이어지는 상상을 끊어내려는 듯 머리를 세차게 흔들었다.

날카로운 쇠붙이로 누군가의 목을 긋는 장면은 〈나를 찾아줘〉라는 외국영화를 본 후에 그녀의 상상 속에 달라붙었다. 영화의 주인공 에이미가 베개 밑에 숨겨둔 단도를 집어 들고 전 남자친구의 목을 단 한 치의 망설임도 없이 긋는 장면은 정말 압도적이었다. 영화를 떠올릴 때면 유독 그 장면만 기억난다.

지하가 자신만의 칼을 가지고 싶어 한 것도 그 영화 때문이었다. 그 칼은 에이미의 칼이자 지하의 칼이었고, 바깥의 무력으로부터 자신을 지키려는 나약한 여자들의 칼이었다. 칼을 가지고 있으면 분명 자신을 지키기 위해 사용하게 될 것이다.

지하는 칼을 주머니 속에 넣었다. 책상 서랍에서 편지를 꺼내 주머니에 넣었다. 언젠가 오늘 같은 날이 오면 엄마에게 주려고 써둔 편지였다.

살며시 문을 열고 아래층 거실을 내려다봤다. 김씨는 현관 밖에서 전화를 하고 있었다. 지하는 재빨리 내려와 안방으로 들어갔다.

아버지는 은행을 믿지 못해 안방 금고 안에 현금을 모아둔다. 금고의 비밀번호는 예전에 알아뒀다. 지하는 비밀번호를 입력했다. 금고가 열렸다. 번쩍거리는 골드바와 알 수 없는 서류뭉치, 그리고 5만 원권 지폐다발 들이 가지런히 정리되어 있었다. 지하는 현금 세 다발과 서류뭉치를 배낭에 챙겨 넣고 엄마에게 쓴 편지를 꺼내 화장대에 올려놓았다. 그 편지는 이 집의 누가 봐도 상관없었다. 내용만 엄마에게 전해지면 된다.

거실로 나오려는데 김씨가 휴대폰 화면에 고개를 박고 현관으로 들어서는 게 보였다. 찰나의 순간에 모든 것이 뒤집힐 수도 있다. 지하는 마른침을 삼키며 기회를 노렸다.

김씨는 여전히 휴대폰에 얼굴을 묻은 채 2층 계단을 오르고 있었다. 지하는 안방에서 나와 현관으로 달음질쳤다. 뒤늦게 기척을 눈치챈 김씨가 깜짝 놀라 계단을 뛰어 내려오는 사이 지하는 마당을 가로질렀다. 집을 나간 적은 꽤 많았지만 아버지의 금고에 손을 댄 적은 이번이 처음이다. 이 집으로 다시 돌아오는 일은 없을 것이다.

어두운 길을 달리면서 지하는 헤르만 헤세*의 책 『데미안』에 나오는 유명한 문장을 몇 번이고 되뇌었다.

'새는 알을 깨고 나온다. 알은 새의 세계이다. 태어나려는 자는 한 세계를 파괴해야만 한다.'

---

* 독일의 소설가·시인(1877~1962). 현대 문명을 비판하고 인간 내부에 숨어 있는 지성과 감성의 이중성을 파헤치는 작품을 선보였으며, 동양적 신비 사상에도 깊은 관심을 보였다. 1946년에 노벨 문학상과 괴테상을 받았다. 작품으로 『데미안』, 『나르치스와 골드문트』, 『수레바퀴 밑에서』, 『유리알 유희』 따위가 있다.

말없는 소녀

지하는 중학생이 되고 나서부터 집보다 도서관에서 더 많은 시간을 보냈다. 도서관에서 살다시피 하면서 닥치는 대로 책을 읽었다. 그 무렵이었다. 어느 의학 잡지에 게재된 백일몽에 관한 칼럼을 읽고는 각성했다. 그 칼럼은 백일몽을 정신질환의 하나로 치부해온 여태까지의 고정관념을 뒤엎은 내용으로 우선 제목부터가 남달랐다.

"당신의 아이에게 백일몽 꾸는 방법을 가르치세요.(teach kids to daydream)"

칼럼을 쓴 사람은 제시카 라헤이*라는 미국의 작가이자 영어선생이었다. 제시카는 수업시간에 멍하니 딴 생각을 하고 있는 학생들을 꾸짖곤 했는데 백일몽이 정신건강과 창의

력에 미치는 긍정적인 영향력을 인지한 뒤로 그때의 행동들을 후회한다고 적고 있었다.

> 백일몽은 겉으로 보기엔 시간을 죽이는 게으른 행동으로 보이지만 사실은 창조성과 학습의 숨겨진 원천이라는 것이다. 우리의 뇌는 두 개의 네트워크를 가지고 있는데 일하는 뇌와 백일몽을 꾸는 뇌다. 두 가지는 동시에 작동할 수 없기 때문에 우리가 일하는 네트워크를 작동시킬 땐 상상에 잠긴 네트워크를 차단한다.

따지고 보면 현재 우리가 누리고 있는 대부분의 문화도 상상에서부터 시작된 것이 아닌가. '불가능한 일이란 없다. 단지 시간이 걸리는 일이 있을 뿐이다.'라는 말이 있듯이 우리가 꿈꿔온 거의 모든 것이 결국은 현실화되었다. 오랜 시간에 걸쳐 조금씩.

SF소설이나 영화에서 보았던 드론이 하늘을 날고 무인

---

* 제시카 라헤이는 <The Atlantic>의 자유 기고가이며 영어교사이다. 그녀는 <뉴욕 타임즈>지의 학부모 간담회 칼럼의 작가, 버몬트 공영 라디오 방송의 해설자로 『실패의 선물』이라는 책을 썼다.

자동차가 도로를 달린다. 드론도 무인 자동차도 누군가의 상상에서 출발했을 것이다. 현실이 되어 우리를 매혹하기 전까지 그것들 역시 비현실적인 망상이라거나 웃음거리로 치부되어 조롱당했을지 모른다.

칼럼에는 이런 내용도 있었다.

> 백일몽을 꾸는 순간 인간의 뇌에서는 복잡한 문제를 해결할 때 사용하는 부위가 활성화된다.

지하는 그날 바로 백일몽의 사전적 의미를 찾아보았다. '충족되지 못한 욕망을 충족하기 위하여 비현실적인 세계를 상상하는 것'이라고 되어 있었다. 행복한 상상은 그냥 상상하는 것만으로도 즐겁다. 그렇다면 일은 간단하다. 그 즐거운 상상을 현실로 만들면 되지 않을까.

그때부터였다. 지하는 구체적인 백일몽을 꾸기 위해 연습을 시작했다. 끔찍한 현실에서 벗어나고 싶을 때면 '로그아웃'이라고 자기암시를 하면서 동시에 백일몽의 세계에 '로그인'했다.

백일몽으로 무엇을 바꿀 수 있는지 깨닫고 난 후부터 지하는 마치 신도시를 건설해 키워나가는 온라인게임에서처럼 구체적이면서도 행복한 백일몽의 세계를 설계하기 시작했다. 그리고 백일몽 속에 설계했던 미래를 현실에서 실현하기 위해 오랫동안 정교하게 구축했던 그 세계를 무너뜨리고 현실로 돌아왔다.

이제부터가 진짜 시작이다.

이제부터 자신만의 진짜 삶, 외부의 도움 없는 삶을 꾸려나가야 한다.

지하는 가까운 패스트푸드점 화장실에 들어가 집에서 들고 나온 현금을 셌다. 지하가 들고 나온 돈은 모두 1,500만 원이었다. 더 가지고 올걸, 잠시 후회가 일었다. 당분간 그 돈으로 버티면서 아르바이트 자리를 알아볼 생각이었다. 비로소 진짜 삶이 열리는 것 같았다. 흥분으로 상기된 지하는 아랫입술을 질근 깨물었다.

— 예지야. 나 집 나왔어.

지하는 친구 예지에게 문자를 보냈다.

— 꺅! 드뎌 독립했구나!

— 당분간 좀 재워줄래?

— 당근이지. 얼른 와.

예지의 목소리를 들을 순 없지만 저쪽에서 전송된 문자 속에서 왠지 자기 일처럼 기뻐하는 예지의 모습이 보이는 것 같았다. 지하는 예지에게 가출하겠다는 말을 입버릇처럼 했다. 그때마다 예지는 '가출'은 절대 안 되고, '독립'을 해야 한다고 말했다. 가출은 무작정 집에서 나오는 것이고 독립은 먹고살 경제적인 능력을 갖추고 나오는 거라고 가르쳐줬다. 누구의 돈이든 일단은 돈이 있으니 독립인 셈이다. 지하는 가볍게 미소 지었다.

지하는 예지의 집으로 가는 버스에 올랐다. 버스가 출발하고 나서야 아버지에게 붙잡힐지도 모른다는 불안감이 겨우 가라앉았다.

버스 뒤쪽에 앉아 있는 중년 아줌마의 얼굴에 시선이 갔다. 피폐한 모습으로 멍하니 앉아 무엇을 생각하는지 넋을 잃은 표정이다. 화장이 거의 다 지워진 얼굴에 드러난 거뭇한 기미, 바싹 마른 몸, 깊은 주름. 아줌마의 얼굴 위로 엄마의 얼굴이 겹쳐졌다.

예기치 않은 순간에 어김없이 머릿속으로 떠오르는 엄마의 텅 빈 눈. 공허함 외엔 그 어떤 감정도 담겨 있지 않던 동공.

그 눈은 품안의 젖먹이 동생을 내려다보고 있다. 동생은 태어난 지 채 한 달이 안 된 신생아이고 엄마는 두 손으로 동생의 목을 조른다. 해맑게 웃으며 엄마를 바라보던 동생이 포동포동한 두 팔을 허우적거리고 다리를 버둥댔지만 엄마의 두 손은 여전히 동생의 목을 죄고 있다. 엄마는 갓난아기를 내려다보고 있지만 무표정하다. 검은 눈에는 빛이 보이지 않는다.

이윽고 엄마는 동생의 목에서 손을 때 자기 자신의 목을 조른다. 창백하던 엄마의 얼굴이 벌겋게 변하고 관자놀이 위로 혈관이 튀어나오지만 엄마는 두 손이 하얗게 되도록 자신의 목을 압박한다. 그 장면이 떠오를 때마다 지하는 자신의 목을 조르며 사람이 언제까지 숨 막힘을 참을 수 있는지 시험해보곤 했다.

이따금 엄마가 자신을 보는 눈과 마주칠 때가 있다. 그럴 때마다 엄마의 동공은 그날처럼 텅 비어버린다. 입을 멍하니 벌리고 두 팔은 힘없이 늘어뜨린 채다. 무엇을 떠올리는 것인지 그 텅 빈 동공 위로 눈물이 차오른다.

지하는 오랫동안 분명치 않은 기억에 시달려왔다. 엄마의 손아귀에 목을 잡힌 채 버둥거리는 갓난아기가 동생이었다가 또 어떤 때는 자기 자신이 된다. 대체 산후우울증이라는 것이 무엇이기에 제가 낳은 자식을 죽이려 들 수 있는 것일까.

부모란 존재는 마음만 먹으면 언제든 자식을 죽일 수 있다. 이 사실을 알게 된 뒤부터 지하는 심하게 불안해졌다.

지하는 집안 식구들의 폭력으로부터 자신을 지키기 위해 매일 방문을 걸어 잠그고 유튜브로 〈정이든의 뉴욕 실전 호신술〉과 만화책 『홀리랜드』를 보면서 호신술을 연습했다.

"안녕하세요, 여러분. 여러분이 정든 정이든입니다. 요즘 아무 데서나 이유 없이 칼을 휘두르는 묻지 마 범죄 때문에 여성분들 길 다니시기가 두렵죠? 오늘은 칼을 든 범죄자로부터 자신을 방어하는 기술을 배워보겠습니다."

화면 하단의 수화 통역창을 통해 이든이 수화로 기술을 설명했다. 듬직해 보이는 태권도 사범이 수화까지 할 줄 안다는 사실에 지하는 마음을 빼앗겼다.

실제로 만나면 오두막의 이든과 그는 전혀 다른 사람이겠지. 이든이 일러스트레이터라는 것은 지하가 만든 설정일 뿐이다. 가끔 이상형에 대해 생각해볼 때가 있었다. 그때마다 돈이 많다거나 외모가 뛰어나다거나 그런 조건보다는 어떤 것이든 자신의 일이 있고 그 일에 몰두하는 남자를 떠올리곤 했다. 자신의 일에 온전히 몰두하는 열정이야말로 서로에게 힘을 주고 함께 발전해나갈 수 있는 가장 중요한 요소라고 생각했기 때문이다.

지하가 이든에 대해 알고 있는 것은 별로 없다. 그의 유튜브 영상이 보여주는 모습과 다른 이들의 댓글에서 추측할 수 있는 것들뿐이다. 현실의 정이든은 따뜻하고 친절한 성격이며, 거주지는 뉴욕 맨해튼이고, 콜럼비아대학의 학생이며, 삼촌과 함께 뉴욕의 슬럼가에서 체육관을 운영하고 있다.

비록 백일몽 속이었지만 작가로서의 삶은 행복했다. 베스트셀러를 써냈고 언제든 게으름을 피우거나 상상에 빠지기 위해 드러누워 뒹굴어도 뭐라 간섭할 사람이 없는 '자기만의 방'*도 있었다.

언제든 자신이 쓰고 싶은 글을 쓰는 데 시간을 고스란히 바칠 수 있었다. 아프지도 않았고 돈 걱정을 할 필요도 없었다. 일어나면 커피를 마시고 책상 앞에 앉았고 밥을 먹고 나

---

* 『자기만의 방』은 영국의 모더니즘 작가 버지니아 울프가 1929년에 출간한 에세이로 성을 중심으로 문학적 유산을 논의한 최초의 이론서로 평가된다.

면 또 글을 썼다. 그 생활에 왜 그렇게 비생산적으로 사느냐, 왜 그렇게 게으른가 하며 이래라 저래라 간섭하는 존재는 설정하지 않았다. 상상의 세계에서도 그런 존재는 짜증 나는 존재일 뿐이니까. 그렇게 하루하루가 쌓이다 보니 글이 완성되었고 마침내 출간도 가능해졌다. 베스트셀러가 되어 돈이 들어왔다.

그녀는 백일몽 속에서 이든이자 울프였고 순간이동자였다. 모두 지하 자신의 분신이자 욕망이었다.

고등학교 1학년 때였다. 그날 토론수업의 주제는 장래희망이었다. 담임의 지시에 따라 학생들은 책상에 앉은 순서대로 일어나 자신의 장래희망에 대해 이야기했다. 학생들이 차례로 일어나 발표하는 동안 마침내 교실의 맨 끝자리에 앉은 지하의 차례가 되었다. 그런데 가슴을 두근거리며 자신의 차례를 기다리고 있던 지하 앞에서 담임은 시선을 거둬들이고 교탁 위의 책을 펼쳤다.

"자. 그럼 다들 책 펴고. 오늘 어디 할 차례지?"

담임이 의도적으로 지하를 무시하려 했다. 지하는 손을 번쩍 들었다. 그냥 넘어갈 줄 알았던 담임은 당황한 표정으로 지하를 쳐다봤다. 반 학생들 모두가 지하와 담임을 주시했다.

“아, 그래. 너 아직 안 했지. 그럼 해봐.”

공개적으로 무시당했다는 생각에 왈칵 눈물이 차올랐다. 그러나 지하는 이미 자신의 울음에 아무런 힘이 없다는 것을 알고 있었다. 친구들은 그녀가 울먹이면 더 싫어했다.

부모님은 지하가 구화를 해야만 한다고 강요했다. 구화 유치원에선 입술의 움직임과 얼굴 표정으로 상대의 말을 이해하고 발성연습을 통해 음성언어를 습득하도록 교육시켰다. 지하는 자신의 목소리를 들을 수 없으면서 목소리 내는 것을 연습해왔다.

제 목소리를 듣지도 못하면서 왜 음성언어를 써야 하지? 왜 청인에게 자신을 맞추는 삶을 강요하지? 그것이 청인의 생존을 위한 것이라 해도 ‘강요된 삶’이다. 그것을 깨닫기까지 오랜 시간이 걸렸다. 지하는 ‘누군가에게 맞춘 삶, 내가 아닌 삶’을 단호하게 거부했다.

누군가 자신을 무시하면 자신이 못나 그렇다는 자괴감이 생긴다. 잘못된 생각이었다. 자괴감이란 병균 같은 것이어서 마음속에 들이는 순간 진짜 나를 좀먹게 마련이다. 어느 순간 원래의 나는 사라지고 타인이 인식시킨 가짜 나만 자라게 된다. 담임의 눈에 비친 지하도 선입견과 편견이 만들어낸 '주눅 들고 소통이 안 될 것 같은 성가신 존재'일 뿐, 지하 자신이 아니었다.

지하가 원한 것은 자신을 무시한 담임을 이겨 먹는 게 아니었다. 그저 최선을 다해 자기 자신이 되고 싶을 뿐이었다. 뭔가 하고 싶다는 마음을 먹었다면 행동해야 한다. 지하는 담임에 대한 서운함, 분노, 두려움 같은 감정들을 얼굴에서 싹 지우고 일어났다.

"저, 저는 차카가 되고 시습니다."

"차카가? 그게 뭘까? 선생님이 잘 못 알아듣겠네. 다시 한 번 정확하게 말해볼래?"

지하는 단 한마디도 놓치지 않으려고 담임의 입을 주시했다. 그의 입을 읽고 있는 동안, 담임의 몸이 내는 소리가 보였다. 담임은 지금 발표를 고집한 지하를 벌주고 있었다. 교활한 방법으로. 하지만 지하는 주눅 들지 않았다. 더 크게 말했다.

"차카요."

"차카?"

담임이 싱긋 웃자, 반 학생들이 지하의 어투를 흉내 내며 킬킬거렸다.

“차카는 무슨 차카에요? 분명히 ‘작가’라고 하잖아요? 내 귀엔 잘 들리는데 왜 선생님 귀엔 안 들리죠?”

자리에서 벌떡 일어나 그렇게 말해준 것이 예지였다. 예지는 털털한 성격에 주관이 뚜렷한 친구였다. 늘 혼자 다니지만 혼자라는 것을 주눅 들어 하거나 불편해하지 않았다.

그 사건 이후 지하가 예지에게 왜 친구가 없는지 물었을 때 예지는 이렇게 대답했다.

“그냥 내가 안 만들어. 친구는 감정적으로 의지하게 만들거든. 그건 주종관계를 만드는 지름길이야. 어차피 절친이 있어도 사람은 결국 혼자니까.”

예지의 그 말은 오랫동안 마음속에 남았다.

그날 지하는 다시는 사람들 앞에서 목소리를 내지 않겠다고 다짐했다. 그때 느꼈던 당혹감은 조금도 희석되지 않고 생생하게 남아 있었다. 앞으로도 금기를 깨는 일 따윈 없을 것이다.

작가가 되겠다고 발표한 그날부터 지금까지 그녀의 꿈은 단 한 번도 바뀌지 않았다. 담임과 반 학생들이 한 마음으로 비웃어줬기에 지하의 꿈은 더욱더 견고해졌다. 지하는 더 많은 사람들이 자신을 비웃어주길 바랐다. 그럴수록 자신은 더욱 강해지기 때문이다. 타인의 비웃음이 그녀에겐 비타민이었다. 겸연쩍게 웃는 얼굴 뒤에 비뚤어진 자존심을 숨긴 사람들. 꼭 작가가 되어 소설 속에서 그런 사람들의 가면을 벗겨주리라 다짐했다.

생각에 사로잡혀 있자니 눈의 초점이 점점 흐려졌다. 백일몽에 빠져드는 징조였다. 지하는 정신을 차리려는 듯 머리를 흔들며 두 눈에 힘을 줬다. 여러 겹으로 보이던 사물들이 그제야 또렷하게 보였다. 더는 백일몽에 빠져선 안 된다.

예지의 집에 짐을 푼 후, 지하는 예지에게 앞으로 쓸 소설에 대해 이야기해줬다. 자신이 낳은 아기와 동반자살을 기도할 만큼 극심한 산후우울증이란 어떤 것인지 이해하기 위해 엄마를 주인공으로 한 소설을 쓰고 싶은데 그러려면 엄마의 절친이었던 우탁이라는 여자를 찾아야 한다고 말했다.

— 그 소설 꼭 완성해라. 나는 네가 작가가 되는 걸 보고 싶어.

예지가 적극적으로 돕겠다며 나섰다.

예지는 부모에게서도 받지 못한 무조건적인 지지를 주는 친구였다. 엄마에게 우탁의 의미도 그랬을까. 엄마도 지하도 부모 복은 없어도 친구 복은 있는 것 같았다. 어떤 복이든 하나라도 있으니 이 세상을 살아갈 힘이 나는 것이겠지. 이 복도 저 복도 없다면 내가 나에게 복이 되어주면 된다.

학교 동창생들의 커넥션을 가장 빨리 파악할 수 있는 방법은 페이스북을 찾아보는 것이라고 예지가 말했다. 그래서 페이스북에서부터 출발했다. 엄마가 졸업한 학교의 동문들을 찾아 리스트를 만들었다.

안녕하세요? 저는 나서영 씨의 딸 류지하라고 합니다. 급하게 연락을 드릴 것이 있어 어머니의 절친이셨던 우탁 씨 연락처를 찾고 있습니다. 혹시라도 우탁 씨 근황이나 연락처를 아시는 분이 계시면 연락 부탁드립니다.

지하는 위와 같은 내용을 써서 엄마의 동문들 모두에게 쪽지를 보냈다. 그날 밤에 첫 번째 쪽지가 왔다. 두근거리는 마음으로 쪽지를 열었다.

서영이 딸이라니 반갑구나. 어머니는 잘 지내시니? 소식이 끊겨 버려 아쉬웠는데 잘 되었다. 어머니에게 동창회에 좀 나오라고 전해주겠니?

어떤 상황에서든 자기 자신 위주로 세상을 바라보는 사람들이 있기 마련이다. 이 사람도 그런 부류 중의 한 사람인 것 같았다. 처음부터 일이 쉽게 풀릴 것이라고는 생각하지 않았지만 잔뜩 기대했던 지하는 우탁의 연락처와는 전혀 상관없는 내용의 쪽지에 실망했다. 하지만 한편으로는 이것도 소설의 일부가 될 수 있을 거란 생각이 번쩍 들었다. 우탁의 시선뿐 아니라 엄마를 아는 다른 사람들의 시선 역시 소설에 녹여 넣을 중요한 요소가 될 수 있었다.

이 쪽지를 통해 할머니는 엄마에게 동창회에 나가는 것조차 금지했다는 사실을 유추할 수 있었다. 그 한 가지 사실만으로도 엄마의 시집생활이 어떠했을지 상상할 수 있었다. 하고 싶은 말 한마디 제대로 하지 못하고 살았을 숫기 없는 20대의 여리고 어린 엄마의 모습을 상상해봤다. 무어라 딱 집어 말할 수 없는 연민이 지하의 가슴 저 아래서부터 피어올랐다.

자고 일어나니 두 개의 쪽지가 도착해 있었다. 첫 번째 쪽지를 클릭했다.

나는 서영이랑 글짓기를 같이했던 친구 김휘라고 해. 서영이는 자유로운 영혼을 가진 문학소녀였어. 크고 작은 글짓기 대회에서 상을 휩쓸곤 해서 국어선생님의 총애를 받았지. 작문에 있어서 만큼은 난 늘 네 엄마에게 1등을 빼앗기곤 했단다. 김휘라고 내 이름을 검색해보면 시집 몇 권이 나와. 난 시인이 되었단다. 서영인 나보다 뛰어나서 유명 작가가 될 거라고 생각하고 있었는데 인터넷 어디에도 네 엄마의 이름이 보이지 않아 글쓰긴 포기한 것인가 생각하고 있었어. 그런데 우탁일 찾는 것이 서영이가 아니라 딸내미라니 혹시 엄마에게 나쁜 일이라도 생긴 거니? 무슨 이유로 딸내미가 우탁일 찾는지 좀 알려주면 좋겠다. 쪽지에는 그런 내용이 없어 궁금하구나.

글짓기 대회에서 상을 휩쓸며 재능을 인정받았던 문학소녀는 지금 자신의 정체성도 생에 대한 목표도 없이 살아가고 있다. 재능을 끼라고 하면 끼는 숨길 수 없는 것이 아닌가. 그 재능을 제대로 방출하지 못하면 심신을 갉아먹는 괴로움에 시달릴 게 뻔하다. 내면은 늘 지옥일 것이다.

그 지옥이 결국 엄마를 산후우울증이라는 무시무시한 증상에 빠지게 만든 것일까. 지하는 엄마뿐 아니라 잘못된 결혼에 묶여 자신의 재능을 사장시킨 채 사는 이름 없는 여자들에게 어떤 충격과 각성을 주는 소설을 써내고 싶었다.

지하는 마지막 쪽지를 열었다.

네 엄마의 버킷리스트 중 첫 번째는 혼자서 배낭을 메고 전국을 여행하는 거였어. 서영인 '혼자'라는 것을 강조했어. 나도 혼자 떠나는 여행을 상상해보곤 했지만 쉰을 넘기는 지금까지도 용기가 없어서 못 하고 있단다. 아무래도 여자 혼자 여행하기엔 이 나라가 안전하지 않으니까. 그럼에도 불구하고 혼자 여행을 떠나는 용감한 여자들도 많긴 하지. 세상에는 네 엄마나 나처럼 그런 용기가 없는 여자들도 많단다. 서영인 그 여행을 했는지 궁금하다.

그날의 쪽지는 그것이 끝이었다. 함께 쪽지를 확인하던 예지는 다음 쪽지를 기다려보자고 했다. 3일째 되던 토요일 밤, 한 통의 쪽지가 도착했다.

쪽지를 너무 늦게 봤네요. 우탁이 이름을 다시 듣게 될 줄은 몰랐어요. 그 이름은 서영이만큼 그리운 이름이랍니다. 우탁인 정의감이 넘치는 애였어요. 불의를 보면 참질 못했고 운동도 꽤 해서 여자애들한테 인기가 많았죠. 나도 우탁일 참 좋아했었답니다. 우탁인 학업 중에 갑자기 유학을 떠나버렸는데 그 후론 소식을 몰라요. 하지만 우탁이 부모님이 살던 집은 알고 있답니다. 지금 그 집에 살고 있을진 모르겠지만 혹시라도 도움이 될까 해서 주소를 적어 보냅니다. 서영인 잘 있나요?

처음부터 끝까지 존댓말로 적힌 쪽지였다. 자신보다 나이가 한참 어린 사람에게도 이리 깍듯하게 존대하다니. 쪽지를 보낸 사람의 인품이 느껴졌다.

일요일 아침이 되자마자 지하와 예지는 쪽지에 적힌 주소를 찾아갔다. 다행히 주소지에는 우탁의 부모가 살고 있었다.

우탁을 찾아 왔다고 하니 한없이 상냥하게 대해주던 노인은 지하가 자신이 누구인지 밝히자마자 돌연 미소를 지우면서 싸늘한 표정이 되어 돌아가 달라고 말했다. 지하와 예지는 쫓겨나다시피 그 집을 나와야 했다.

— 뭔가 있는 것 같아. 너희 엄마랑 우탁 씨 사이에 말이야.

예지가 수첩에 써서 내밀었다. 지하도 같은 생각이었다.

예지의 집으로 돌아 온 지하는 우탁의 부모를 어떻게 설득해야 할지 곰곰이 생각했다. 완강한 상대방을 설득하기 위해 그 사람 앞에 무릎을 꿇거나 비 오는 날 그 집 앞에서 오롯이 비를 맞으며 떨고 있다가 마침내 상대방의 마음을 움직이는 것 같은 드라마에서 본 장면들이 떠올랐다. 다른 수가 없다면 그런 방법이라도 써야 한다.

지하는 비 오는 날을 택해 우탁의 부모님 집으로 가 그 장면을 재현했다. 말도 못 하는 아이가 비를 맞고 서 있자 두 노인은 보기가 안쓰러웠는지, 하는 수 없이 들어오라고 하더니 지하에게 명함 한 장을 내밀었다. 그토록 고대했던 우탁의 연락처가 적힌 명함이었다. 지하 대신 예지가 전화를 걸어 우탁과 지하가 만날 날짜를 잡았다.

카페에 도착해 우탁이 나타나기만을 기다리며 유리창 너머에 시선을 두곤 할 때였다. 뚜껑이 열린 검은색 지프를 몰고 온 중년 여자가 지프에서 내리는 것이 보였다. 그녀는 긴 백발의 머리를 바람에 흩날리며 카페 안으로 들어왔다.

"……!"

'뭐 하는 여잘까? 나도 저 여자처럼 나이 들고 싶다.'

중년 여자는 머리끝에서부터 발끝까지 누구와도 닮지 않은 독특한 개성을 가진, 엄마와는 전혀 다른 스타일의 여자였다.

지하와 눈이 마주친 여자는 지하를 빤히 바라보더니 씩 웃었다. 지하의 이목구비에서 서영의 딸임을 알아차린 듯한 미소였다.

열여덟 살

지하는 우탁으로부터 들은 엄마에 관한 이야기들을 모아 여러 에피소드로 만드는 일에 매달렸다. 그렇게 완성한 에피소드들을 시간별로 재구성하고 소설의 뼈대를 만드는 작업을 일사천리로 해나가고 있던 어느 날이었다. 이 방에 사는 한 결코 열리지 않았으면 했던 부엌방의 창문이 열렸다. 악취가 밀려들어왔다. 옆집과 이 집 사이에 놓인 하수로에서 나는 냄새였다. 몇 분 전 저 창문으로 예지의 오빠가 지하의 돈주머니를 들고 도망쳤다. 부엌방의 창턱에 서서 스파이더맨처럼 옆집의 담을 기어올라 순식간에 사라져버렸다.

미친 듯이 쫓아갔지만 오른쪽 새끼발가락이 아파 제대로 뛰어보지도 못하고 넘어졌다. 오른쪽 새끼발가락은 평소엔 아무렇지 않다가 꼭 위급한 순간에만 통증을 느낀다.

"그니까 잃어버린 돈이 얼만데?"

예지의 어머니가 물었다.

— 1,500만 원요.

지하는 수첩에 글을 써서 보였다. 새 노트북을 사고 한 달 동안 교통비와 음식을 사먹는 데 쓴 돈은 제외해야겠지만 그냥 말했다.

"세상에 그 큰돈을 어디서?"

— 도망치면서 아버지 돈을 훔쳤어요.

솔직하게 털어놓았다.

순간 예지의 어머니가 눈썹을 치켜떴다가 내렸다. 어차피 훔친 돈이니 자기 아들이 돈 훔친 것을 경찰에 신고하지 못할 거란 생각에서 안심한 것 같았다.

"그놈 돌아와도 네 돈은 못 찾을 거야. 돈을 다 써야 들어올 테니까. 아줌마가 미안하니까 부엌방은 그냥 살아. 당분간 돈 안 받을 게. 숟가락 하나 더 얹으면 되니까 식사도 같이 하고."

예지가 잘됐다는 듯 지하를 곁눈질했지만 지하는 가느다란 한숨을 내쉬었다. 좋은 쪽으로 생각하자고 자신을 다

독였다. 어차피 자신의 돈이 아니었다. 아깝긴 했지만 거금을 숨기고 있으려니 불안했는데 이젠 더 이상 불안해하지 않아도 된다. 몸이 힘든 것보다 마음이 불안한 게 더 버겁다. 그 돈 덕분에 자신만만해 했는데 이제 당장 돈을 벌어야 하는 처지가 되고 보니…… 오히려 고마웠다. 등 떠밀어줘서 고맙다고나 할까.

— 그럼 전기담요나 전기히터 하나 사주세요. 부엌방은 너무 추워요.

라고 써서 건넸다. 예지 어머니는 별 말없이 예지 오빠가 사용하던 전기담요를 갖다 줬다.

"그놈의 새끼 방 다 정리해서 너한테 줄 수도 있지만 언제 또 술 취해서 불쑥 들어올지 몰라서 말이야."

아들 얘기라면 아주 진저리가 처진다는 듯 예지의 어머니가 말했다.

지하는 전기담요 위에 엎드려 노트북으로 알바천국을 검색했다. 미성년자가 할 수 있는 알바는 한정되어 있었다. 대부분이 식당 일이었다. 지하는 혼자서 할 수 있는 일을 하고 싶었다. 그렇다고 무슨 계획이 있는 것도 아니었다.

밤이 되자 어두운 유리창 위로 빗물이 줄줄 흘러내렸다.

뇌성 번개가 쳤다. 지하는 요 위에 누워 눈을 감았다. 코끝으로 내려앉는 습기에 무거운 몸이 물 밑으로 천천히 가라앉는 기분이 들었다.

여름방학에 예지와 바다에 놀러 갔을 때가 기억났다. 찌는 듯한 무더위에 한밤중인데도 수영을 하기로 했다. 수영을 잘하는 예지와 함께 들어가 안전하긴 했지만 검기만 한 물이 무서웠다. 게다가 사고라도 난다면 자신은 구해달라는 소리를 지를 수도 없었다.

낮과 밤의 바다는 수심부터 다르게 느껴졌다. 낮에는 기분 좋게 느껴지던 잔잔한 물결이 밤에는 온몸을 친친 감아오는 것 같았다. 아래서 끌어당기는 힘도 낮보다 몇 배나 더 강한 것 같았고 물 밑에 이 세상의 것이 아닌 뭔가가 떠다니는 것 같아서 무서웠다. 실체가 없는 것이 발목을 붙잡고 아래로 끌어내릴 것만 같은 오싹한 기분도 들었다.

무서워서 허겁지겁 헤엄쳐 해변으로 올라왔지만 무언가 형체가 없는 것에게 발꿈치를 붙잡힌 기분이 계속 들어서 민박집까지 가는 동안 발목 근처를 털어내곤 했다.

비가 와서일까? 어째서 그날이 떠오르는 것일까. 마치 그날 도망쳐 온 검은 물이 이 한밤에 비가 되어 자신을 찾아온 기분이 든다. 청각이 죽자 다른 감각들이 예민해졌다. 이 알 수 없는 불안감의 밑바닥엔 아직 수면 위로 떠오르지 않고 숨어 있는 실체가 있을 것이다.

불안의 이유를 알 수 없어 뒤척이던 지하가 갑자기 얼어붙었다. 비가 되어 자신을 찾아올 것은 바로 아버지였다. 조만간 아버지에게 붙잡힐 것 같았다. 도주로를 준비해둬야 할 것 같았다.

❛❛

그나마 아버지의 금고에서 훔친 돈이 있었을 땐 불안하긴 했어도 초조하지는 않았다. 그러나 이제는 돈이 없다. 그것은 곧 목숨을 위협 받는다는 뜻이었다.

예지의 어머니가 아들에 대한 미안함으로 식사와 잘 곳을 제공해줬고 예지도 예지의 어머니도 착한 사람이었지만 언제 쫓겨날지 모른다는 불안감이 덮쳐왔다. 지하는 자신도 모르게 그들의 눈치를 보게 됐다.

"근데 넌 집도 부자라면서 왜 네 부모님은 인공와우* 수술인가 하는 거 안 해줬어? 그거 하면 들을 수 있고 말도 자연스럽게 할 수 있다던데."

어느 날 장국수를 먹다 말고 예지의 어머니가 물었다.

소리가 듣고 싶었던 지하는 학교에서 인공와우 수술에 대해 듣고 집에 온 날 그 수술을 해달라고 졸랐다. 할머니는 인공와우 수술을 하면 빨리 죽는다더라면서 지하를 걱정하는 척, 말을 해놓고 더 이상 그 수술에 대해선 입도 벙끗하지 못하게 했다.

정말로 인공와우 수술을 하면 빨리 죽는 건가 싶어 실제로 그 수술을 한 사람에게 묻고 싶었지만 그녀의 주변엔 딱히 물어볼 만한 사람이 없었다. 그래서 유튜브에서 인공와우에 대해 검색했고 인공와우 수술을 한 사람들이 후기를 올려놓은 방송을 찾아봤다. 수술을 받은 농인은 처음 얼마 동안은 수술로 새 인생을 얻은 듯했다. 말하는 훈련, 소리 내는 훈련 등을 통해 오랫동안 청인처럼 살았지만 어느 날 갑자기 심각한 두통이 생겼다. 두통은 시간이 지날수록 심해졌고 결국은 한밤중에 응급실로 실려 가야 했다. 의사는 그 친구

---

* 보청기를 사용해도 도움을 받지 못하는 고도난청환자에게 아주 작은 전극을 달팽이관 내에 삽입하여 전기적인 에너지를 가함으로써 잔존하는 청신경을 자극해 대뇌에서 소리를 인식하도록 하는 것이다.

가 보통 사람들에 비해 신경이 예민해서 그렇다고만 할 뿐 뭔가 잘못되었음을 인정하지 않았고, 수술이 잘못된 것이 아닌데 왜 갑자기 두통과 이명이 끔찍할 정도로 심해졌는지 밝혀내지도 못했다.

여러 번 재수술을 했지만 조금도 나아지지 않자 인공와우를 제거해야 했다. 그동안 들어간 비용을 생각하면 부모님에게 미안해 견딜 수 없었다고 그가 말했다. 결국 청력은 죽었고 다시 농인으로 살아가지만 머릿속이 편안해졌다면서 인공와우를 생각하고 있다면 잘 생각해보고 결정해야 한다며 수화로 말했다.

수술비용도 어마어마했다. 보험에 의존하더라도 수술할 때만 보험이 적용되지 그 후의 비용은 고스란히 자신의 몫이었다. 더 불신이 생긴 것은 수치나 그래프에만 의존하는 청인인 의사가 청각장애 환자의 미묘한 고통을 실제로 이해하지 못한다는 사실이었다.

예지 어머니의 질문에 지하가 대답을 못하고 있자 예지가 말했다.

"지하는 소리 없이도 잘 살고 있어. 쓰레기 같은 인간들 입에서 나오는 쓰레기보다 못한 소리를 우린 다 듣고 살지만 지하는 안 들어도 되니까, 그 점은 개이득이지. 안 그러냐?"

예지가 지하의 밥숟가락 위에 고추장에 찍은 멸치를 놓아주며 씩 웃었다.

— 소리 없이도 잘 살고 있어.

지하는 마음속으로 예지의 말을 되씹었다. 어째서인지 울컥했다. 지하는 자신의 수화어를 사랑했다.

편의점에 야간근무 아르바이트를 구한다는 전단이 붙어 있었다. 하고 싶은 일을 찾는 것도 중요했지만 지금은 이것저것 가릴 처지가 아니었다. 편의점 사장은 지하가 장애인에 아르바이트 무경험자라는 사실을 알고는 손을 내저었다. 지하는 하루 종일 발품을 팔아 아르바이트생을 구한다는 오락실과 커피전문점, 식당을 다 돌았지만 일자리는 구하지 못했다. 사실, 정말로 일하고 싶었다면 구할 수 있었을지도 모른다. 묘하게도 '일자리를 찾고 있습니다.'라고 글을 써서 보이며 다녔지만 일을 해야 한다는 마음은 들끓지 않았다. 대신 '이 시간에 글을 써야하는데.'라는 생각이 더 강했던 것 같다. 마음이 들끓지 않아서인지 아르바이트 자리를 찾는 일은 흐지부지 되었다.

'좋아하는 일과 해야만 하는 일' 사이에서 갈등하던 지하는 좋아하는 일을 하기로 했다. 지금은 그게 가장 하고 싶은 일이니까, 그 일을 해야 할 때라고 생각했다.

소설의 초고를 완성한 지하는 하루 종일 예지의 집에서 본문을 계속 고쳐나갔다. 쓰다 막히면 우탁에게 문자를 보내 궁금한 것을 물었다. 우탁은 적극적으로 대답을 해주고 질문도 했다.

— 우탁 이모. 좋아하는 일을 하면서 돈도 벌 수 있는 방법은 상금이 있는 공모전에 도전해보는 건데요. 사실 초조해요. 아직은 공모전에 낼 만큼 실력이 있는 것 같지 않고, 지금 쓰고 있는 글도 잘 쓴 글이 아닌 것 같아서요.

— 네가 그렇게 생각한다면 아직은 잘 쓴 글이 아닌 걸 거야. 그럼 잘 쓴 글이 되도록 자꾸 고쳐봐야겠지? 고치고 고치다 보면 언젠가는 네 자신 속의 무엇인가가 이젠 되었다는 신호를 보내는 순간이 와줄 거야. 그때도 상금을 주는 공모전은 많을 테니 그때 다시 도전해보면 되지 않겠니?

우탁과는 대화가 통했다. 그래서인지 열여덟 살이 될 때까지 엄마와 한 대화보다 우탁과 한 대화가 더 많았다.

눈을 뜨면 소설을 썼고 피곤하면 잤다. 그 외 시간은 예지가 도서관에서 빌려온 책을 읽었다.

외출하려던 예지의 어머니가 지하에게 이리 오라며 손짓했다. 쪼르륵 가서 서자 예지의 어머니가 반짇고리를 내밀었다. 지하가 영문을 모르겠다는 표정을 짓자 예지 어머니가 지하의 셔츠를 가리켰다. 자신도 모르는 사이에 아끼던 셔츠의 겨드랑이가 찢어져 있었다. 지하는 한 번 마음에 드는 옷이 생기면 더는 입을 수 없는 지경이 될 때까지 입었다. 찢어지거나 구멍이 나면 바늘과 실로 여러 차례 꿰매 입었다. 예지는 그런 지하의 옷들을 좋아했다.

— 뭐랄까 네가 입고 있는 옷들 중에 꿰매지 않은 옷 없잖아. 난 그 옷들 보면 이상하게 나도 입고 싶어지더라. 언젠가 너 따라서 찢어진 청바지를 꿰매본 적 있었는데 네가 꿰맨 것처럼 멋지진 않았어. 네가 고친 옷엔 묘한 멋이 있어.

예지는 바늘에 실을 끼우고 찢어진 겨드랑이 부분을 꿰매고 있는 지하에게 휴대폰에 입력한 문자를 보였다. 혼자서 돈을 벌 수 있는 사업아이디어가 떠오른 것은 바로 그때였다.

지하는 다음 날 아침 예지와 예지의 어머니에게 자신의 계획을 이야기했다.

— 으아. 류지하! 네 재능이 거기 있었던 거야?

예지가 흥분했다.

"저쪽에 아줌마 안 쓰는 재봉틀 있어. 그거 줄 테니까 한 번 써봐. 아줌마가 소싯적엔 옷도 척척 만들고 그랬어. 자투리 천 모아둔 것들도 있어."

지하의 아이디어를 들은 예지 엄마는 흔쾌히 재봉틀과 자투리 천들을 꺼내 주면서 혹시라도 옷 만드는 방법을 알고 싶으면 가르쳐주겠다고 했다.

그러고 보면 모든 일엔 양면성이 있는 것 같았다. 예지 오빠가 돈을 훔쳐간 건 불행한 일이었지만 덕분에 얹혀사는 이 집에서의 입지가 굳어졌다. 앞으로는 어떤 일을 당하든 나쁜 점 속에도 좋은 점이 숨어 있으리라 생각하기로 했다. 나쁜 점을 극대화시켜 쩔쩔매느니 좋은 점을 찾아낼 노력을 먼저 하는 것이 자신에게 도움이 될 것이다.

지하는 예지와 예지 엄마의 도움을 받아 여러 곳에서 옷들을 수거해오기 시작했다. 재봉틀 사용은 처음이었지만 사용법을 따라 이렇게 저렇게 해보니 그리 어려울 것도 없었다. 헌옷을 수거해 와 손을 본 다음, 약간의 독특한 영문 문자를 붙여 실제 가격의 반값으로 되팔았다. 작업은 재미있었고, 헌옷 리폼은 생각보다 돈벌이가 됐다. 지하는 이 일에 몰두했다.

다음 단계는 홍보였다. 지하는 예지의 도움을 받아 SNS에 계정을 만들고 자신이 리폼한 옷들과 헌옷들을 잘라 만든 에코백과 앞치마 같은 것들을 사진 찍어 올렸다. 차츰 주문이 들어오기 시작했다. 이대로라면 금세 돈을 모을 수 있을 것 같았다.

지하는 매일 4시간 잠을 잔 후, 새벽 4시에 일어나 6시간 동안 소설을 썼다. 1시간 동안 『홀리랜드』에 나오는 원투를 백 번 연습했고 〈정이든의 뉴욕 실전호신술〉 방송을 보면서 새로운 기술을 몸에 붙이기 위해 몇 번이고 반복 연습했다. 어떨 때는 예지를 상대로 연습하기도 했다. 예지는 기꺼이 지하의 상대가 되어주었다. 나머지 시간에는 리폼에 집중했다.

싸우는 부모, 우는 엄마, 엄마에게 퍼붓는 할머니의 표정, 아침마다 텔레비전 앞에 앉아 딸기 씨앗을 빼는 할아버지가 없는 이 작고 좁은 부엌방은 지하에겐 천국이었다. 지하는 매일이 행복했다.

통장에 돈이 쌓이기 시작하던 어느 날 지하는 마침내 자신이 쓴 소설을 예지에게 보였다. 예지는 밤을 새워 다 읽었다면서 꽤 재미가 있지만 호불호가 갈릴 것 같으니 웹소설 사이트에 먼저 올려 반응을 보는 것은 어떤지 물었다.

지하는 괜찮은 의견이라고 생각했다. 웹사이트에 올리는 동안 더 써나갈 수 있을 것이다. 예지의 말대로 소설을 온라인 연재 사이트에 올렸지만 기대와 달리 반응은 좋지 않았다. 조회 수는 일정하지 않았고 댓글은 아예 없었다. 웹소설을 쓰는 사람들이 모인 온라인 카페의 단체 대화방에서는 출판사 측의 연락을 받았다는 부러운 글들이 종종 올라왔다. 지하에겐 해당사항이 없는 일이었다.

하지만 지하는 주눅 들지 않았다. 그저 묵묵히 쓰고 또 썼다. 왜 쓰는지도 모른 채 매일 6시간씩 꾸준히 본문을 고쳐 썼다. 반응이 전혀 없는 웹소설을 그처럼 꾸준히 쓸 수 있었던 것은 남들에겐 눈에 띄지도 않는 소설이었지만 지하 자신에겐 재미가 있었기 때문이다. 소설을 쓰는 시간과 재봉틀질을 하거나 손바느질을 하는 시간에만 미래에 대한 불안감에서 벗어날 수 있었다.

장마가 계속되던 어느 날, 아버지가 나타났다. 운동복 차림으로 느닷없이 나타난 아버지가 예지의 집 뒷문을 열고 들어서려는 지하의 머리채를 움켜잡았다. 무자비한 아버지의 살기 띤 눈빛과 이지러진 거무튀튀한 입술이 지하를 노려보고 있었다. 지하는 이런 순간을 수없이 상상했다.

아버지의 화풀이 대상이 되어 잘못한 일도 없이 손찌검을 당했던 날들이 떠올랐다. 몸이 저절로 움츠러들었다. 지금 여기서 붙잡혀 들어가면 모든 게 끝이다. 지하는 머리채를 움켜쥔 아버지의 손을 자신의 두 손으로 움켜잡고 있는 힘껏 아버지의 고환을 찍어 올렸다. 아버지가 움찔하는 틈을 타 두 손으로 아버지의 한쪽 팔을 비틀어 돌리면서 빠져나왔다. 아버지의 손이 지하의 머리로부터 떨어지는 순간 지하는 아버지를 휙 밀고 잽싸게 도망쳤다.

아버지가 뒤쫓아 왔다. 이 동네에 사는 동안, 이런 날을 생각해두고 매일 옷을 수거하러 다니면서 샛길을 알아뒀다. 아버지의 추적 노선에서 벗어나 곧장 지하철역까지 달려온 지하는 목에 걸고 있던 열쇠를 꺼내 지하철 사물함에 넣어둔 가방을 챙겨 그 동네를 유유히 벗어났다.

이든의 호신술을 묵묵히 연습해온 시간들이 헛것이 아니었다는 사실에 지하는 고무됐다.

열아홉 살, 스무 살

침대 가장자리에 멍하니 앉아 있던 지하는 흠칫 놀라 방 안을 두리번거렸다. 이곳이 관 속이 아니라 고시텔 방 안이라는 사실에 안도했다.

이곳은 관리비나 보증금이 없고 개인 화장실과 샤워실을 갖추고 있어 편리하지만 창문이 없다. 게다가 두 팔을 벌리면 손바닥이 사방의 벽에 닿을 정도로 좁다. 이런 숨 막히는 환경이 관 속에 갇혀 있는 자신을 상상하게 만들었던 것이다.

지하는 가끔 일을 하다 말고 바늘을 쥔 채 멍해지곤 했다. 그럴 때마다 이든과 울프와 함께했던 뉴욕 48001호, 그리고 오두막이 그리워졌다. 이든의 듬직한 몸에 기대고 울프의 촉촉한 코에 뺨을 대고 싶었다. 갑자기 눈물이 후드득 떨어졌다. 이젠 백일몽에 의지해 살 수 없었다. 백일몽을 현실로 만들기 전까지는 돌아가지 않겠다는 자신과의 약속을 지켜야 했다.

예지의 집까지 쫓아온 아버지로부터 도망친 후 온갖 아르바이트를 전전하던 끝에 이곳으로 옮겨와 산 지 벌써 2년째였다. 예지와는 온라인에서만 만났다. 아버지는 예지의 어머니에게 돈을 주면서 지하가 어디 있는지 알게 되면 꼭 연락해달라고 부탁했다고 한다. 지하의 아버지가 어떤 사람이란 걸 딸에게서 들은 예지의 어머니는 절대 연락하지 않을 것이라며 아버지에게서 받은 돈을 지하의 통장에 넣어주었다. 세상엔 예지 모녀처럼 정직하고 좋은 사람도 있었다.

방 안에 창문이 없어서일까, 어딘지 알 수 없는 곳에 붕 떠서 살고 있는 것 같다. 현실에 살고 있는데 오히려 백일몽의 세계보다 더 비현실적인 기분이 든다.

이곳은 방음시설이 열악해서 재봉틀처럼 소리 나는 물건을 사용할 수 없었다. 처음엔 당황했지만 지하는 곧 좋은 면을 찾아내고자 노력했다. 누군가는 비뚤비뚤하지만 한 땀 한 땀 손바느질한 물건에서 매력을 느낄지도 모른다. 결핍으로 점철된 상황에서 찾아낸 새로운 돌파구가 프랑스자수였다.

유튜브를 통해 프랑스자수를 습득한 지하는 야생화를 수놓은 조각 천들을 가지고 다니면서 가게 주인들을 설득했다. 팔리지 않는 재고품에 프랑스자수를 조그맣게 달아 파는 건 어떤지 물었다. 지하의 아이디어가 그럴싸했는지 마침내 주문이 들어왔다.

3평 남짓한 방 안에는 구제품 가게에서 받아온 옷들이 잔뜩 쌓여 있었다. 그 옷들은 유행이 지났거나 구멍이 났거나 찢어진 불량품들이었다.

지하는 흠이 있는 곳에 프랑스자수를 넣어 납품했다. 반응이 좋았다. 그녀를 찾는 점주들이 많아졌다. 프랑스자수는 오히려 소비자들에게 모종의 향수를 불러일으키는 것 같았다. 바느질은 소설 쓰기 다음으로 재미있는 일이었다.

재봉틀을 사용하지 못하는 환경을 이겨내려다 촘촘한 바느질 실력을 갖게 된 지하는 컵받침과 가방, 여성용 베스트, 행주, 반려견이나 반려묘 옷 등을 만들어 그 위에 프랑스자수를 놓았고 싼 값에 팔기 시작했다. 생각보다 성과가 좋았다. 예지가 리넨으로 만든 가방을 갖고 싶다고 해 예지의 생일에 맞춰 예지와 예지의 어머니가 들고 다닐 천가방을 만들어 보냈다. 파란색의 들꽃을 좋아하는 예지의 가방에는 물망초를, 예지의 어머니에겐 화려한 장미꽃을 수놓았다. 예지와 예지의 어머니는 이 세상에 단 하나뿐인, 돈을 주고도 살 수 없는 소중한 가방이라며 기뻐했다. 지하는 엄마의 생일에 깜짝 선물로 가방을 만들어 줘야지 하고 생각했다가 시무룩해졌다. 불행하게도 엄마가 어떤 꽃을 좋아하는지, 어떤 색을 좋아하는지 알지 못했기 때문이다. 마음은 아팠지만 모녀 관계가 이렇게 된 것에 대해 누군가의 탓을 하고 싶지도, 나쁜 딸이란 자책감도 갖고 싶지 않았다. 그녀에게 남은 시간 동안 엄마에게 다가갈 수 있는 길을 찾아내면 된다.

백일몽에선 엄마를 주인공으로 한 『조용한 세상』을 출간했지만 엄마에겐 보내지 않는 것으로 설정했다. 만약 현실에서 조용한 세상을 완성하고 출간할 수 있다면 반드시 엄마에게 책을 보내리라. 실패 포함 무엇이든 해볼 수 있는 시간이 아직 많이 남아 있어 다행이었다.

멍하니 정신을 놓고 있던 지하는 자리를 털고 일어났다. 운동복으로 갈아입고 고시텔에서 나와 뛰기 시작했다. 끔찍하게 추운 날이었다.

3개월 전 지하는 그동안 완성한 소설 '조용한 세상'을 이메일에 첨부해 몇 군데 출판사로 전송했다.

경력이 전무한 작가 지망생의 글을 열어볼 출판사가 과연 몇이나 될까 절망적인 생각도 들었지만 한편으로는 자신의 소설에 관심을 가져줄 사람이 한 사람 정도는 있을 거라고 믿었다.

기성 작가는 물론 누구에게든 '처음'이라는 순간은 있기 마련 아닌가. 그들도 누군가 문을 열어주는 사람이 있었기에 첫 행보가 가능했을 것이다.

흙속에 묻힌 보석도 진가를 알아보는 단 한 사람의 눈에만 띄기 마련이다. 그런 다음, 알려지는 것이다. 자신의 글이 돈이 되겠다고 생각하는 한 사람을 만나게 될 때가 언제일지 알 수 없어도 그때까지는 최선을 다해 바깥세상의 문을 두드려야만 한다.

시간이 지나도 '조용한 세상'을 출간하겠다고 연락해온 출판사는 단 한 군데도 없었다. 지하는 반려 메일 속에서 좋은 점을 찾아내려 애썼다. 그러다가 마침내 반려 메일이란 단순한 거절이 아니라 그녀의 소설이 어딘가 잘못되었음을 알려주는 신호임을 깨달았다. 지하는 전면 수정을 결심했다.

그녀는 다시 매일 새벽 4시에 일어났고 6시간 동안 글을 썼고 1시간 동안 운동과 함께 호신술을 반복 연습했고 나머지 시간은 고시원이 있는 길 주변을 돌아다니며 헌옷들을 수거하거나 동묘시장을 돌며 특이한 구제품 옷들을 찾아다녔다. 철저히 혼자였지만 바느질을 하고 글을 쓰다 보면 외로워할 틈도 없었다.

거듭 고쳐 써서 새롭게 완성한 '조용한 세상'을 상금 5천만 원을 내건 공모전에 응모했다.

결과 발표 나흘 전이었다. 커뮤니티 멤버들은 벌써 개별 연락이 갔을 거라며 댓글로 수군거렸다. 지하는 아직 연락을 받지 못했다. 아무래도 떨어진 것 같다는 생각만으로도 기운이 쭉 빠졌다.

'이제 어떡하지?'

지하는 잠시 멈춰 서서 가쁜 숨을 골랐다.

공원 근처에 남루한 옷차림을 한 남자 둘이 서로를 마주보며 서 있었다. 골판지와 신문, 술병, 낡은 침낭이 한쪽에 놓여 있었다. 노숙자들 같았다.

지나치려는데 두 남자 중 키가 큰 쪽의 남자가 올이 터진 손가락장갑을 낀 손으로 눈가를 닦았다. 우는 것 같았다. 남자가 우는 것을 처음 본 지하는 그 자리에 멈춰 섰다. 멍하니 서서 남자를 바라봤다. 남자의 입술은 핏기 하나 없이 하얗고, 입고 있는 옷은 더러웠다. 함께 서 있던 배가 불룩 튀어나온 남자 역시 초췌한 모습이긴 마찬가지였다. 나이가 든 쪽의 남자가 우는 남자의 어깨를 한 차례 다독인 다음 돌아섰다. 그가 가고 나자 지하의 시선을 느낀 남자가 돌아봤다.

남자는 한쪽 다리를 절면서 다가왔다. 지하는 자신도 모르게 뒷걸음질 치다가 멈췄다. 남자의 점퍼 안에서 하얀 뭔가가 얼굴을 내밀었던 것이다. 강아지였다.

"귀엽지? 주인 없는 강아지야. 떠돌아다니는 걸 내가 키우고 있어. 이 강아지 데려가지 않을래? 5만 원만 내."

남자가 말했다.

하얀 털의 작은 강아지는 양쪽 뺨만 분홍색으로 염색되어 있었다. 아마도 전 주인이 염색까지 시켜서 데리고 놀다가 버린 모양이다. 지하는 아무 대답도 못 하고 서 있었다.

"어제까지 같이 있던 친구가 새벽에 죽었어. 오늘 밤은 폭설이 내린대. 영하로 떨어질 거야. 난 저 나무 아래서 노숙하는데 오늘밤 얼어 죽을지도 몰라. 이 개를 데리고는 노숙자 시설로 들어갈 수가 없어. 사지 않을 거면 오늘 하루만 좀 데리고 있어주면 안 될까? 맡아줄 사람을 못 찾으면 그냥 같이 얼어 죽을 수밖에 없어."

지하가 반응을 보이지 않자 남자는 침낭이 있는 곳으로 가더니 개를 옷 속에 넣은 채 웅크리고 누웠다. 남자가 무슨 말을 했는지 정확히 알아들을 수가 없었지만 고시텔로 돌아오고 나서도 계속해서 남자와 강아지가 마음에 걸렸다.

밤 8시가 다 되어가는 시각에 SNS에 올려놓은 리폼한 옷과 가방, 모자, 앞치마를 모두 사겠다는 쪽지가 왔다. 그녀는 야상 점퍼를 입고 밖으로 나갔다. 눈이 내리고 있었다. 눈발이 제법 드셌다.

약속 장소로 곧장 가려던 지하는 자신도 모르게 공원 쪽으로 발걸음을 옮겼다. 남자가 누워 있던 자리에 깡마른 강아지가 웅크리고 있었다. 침낭도 이불도 보이지 않았다. 가슴이 철렁했다. 남자가 강아지를 포기하고 어딘가로 간 것 같았다. 지하가 다가가자 강아지는 온몸을 덜덜 떨면서 지하를 쳐다봤다. 지하는 쪼그리고 앉아 강아지를 가만히 바라봤다. 문득 울프가 떠올랐다. 존재하지도 않는 개였지만 지하 자신의 가슴속엔 깊이 각인되어 있는 그리움이었다. 실제로 개를 키워본 적은 없었지만 너무도 개를 키우고 싶었던 지하는 유튜브에서 반려견 관련 동영상만 해도 수십 개를 봤다. 울프는 그렇게 해서 지하의 백일몽 속에 살게 됐다. 울프 생각에 눈물이 핑그르르 돌았다. 강아지에게 말을 걸고 싶었다. 개가 수화를 알아들을 리 없지만 지하에겐 수화만이 상대에게 말을 걸 수 있는 유일한 방법이었다.

— 아빠 어디 갔니? 너 갈 곳 없구나?

강아지는 지하가 손을 움직이자 겁을 집어 먹었는지 움찔하며 몸을 일으켜 도망가려 했다가 다시 주저앉았다. 힘이 하나도 없는 것 같았다. 지하는 천천히 수화했다.

— 미안. 겁을 주려던 건 아니었어.

그대로 두고 갈 수가 없었다. 어떻게든 해보자 싶어 두 손을 내밀었다. 손바닥 위로 내려앉은 눈송이는 가볍고 차가웠다. 강아지는 지하의 손까지도 올 기력이 없다는 듯 움직이지 못했다.

노숙자는 품 안에 넣고 키우던 강아지를 두고 어디로 간 것일까. 매서운 겨울밤에 살아남기 위해 노숙자 시설에 간 것일까. 아니면 그 역시 무슨 변을 당한 것일까. 품고 있던 강아지를 떼어놓는 마음은 또 어땠을까. 지하는 내일 그 노숙자를 만나서 물어본 다음 강아지랑 같이 살지 말지를 결정하기로 마음먹었다.

지하는 야상점퍼 안에 강아지를 넣고 지퍼를 올려 안고 걸었다. 강아지는 짖지도 않고 버둥대지도 않았다. 처음 만난 낯선 인간에게 자신을 온전히 내맡기고 있었다. 그 연약함과 무기력함에 지하는 점점 더 가슴이 아파왔다.

구매자와 만나기로 약속한 카페 근처에는 동물병원이 있었다. 지하는 동물병원으로 들어갔다. 간호사는 의사가 너무 바쁘니 일단은 강아지를 맡겨두고 1시간 후에 다시 오라고 했다. 지하는 시키는 대로 했다.

카페 2층으로 올라서자 머리를 하얗게 탈색하고 검은 십자가 귀걸이를 단 남자가 손을 흔들었다. 패션 감각이 남달라 보였다.

"백일몽 씨?"

백일몽은 지하의 인스타그램 아이디였다.

"남자인 줄 알았는데?"

남자는 상체를 앞으로 내민 채 무엇을 생각하는지 알 수 없는 묘한 미소를 머금고 지하를 집요하게 쳐다봤다. 지금 그녀를 빤히 쳐다보며 반응을 즐기고 있는 남자는 확실히 '예의 없는 것'들 중 하나였다.

— 현금 거래. 알지?

지하는 수첩에 재빨리 적어 보이고 물건을 테이블 위에 올려놓았다.

남자는 수첩에 적힌 글을 보고 지하의 수첩을 뺏어 '말 못해? 왜?'라고 적고 내밀었다.

'왜 말을 못하는지 묻는 건가? 그딴 걸 왜 물어?'

지하는 두 눈을 가늘게 뜨고 남자를 쳐다봤다. 물건을 사지 않거나 일부러 구매 평을 엉망으로 써놓으면 어쩌나 하는 두려움이 살짝 일었지만 구매자에게 매달리고 싶진 않았다.

— 물건부터 확인해. 살 거면 현금 내고 거래 끝.

— 커피 시켜. 내가 살게.

딴 소리를 하고 있다. 호감을 표현하며 개인적으로 친해지려 드는 이런 구매자들은 물건을 깎아 달라거나 농인인 지하가 무방비하다고 착각하곤 위험한 짓을 하려 한다. 지하는 냉담한 표정으로 물건을 들고 벌떡 일어났다.

"야! 팔려고 왔으면 팔아야 할 거 아냐!"

남자가 지하의 팔을 움켜잡았다. 지하는 가방을 어깨에 맨 채 수첩에 글을 썼다.

— 사려면 지금 사.

남자가 고개를 끄덕였다. 지하는 다시 가방을 내려놨다. 물건들을 살핀 남자는 흡족한지 씩 웃더니 지폐를 꺼내 건넸다. 지하는 돈을 받으면서도 남자의 입술 끝을 맴도는 정체불명의 미소에 마음이 불안해졌다.

— 내 이름은 하태호라고 해. 우리 회사는 '애니엑스'.

남자는 휴대폰을 열고 자신의 회사 사진을 보여줬다.

애니엑스는 SF 판타지 만화 속 캐릭터들이 입는 옷을 일반인들도 무리 없이 입을 수 있는 의상으로 제작해 판매하는 한국의 유명 브랜드다. 지하도 익히 알고 있었던 곳이고, 개인적으로 그 회사의 브랜드아이디어를 좋아했다.

— 네가 올린 사진들을 다 봤어. 시선이 굉장히 독특하더라. 너랑 같이 일하고 싶어. 지금 나는 너한테 기회를 주는 거야.

태호라는 남자가 수첩에 적어 명함과 함께 내밀었다. '애니엑스 디자인실장'이라고 적혀 있었다.

— 너만 좋다면 당장 내일부터라도 우리 회사에서 일할 수 있어.

지하는 깜짝 놀라 두 눈을 동그랗게 뜨고 태호를 쳐다

봤다.

묵묵히 하고 싶은 일을 하다 보니 마침내 기회가 온 것 같았다. 하지만 사기일지도 모른다. 지하는 그 자리에 선 채 자신도 모르게 멍하니 백일몽에 빠져들었다.

태호는 지하가 만든 옷이 마음에 들지 않는다고 옷을 집어던진다. 직원들은 장애를 가진 지하 앞에선 웃지만, 돌아서면 눈알을 굴린다. 식사를 하러 우르르 함께 나가지만 아무도 지하에게 밥을 먹으러 가자고 하지 않는다. 식당에 모인 직원들이 지하의 뒷담화를 한다. 태호가 지하의 아이디어를 훔친다. 직원들이 그녀를 수족처럼 부리려 한다. 새벽 4시에 일어나 글을 쓰는 일상은 여지없이 망가진다. 피곤에 지친 그녀는 단 한 글자도 쓰지 못하며 책조차 읽을 시간이 없다. 그런 생활이 반복된다. 그녀는 디자인실에 매여 사느라 번 돈을 쓸 시간도 없다. 그렇다면 왜 그 많은 돈이 필요한 것일까.

"저기, 백일몽."

태호가 지하 얼굴 앞에서 손을 흔들었다. 지하는 여전히 초점 잃은 얼굴로 멍하니 서 있었다. 백일몽은 걷잡을 수 없이 이어졌다. 주머니 속에서 휴대폰이 진동했지만 지하는 그마저도 깨닫지 못했다. 보다 못한 태호가 지하의 어깨를 툭

쳤다. 지하가 흠칫 놀라며 백일몽에서 깨어났다. 돈 때문에 조직사회에 얽매이고 싶지 않았다. 지하는 휴대폰을 확인했다. 병원에서 강아지를 데리고 가라는 문자가 와 있었다.

— 구매해주셔서 감사합니다.

지하는 태호가 내민 명함을 테이블에 내려둔 채 카페를 나왔다.

"야. 스카우트한다고 했으면 뭐 반응이 있어야 할 거 아냐?"

태호는 뭐라고 말하면서 지하의 뒤를 따라왔다.

지하는 고집스럽게 앞만 보고 걸어 동물병원으로 들어갔다.

"암 같은데 살날이 얼마 남지 않았어요. 수술은 권하지 않습니다. 그냥 남은 시간 동안 좋은 음식 먹이시고 편하게 해주세요. 진통제 드릴 테니 아파하면 약 주시고요. 진료비 저쪽에서 내시고 데리고 가세요."

정확히 알아듣지 못한 지하가 수의사의 얼굴을 빤히 쳐다보자 옆에서 지켜보던 태호가 재빨리 지갑을 꺼내 진료비를 냈다.

지하는 동물병원에서 나오자마자 진료비만큼의 돈을 꺼내 태호에게 돌려줬다. 태호가 흥미롭다는 듯 웃더니 돈을 받았다.

지하는 강아지를 끌어안고 고시텔로 걸으면서 생각했다. 고시텔에서는 반려동물을 키울 수 없다. 강아지를 키우려면 나가야 했다. 그렇잖아도 갑갑한 고시텔에서 나갈 생각을 하고 있었다. 다만 결단을 내리지 못했을 뿐이었다. 지하는 돌아봤다. 그녀를 따라오던 태호가 씩 웃었다.

지하는 태호에게 강아지를 떠안기고 마트로 들어가 강아지 사료와 필요한 것들을 카트에 담았다.

계산을 하는 동안 구매자로부터 온 쪽지가 있는지 확인하기 위해 휴대폰을 열던 지하는 전율했다. 공모전 주최 측으로부터 메시지가 와 있었다. 믿기지가 않아 몇 번이고 다시 확인했지만 공모전 주최 측에서 온 메시지가 틀림없었다. 지하는 떨리는 손끝으로 메시지를 클릭했다.

'조용한 세상'이 예선을 통과했지만 아쉽게도 수상작 안에는 들지 못했다는 메시지였다. 예선을 통과했다는 기쁨과 최종에서 떨어졌다는 실망감이 교차했다. 지하는 메시지를 보낸 사람에게 답문자를 보냈다.

— '조용한 세상'을 쓴 류지하입니다. 이번 공모전의 경쟁률을 알려주세요.

잠시 후 답이 왔다.

—1674편의 작품 중 예심을 통과한 9편에 '조용한 세상'이 포함됐습니다. 아쉽게도 최종 당선작 4편에는 들지 못했습니다.

'괜찮다. 그 정도면 가능성이 있다는 걸 확신해도 된다. 거기서 떨어진 건 내 소설이 형편없어서가 아니라 운이다. 운은 내 힘으로 어찌되는 것이 아닌걸.'

지하는 스스로에게 말했다.

마켓에서 나온 지하는 태호의 품 안에서 따뜻해진 강아지를 받아 안고는 손을 흔들고 돌아섰다. 내일 그 노숙자를 찾아볼 것이다. 만나게 되면 돈을 주고 강아지를 데리고 와야지. 강아지는 울프라고 이름을 짓고 싶었다.

태호라는 남자는 고개를 뒤로 젖힌 채 펑펑 쏟아지는 눈을 한참 보더니 지하의 주머니 속에 명함을 집어넣었다. 몇 발자국 뒷걸음치며 문자를 찍는 시늉을 해보이더니 돌아섰다. 태호의 모습이 뿌옇게 흐려지는 눈 속으로 천천히 멀어져 갔다.

지하는 고시텔 입구를 흘낏 쳐다봤다. 경비가 어딘가를 쳐다보고 있었다. 그녀는 가방을 크로스백처럼 뒤로 돌려 메고 어깨를 끌어안은 채 추위에 떠는 시늉을 했다. 강아지로 인해 불룩 튀어나온 점퍼 앞을 팔로 가릴 수가 있었다.

무사히 방으로 들어 온 지하는 강아지에게 따뜻한 물에 불린 사료를 주었다. 그러나 강아지는 먹이를 입에 대지 않았다. 약을 먹이려면 사료를 먼저 먹게 해야 할 것 같았다. 지하는 잠시 고민하다가 다시 밖으로 나와 강아지용 우유를 사서 돌아왔다. 우유와 사료에 약을 타서 줬더니 다행히 한 그릇을 깨끗하게 비웠다.

지하는 강아지를 꼭 끌어안고 잠이 들었다. 강아지의 나지막하고 규칙적인 심장박동 덕분에 지하는 아주 오랜만에 숙면을 취할 수 있었다.

강아지가 지하의 얼굴을 핥았다. 따뜻하고 간지러운 감각에 눈이 떠졌다. 시간을 확인하니 오전 10시였다. 푹 잤는지 몸이 개운했다. 강아지가 지하의 품을 빠져나가려 버둥거렸다. 혹시나 싶어 강아지를 안고 옥상으로 올라갔다. 옥상엔 눈이 잔뜩 쌓여 있었다. 강아지를 살며시 내려놓자 비틀거리면서도 한쪽 다리를 치켜들고 눈 위에 오줌을 갈겼다. 강아지를 풀어놓고 싶었지만 너무 작아서 눈 속에 파묻혀버릴 것 같았다.

지하는 강아지를 안은 채 이메일과 SNS를 확인했다. '좋아요'를 누른 사람들이 몇 있었지만 구매요청이 들어온 것은 없었다. 이상한 메일이 한 통 와 있었다. 지하는 고개를 갸우뚱하며 이메일을 확인했다.

'조용한 세상'을 심사했던 심사원들 중 한 사람입니다. '조용한 세상'은 고칠 점이 많은 작품입니다. 그럼에도 불구하고 제가 연락을 드리는 이유는, 그 글 속에서 뭔가 알 수 없는 독특한 매력을 느꼈기 때문입니다. 류지하 씨는 글쓰기를 배운 적이 없는 분 같습니다. 맞는지 모르겠지만 오히려 그래서 정형화된 글들과는 전혀 달랐어요. 문장도 거칠고 문법도 형편없었습니다. 하지만 서사의 힘이 그 어떤 작품보다 강력했습니다. 예선을 통과할 수 있었던 이유도 그 점 때문입니다.

그 독특한 매력은 다른 말로 하자면 가능성이라고 생각됩니다. '조용한 세상'은 소재와 전개방식의 독특함에 비해 완급조절이 아쉬웠어요. 조금 더 치밀해져야 합니다. 캐릭터를 더 깊이 바라보시면 그 치밀성을 보완할 수 있을 거라 생각됩니다. 그럼 포기하지 마시고 해내시길 바랍니다.

지하는 알 수 없는 사람이 보낸 짧은 편지를 읽고 또 읽었다. 그녀의 생에서 처음 받아보는 글쓰기에 대한 조언이었다. 이런 사람이 자신의 생에 나타났다는 건 아주 좋은 징조였다. 세상으로 나갈 수 있는 문을 발견한 것 같았다. 마침내 어디에 있는지, 존재하는지조차 알 수 없었던 문이 보였다. 그 문을 열려면 다시 시작해야 했다. 이번엔 그리 오래 걸릴 것 같지 않았다.

소방차가 경광등을 번득이며 달려갔다. 강아지가 주둥이를 치켜들고 입술을 동그랗게 오므리더니 하울링을 했다. 강아지는 늑대처럼 '아우' 하고 운다고 한다. 들을 수는 없지만 그 모습이 너무 신기하고 애잔해서 강아지를 따라 하울링을 했다.

누군가 옥상 문을 열고 나왔다. 건물주였다. 건물주와 눈이 마주친 지하는 고시텔에서 동물을 키울 수 없다는 조항을 떠올리며 황급히 강아지를 끌어안았지만 이미 건물주의 인상이 험악하게 변한 뒤였다.

이상한 꿈을 꿨다. 마당에 하얀 털을 가진 커다란 개 한 마리가 밝은 표정으로 앉아 있었는데 개의 머리 위에서는 번쩍이는 미러볼이 돌아가고 있었다. 무슨 꿈인지 도무지 알 수 없었다. 언제 일어났는지 울프가 주둥이를 지하의 얼굴 앞에 내려놓고 물끄러미 지하를 쳐다보고 있었다. 지하는 손을 뻗어 울프의 머리를 쓰다듬었다.

건물주에게 고시텔에서 강아지를 키우는 것을 발각당한 그날, 건물주는 심하게 화를 냈다. 언제부터 개를 키웠느냐고 물어서 하루밖에 되지 않았다고 대답하자 거짓말하지 말라고 윽박질렀다. 아무리 사실을 말해줘도 건물주는 당장 나가 달라며 자신이 하고 싶은 말만 하고 돌아섰다.

일어나는 모든 일에는 이유가 있다. 열악한 상황에서 강아지를 만난 것을 좋은 쪽으로 해석하기로 했다. 강아지가 아니었다면 이사를 가야 한다고 생각하면서도 차일피일 미루고 있었을 것이 뻔했다.

고시텔을 나갈 결심을 굳힌 지하는 강아지를 안고 공원으로 찾아갔다. 근처를 서성이던 다른 노숙자로부터 강아지를 데리고 있던 노숙자가 폭설이 내리던 날 다른 노숙자와 다투다가 칼에 찔려 사망했다는 말을 들었다. 지하는 강아지가 죽을 때까지 지켜주겠다고 결심하고 고시텔로 돌아와 짐을 쌌다.

고시텔을 나온 지하는 다시 예지의 집에서 신세를 지게 되었다. 예지의 어머니가 요구하지 않았지만 조금이라도 도움이 되고자 월세를 내기 시작했다. 고시텔에 비하면 그녀가 지내는 부엌방은 창문이 있었고 팔다리를 벌려도 벽에 가 닿지 않는 큰 공간이었다.

남들이 레스토랑에서, 카페에서, 백화점에서 시간을 보내는 동안 지하는 외로움과 친해지도록, 편견과 거절에 강해지도록 자신을 단련시키는 일에 몰두했다. 작가로 살았던 상상을 현실에서 이루기 위한 자신과의 싸움은 계속됐다.

그동안 울프는 몰라보게 자랐다. 염색됐던 빰의 털이 다 빠지고 새로운 털이 났다. 무엇보다 생기가 넘쳤다. 암 진단이 오진이 아니었을까 싶을 정도로 잘 먹고 배변도 잘했다.

새벽 4시였다. 오래된 습관 덕에 지하는 알람을 맞춰놓지 않아도 새벽 4시면 자동으로 잠에서 깨어났다. 그녀는 침대에서 빠져나와 울프의 하네스를 채우고 산책을 나갔다.

태호는 지하의 아이디어를 사겠다고 했다. 그래서 프리랜스 계약을 맺었다. 그가 의뢰를 하면 직접 옷을 만들어 보내거나 아이디어 스케치를 해서 보내는 일이었다. 고정적인 수입은 아니었지만 그 일을 하면 꽤 큰돈을 만질 수 있었기에 놓지 않았다. 지하는 어떻게든 악착같이 돈을 모아 예지의 집을 떠나 뉴욕으로 갈 생각이었다. 아무것도 없이 한국에서 버티느니 정이든이 있는 그곳에서 바닥부터 시작해보고 싶었다.

첫 계약금을 받은 날 중고 타자기 판매점을 찾아 갔다. 그곳에서 엄마가 가지고 있던 타자기와 똑같은 크로버 타자기를 발견하곤 바로 구매했다. 예지의 집으로 돌아온 지하는 타자기에 네임펜으로 '기린의 타자기-엄마와 나'라고 썼다.

힘들여 번 돈으로 산 타자기를 보니 너무 행복했다. 바라보기만 해도 흐뭇했다. 타자기는 지하의 보물 1호가 되었다.

늘 엄마의 타자기를 욕심냈다. 자신이 그토록 갖고 싶어 하는 물건을 가지고 있으면서도 사용하지 않고, 있는지 없는지도 모른 채 살아가는 엄마의 태도에 지하는 실망했고 화가 났었다. 쓸모없는 물건이라면 차라리 내게 달라고 떼를 쓰고 싶었지만 타자기가 엄마에게도 소중하다는 걸 알고 있었기에 차마 그러지는 못했다.

타자 치는 소리가 예지 식구들의 단잠을 방해하게 될까 봐 주로 그들이 집에 없는 시간에 타자를 했다. 그 불편함은 빨리 돈을 모아 마음껏 타자기를 쳐도 상관없는 집을 찾아 들어가리라는 다음 목표를 세우게 했다.

골목길을 산책하는 동안 백일몽 속의 오두막이 떠올랐다. 매일 비슷한 시간에 이든과 함께 울프를 산책시켰다. 현실에서 노숙자의 개를 떠맡게 된 일이나 타자기를 사게 된 일이 묘하게도 백일몽의 세계를 조금씩 현실로 옮겨오는 과정 같이 느껴져 지하는 비밀스런 미소를 지었다. 조금 더 시간적 여유나 돈이 생기면 오토바이 면허를 딸 생각이었다.

꿈은 먼 곳에 있지 않았다. 현실에서 그 꿈의 요소들을 하나씩 쟁취하고 나아가는 자신의 모습이 뿌듯했고 그 꿈에 조금씩 다가서고 있다는 생각에 가슴이 설렜다. 그 과정에 일어나는 불행이라면 어떤 것이라도 감수할 자신이 있었다.

누군지 알 수 없는 사람이 보내준 글에 대한 조언을 염두에 두고 다시 수정한 '조용한 세상'을 상금 1억을 내건 소설 공모전에 응모했다. 가작 8명에 포함되어도 상금 100만 원과 출간지원을 받을 수 있는 공모전이었다. 당선 발표 2주 전이었다. 지난번처럼 또 떨어질지도 몰랐다. 떨어지면 다음 공모전에 또 도전할 수 있는 기회가 생긴다. 이렇게 고쳐나가는 동안 확실히 자신의 글 실력은 발전하고 있다는 것을 확신할 수 있었다. 그 확신은 자신감을 줬다.

지하는 울프의 배변을 봉지에 담았다. 울프가 그녀를 가만히 보고 있었다. 지하는 울프와 눈을 맞추며 머리를 쓰다듬었다. 울프가 꼬리를 흔들었다.

지하는 시간이 날 때마다 새 소설 쓰기에 집중했다. 하루에 한 문장을 쓸 때도 있었고 어떨 때는 몇 페이지씩 쓸 때도 있었다. 새 소설은 순간이동을 하는 초능력을 가진 여자가 주인공이었다. 그녀가 머릿속에 구축했던 백일몽의 세계를 활자로 옮겨두고 싶었다.

출간되는 책은 대부분 도서관에 납품된다. 만약 이 새 소설이 출간된다면 그녀가 상상으로 구축했던 그 세계는 활자로 남아 현실의 도서관에서 살아가게 될 것이다. 그녀가 소설을 쓰는 동안 울프는 지하의 발등에 주둥이를 내려놓고 잠을 잤다가 깼다가 했다.

울프의 아침을 챙겨주고 조미김과 김치로 아침밥을 먹은 후 태호에게서 주문받은 고객 선물용 손지갑 샘플을 만들기 시작했다. 샘플엔 프랑스자수로 카모마일 꽃을 넣었다.

시간이 휙 지나갔다. 벌써 오후 4시였다. 예지는 자신의 방에서 유튜브 먹방 중이었다. 예지의 어머니는 동네 사우나에 가 있었다. 그동안 예지는 재수 끝에 대학생이, 예지의 어머니는 헬스장과 함께 운영하는 사우나의 주인이 됐다.

지하는 손지갑 샘플을 만든 후 인스턴트커피를 한 잔 타 노트북 앞에 앉았다. 이메일 한 통이 와 있었다. 무심하게 이메일을 열던 지하는 한 모금 마셨던 커피를 도로 뱉고 이메일을 다시 읽었다.

'조용한 세상'이 제3회 KN 장편소설 공모전에서 대상을 수상했습니다. 대상의 경우 상금 1억 원은 선인세 개념이 아닌, 순수상

금입니다. 수상에 관련하여 인적사항이 필요하니 아래의 빈 칸을 채워 보내주세요.

믿어지지가 않았다. 발표까지 일주일이나 남았는데 이게 바로 듣기만 했던 개별연락이라는 것일까.

'잘못 도착한 걸 거야. 뭔가 착오가 있는 거지. 대상이라니. 말도 안 돼. 침착해. 침착해."

모든 일엔 좋은 일이 있으면 예기치 못한 나쁜 일도 있는 법이다. 지하는 스스로를 타일렀다.

분명 다른 사람에게 가야 할 편지를 담당자가 잘못 보낸 것이리라. 응모자 중 같은 이름이 있었던 게 아닐까. 그녀는 진정한 다음 담당자의 주소로 이메일을 보내고 드러누웠다. 울프를 끌어안고 벌컥벌컥 뛰는 심장을 가라앉혔다. 잠시 후 한 줄의 답장이 도착했다.

담당자입니다. 류지하 씨의 '조용한 세상', 대상 맞습니다.

지하는 예지의 방으로 달려가 문을 벌컥 열었다. 먹방을 하고 있던 예지가 깜짝 놀란 얼굴로 돌아봤다.

"무슨 일이야?"

"꺄아 나 부엇어! 공므전!"

지하는 자신도 모르게 소리쳤다.

몇 초 후 지하가 무슨 말을 하는지 제대로 알아들은 예지는 고등학생 때 작가가 되고 싶다고 발표했던 이후로 처음 듣는 지하의 목소리에 울음을 터트렸다.

"아우 씨발, 미친년! 이렇게 기쁜 소식은 사방팔방 알리는 게 매너야!"

예지가 지하의 팔을 잡아끌고 먹방 중이던 테이블 앞으로 끌고 갔다.

"여러분! 잠시만요. 제 룸메이트가 드릴 말씀이 있대요!"

예지가 지하에게 손짓했다.

— 안녕하세요. 저는 예지의 룸메이트입니다. 제가 방금 소설 공모전에서 대상에 당선됐다는 메일을 받았답니다! 지금까지 여러 번 도전했고 번번이 떨어졌는데 마침내 붙었어요!

지하가 수화를 하자 실시간 구독자들의 댓글들이 빠르게 올라왔다. 왜 수화를 하죠? 예지 언니 왜 울어? 라는 질문이 달렸다.

"제가 좀 울긴 했습니다. 너무 기뻐서요. 친구의 수화를 통역해드리겠습니다. 제 친구가 소설을 써요. 여러 번 공모전에 도전했다가 떨어졌어요. 마지막이다 하고 보낸 소설이 붙었다는 연락이 왔어요! 그것도 무려 대상! 대략 그런 뜻이랍니다. 하하하."

— 친구 분이 청각언어장애자인가요?

— 대단해요!

— 진심으로 축하해요!

— 친구의 당선을 진심으로 축하해주는 예지 씨의 눈물이 더 감동인데요?

댓글들이 이어졌다.

"그럼 우리 지하 이제부터 작가인 거야?"

일을 마치고 귀가한 예지의 어머니도 지하의 당선을 자신의 일처럼 기뻐했다. 기쁨의 순간은 시간의 흐름과 함께 서서히 가라앉았다. 지하는 다음 도전을 준비했다.

시상식이 끝나고 며칠 후 '조용한 세상'의 출간을 맡은 출판사에서 보낸 교정지가 도착했다. 마감날짜를 주진 않았지만 지하는 모든 일을 뒤로하고 교정 작업에 매달렸다.

며칠 후 새벽, 작업을 모두 끝낸 지하는 한동안 책상 앞에 우두커니 앉아 있었다. 책 첫 페이지에 헌사를 쓰고 싶었다. 아버지가 타자기를 치켜들고 엄마를 향해 던지려던 그날, 버릇처럼 백일몽에 로그인해 있던 지하는 마음을 다잡고 현실로 돌아왔다. 그날 그런 일이 일어나지 않았다면 그녀는 계속 그 오두막에 있었을 것이다. 그랬다면 지금 이 순간도 오지 않았을 것이다.

늘 지하의 가슴을 아프게 하는 것은 엄마였다. 결혼이라는 굴레를 쓰게 될 같은 여자로서 지하는 엄마가 가여웠다. 친정에서는 돈의 미끼로, 시집에서는 분풀이 대상으로 자신이 어떤 존재였는지 자신의 꿈이 무엇이었는지조차 잊고 불행하게 살아가는 엄마. 분명 엄마에게도 되찾고 싶은 삶이 있을 것이다. 하지만 마음이 약한 엄마는 친정식구들이 채운 족쇄를 쉽게 끊어내지 못했다.

지하는 나약한 엄마가 죽고, 어떤 대가를 치르더라도 원하는 삶을 쟁취하는 강한 엄마로 다시 태어나길 바랐다. 그녀는 타자기에 종이를 끼우고 앞으로 몇 번쯤 더 고쳐 쓰게 될지 모를 헌사의 첫 문장을 쳤다.

"타자기에 얼굴이 짓이겨져 스스로 생을 마감한 나의 어머니에게."

아내를 소유물이라고 착각하는 남자들, 그래서 자기 마음대로 때려도 된다고 믿고 있는 남자들, 가부장제를 제 입맛대로 해석하여 여자를 괴롭히는 수많은 남자들에게 경각심을 심어주기 위해 지하는 헌사에 남편이라는 단어를 첨가했다.

결국 지하의 헌사는 '남편이 던진 타자기에 얼굴이 짓이겨져 스스로 생을 마감한 나의 어머니에게'로 완성되었다.

1년 후, 『조용한 세상』은 감각적인 표지를 달고 책이 되어 나왔다. 지하는 작가 증정 분으로 받은 『조용한 세상』 한 권을 어머니 나서영에게 소포로 부쳤다. 독하고 긴 여정이었다.

서영은 결국 남은 에필로그를 펼치지 못한 채 그날 밤을 보냈다.

다음 날 아침, 잠에서 깼을 때 은은한 아침 햇살이 모텔 방 안에 가득 찬 것을 보면서 잠시 현실 감각을 잃었다. 이렇게 평화로운 아침을 맞은 적이 있었는지 스스로에게 반문했다.

모텔 방에 비치된 커피믹스를 뜯어 정수기에서 뜨거운 물을 내려 커피를 탔다. 이제 남은 인생은 친정과 시집에서 벗어나 매일 이런 고요한 아침을 맞으며 살고 싶었다.

지하의 작가 사인회가 열리는 시간까지 3시간 정도 남아 있었다. 책의 존재를 알게 된 남편이 해코지하지 않기를 바라며 그녀는 청바지에 티셔츠를 입고 얼굴의 멍 자국을 감출 수 있도록 화장을 짙게 했다. 길을 걸어 내려오면서 큼직하고 짙은 선글라스를 사서 썼다.

사인회가 열린다는 서점 근처 건물과 건물 사이에 자그마한 북 카페가 있었다. 투명한 유리창 너머로 한 사람씩 앉을 수 있는 자리가 있는 것을 보고 들어갔다.

서영은 커피를 시키고 나서도 한동안 책표지만 쳐다보며 앉아 있었다. 에필로그까지 읽으면 이 책과 작별해야 한다. 그것이 두려워 에필로그를 펼치지 못하는 자신은 아직도 이렇게 겁이 많은 인간이라는 생각이 들었다. 두려움은 떨쳐내라고 있는 것이다. 이제부터라도 하나씩 이겨내는 거야. 이 책을 다 읽고 나면 다른 책을 사서 읽으면 된다. 서영은 자신에게 다짐하듯 말하며 책을 펼쳤다.

에필로그

지하의 장례를 치르고 나오는 길이었다. 사람들 틈에서 걸어 나온 어떤 정장 차림의 남자가 서영을 부르며 그녀에게 다가왔다.

"사모님, 저 기억하세요?"

인상이 좋은 노년의 남자였다.

"제가 지하, 지민이 태어날 때 받아드렸는데."

"아. 안녕하세요?"

인사는 했지만 산부인과 의사의 얼굴이 잘 기억나지 않았다.

"어머님 일은 유감입니다. 그런데 따님마저 저렇게 보내셔서…… 상심이 크시겠습니다."

"못해준 것만 생각나 가슴이 아픕니다."

"실은 지하가 자살하기 전날 절 찾아왔어요."

"……?"

"자기가 태어났을 때 어땠는지 묻더군요."

"그게 무슨……?"

"아기가 태어나면 신생아 청각 선별 테스트를 해요. 생후 바로 난청을 진단할 수 있죠. 그때 지하 어머님께서 갑자기 몸이 안 좋아지셔서 검사실에 가 계시는 동안 시어머님이 지하를 안고 청각 선별 테스트를 하겠다며 오셨어요. 애가 뭔가 이상하다고 하시더군요. 지민 군과 지하 양의 청각 테스트는 내일 하기로 되어 있었는데 어르신이 고집을 부리시는 바람에 지하만 따로 했습니다. 양쪽 청각 모두 난청이 의심되어서 어르신께 아무래도 대학병원을 찾아가보는 게 좋겠다고 말씀드렸는데 당신이 알아서 하실 테니 며느님껜 말하지 말라더군요. 며느리 상심하면 산후 우울증 걸린다면서요."

"그러니까 지하가 선천성 난청이었다는 말씀이신가요?"

"네. 그렇죠."

"선천성이라면 유전이란 얘긴데 저희 가계에는 농인이 없어요."

"그건 통계일 뿐입니다. 반드시 그런 건 아니에요."

"그렇군요."

"선천성 난청이라도 귀 안의 청신경이 살아 있는 경우가 대부분이어서 꾸준하게 전기로 청신경을 자극해주면 정상과 유사하게 청력이 발달할 수 있죠. 그래서 소아는 12개월 전후에 인공와우 이식 수술을 시행하면 정상인과 다름없이 들을 수 있다는 말씀도 드렸어요."

서영은 이를 꽉 문 채 허탈하게 웃었다.

"지하는 자신의 장애가 후천적 사고로 인한 것이 아니라는 걸 어머님이 아셨으면 좋겠다고 하더군요."

욱, 하고 서영의 가슴 밑바닥에서 뜨거운 것이 솟구쳤다.

"후천적 사고가 뭔지 궁금해서 물었지만 말해주지 않더군요. 아무튼, 자신의 장애에 대해 어머니 잘못은 없다는 것을 의사인 저의 입을 통해 알려주고 싶다고 했습니다. 그럼."

의사는 자신의 소임을 다한 듯 돌아섰다.

"……."

서영은 길 한가운데에 우두커니 서 있었다. 지하는 마지막 선물을 주려고 했던 것일까.

내 아기.

선천성이든 후천성이든 원인 제공자가 따로 있든 아니든 자신이 산후우울증을 못 이겨 자식의 목을 졸랐다는 사실은 변하지 않는다. 이제는 용서를 구할 수도 없었다.

남편과 지민을 비롯한 수많은 문상객들이 지나갔다. 어디에도 그리운 얼굴은 없었다. 그리운 얼굴은 혼자서 먼저 떠났다.

책이 끝났다. 서영은 마지막 페이지를 덮었다. 이런 결론과 만나게 될 거라고는 생각하지 못했다. 소설 속의 서영에겐 기회가 없지만, 현실의 그녀에겐 아직 기회가 있었다. 무슨 수를 써서라도 지하를 지켜야 했다. 서영은 휴대폰을 집어 들고 남편에게 문자를 치기 시작했다.

"다시 한 번 경고해. 지하 책 건드리지 마. 만약 지하 책을 건드리면 기자들 불러서 당신 집안 비리 모조리 깔 거야. 나한테 증거는 없어. 그 증거는 당신 집안 무너지는 걸 보고 싶어 하는 바깥사람들과 진실을 알고 싶어 하는 누군가가 밝혀내겠지. 지금은 그런 세상이니까. 나는 어떻게 되어도 상관없어. 당신이 시의원 하는 동안 비축한 비자금, 헌금을 어떤 용도로 사용했는지, 신도들을 이용해 무슨 짓을 했는지 당신 집안 비리를 하나도 빠짐없이 고할 거야. 친정 이용할 생각은 꿈도 꾸지 마. 이번엔 안 돼. 경고하는데 지하 옆엔 가지도 마."

서영은 남편에게 문자를 전송했다. 한 모금밖에 마시지 못한 블랙커피는 이미 싸늘하게 식어 있었다.

서영이 자리에서 일어날 때였다. 누군가 테이블 앞으로 와서 섰다.

"너 맞구나. 나서영."

"……!"

멍하니 자신의 앞에 서 있는 여자를 쳐다보던 서영은 갑자기 허둥지둥 선글라스를 착용했다. 눈가의 피멍을 보이고 싶지 않았다. 그러는 동안 우탁은 의자를 빼 서영 앞에 앉았다.

우탁은 소설 『조용한 세상』에 묘사된 모습 그대로였다. 약간 수척해진 외모에 염색하지 않은 자연스러운 백발. 유행에 민감한 그 나이 대의 여자들이 좇는 겉모습과는 전혀 다른 질감을 가지고 있었다. 우탁은 멋지게 늙은 것 같았다. 여고생이던 서영도 우탁도 이제 쉰이 되었다.

"지하 소설 읽고 있었구나?"

"응."

"자살시키다니 좀 잔인한 데가 있어. 안 그래?"

"응. 그래도 소설이라 다행이다 싶더라. 그런데 지하가 이 소설 쓰는 데 네가 도와준 거니?"

"지하가 날 찾아왔었어. 지하 대단한 아이야. 뭐랄까, 생각하는 방식이 다른 사람이랑 달라. 자기 할머니가 왜 엄마를 그렇게 미워하는지 그게 알고 싶었대. 지하한테 네가 어떻게 사는지 들었어."

"……."

우탁은 서영의 검은색 선글라스를 빤히 쳐다봤다.

"난 네가 행복하게까지는 아니더라도 부잣집 사모님으로 화려하게 살고 있을 줄 알았어."

"더 이상 부잣집 사모님 아냐. 어제 그 집 나왔어."

우탁은 놀란 표정을 짓더니 이내 고개를 끄덕였다.

"앞으로 어떻게 살 건지는 생각해봤니?"

"열여덟 살에 집 나간 우리 지하도 해낸 일을 설마 쉰이나 먹은 내가 못 하겠어?"

서영이 웃었다. 우탁은 고개를 끄덕이며 서영의 손을 잡았다.

인터뷰

서점에서는 류지하 작가의 팬 사인회가 열리고 있었다. 지하의 곁엔 울프가 조용히 엎드려 있었고 등 뒤엔 큼직한 스크린이 켜져 있었다. 지하와 진행자는 노트북 스크린을 한 대씩 놓고 자판을 찍으면서 대화했다. 청인은 말로 장애인은 수화로 질문했고 진행자와 지하가 번갈아 문자로 통역해 모두가 스크린 위에 뜨는 질문과 답변을 읽을 수 있었다.

"작가님께서는 열여덟 살에 가출하셨는데요."

진행자가 질문하면서 동시에 문자를 찍었다.

— 가출이 아니라, 독립입니다.

"아, 죄송합니다. 독립. 맞아요. 가출과 독립은 전혀 다른 의미지요."

진행자가 겸연쩍게 웃었다.

"제가 질문을 다시 하겠습니다. 독립한 후 혼자서 어떻게 살았나요?"

— 혼자서는 살 수 없다는 걸 깨달았죠. 저는 좋은 친구가 있어서 그 친구의 도움을 받았습니다. 그리고 되도록 비슷한 처지의 사람들이 가는 길을 가지 않으려고 했어요. 남들이 모두 가는 길엔 날 위한 기회가 없을 거라고 생각했거든요. 소설 쓰기와 굶지 않을 정도의 돈을 벌 수 있는 일. 그 외엔 어떤 것도 필요하지 않았기 때문에 생활 자체를 단순화시켰죠. 목표가 흔들리지 않으니 어떤 유혹에도 빠지지 않고 살게 되더군요. 약해지려 할 때마다, 강인한 내 자신의 모습. 성공한 작가로 멋지게 살아가는 모습. 오롯이 혼자가 되어 내 자신만을 위한 삶을 살아가는 모습을 상상했습니다. 포기하지만 않으면 그렇게 살 수 있다고 제 자신에게 각인시켰어요.

"실제로 호신술을 하시나요?"

— 네.

"작가 후기에 보면 작가님은 10대를 지나는 동안 줄곧 백일몽에 빠져 살았다고 하셨는데요. 구체적으로 설계했던 오두막이라는 세계를 무너뜨리고 201번지 즉, 현실로 돌아갈 결심을 한 이유는 뭔가요?"

— 아무리 행복한 상상도 오늘의 내가 없다면 상상 속의 나는 존재하지 않는다는 것을 깨달았기 때문입니다.

"대부분의 사람들이 짧게는 상상, 길게는 백일몽을 꾸면서 현실의 스트레스에서 벗어나려 하죠. 저 역시 마찬가지고요. 퇴근 후 집에 가면 집 안은 엉망진창이고 남편은 게임에 빠져 있어요. 애는 과자를 먹으면서 텔레비전 앞에 좀비처럼 앉아 있죠. 피곤해 죽겠는데 들어서자마자 '여보 밥 줘.' 이래요. 정말 그럴 땐 싸우기도 지쳐서 프라이팬으로 면상을 갈겨버리고 싶어요. 쌍코피를 뿜으면서 저만치 날아가는 남편 모습을 상상하면 비록 상상이지만 생각만 해도 스트레스가 좀 풀리던데요."

진행자의 말에 사람들이 가볍게 웃었다.

"백일몽을 꾸는 캐릭터가 등장하는 영화도 있었어요. 〈월터의 상상은 현실이 된다〉*라는 제목의 영화인데, 혹시 보신 적이……?"

— 아뇨.

"월터 역시 간헐적으로 백일몽에 빠지지만 주변의 자극

---

* 2013년 개봉한 미국의 코미디 드라마 영화. 미국 작가 제임스 서버가 1939년 발표한 단편소설 〈월터 미티의 은밀한 생활〉을 영화화한 작품.

이 있을 때마다 현실로 돌아옵니다. 작가님처럼 장시간 외부 자극을 차단한 채 백일몽에 빠지는 사람은 본 적이 없어요. 어떻게 외부 자극을 그처럼 오랫동안 차단할 수 있었을까요? 그리고 현실의 상황에 따라, 감정 상태에 따라 상상의 내용도 달라질 텐데 작가님은 마치 꿈을 이어서 꾸듯, 백일몽도 이어갔다고 하셨죠. 저도 가끔은 제가 만든 상상 속에서 깨고 싶지 않을 때가 있거든요. 어떻게 하면 그게 가능하죠?"

— 자기 최면, 자기 암시에 익숙해지면 돼요. 그게 익숙해지면 '로그아웃'이라는 명령어만으로도 내가 만들어둔 머릿속 세계에 '로그인' 되죠. 오랫동안 하다 보면 나중엔 암시어만 떠올려도 현실에 플러그인 되었던 의식이 그쪽으로 가요. 반복하다 보니 제 무의식이 자기암시, 자기최면에 최적화되었던 것 같아요. 그리고 외부의 자극에 의해 현실로 돌아올 땐 꼭 그곳의 시간을 정지시켜놓고 오죠. 마지막 장면을 멈춰놓고 오는 거예요. 다시 돌아가면 그 부분에서부터 상상을 이어갔어요.

"자녀분을 두신 우리 부모님들 자녀들이 공부하다 말고 상상의 나래를 펼치고 있을 땐 속상하고 그러실 텐데요. 이런 경우 혹시 해주실 말씀 없으신가요?"

— 어떤 책에서 읽었는데요. 멍하니 백일몽을 꾸고 있는 사람을 보면 겉으로 보기엔 시간을 죽이는 게으른 행동으로 보이지만 사실은 복잡한 문제를 해결할 때 사용되는 뇌 부위를 사용하는 중이라고 합니다. 자녀분을 창의력이 뛰어난 1퍼센트의 사람으로 자라게 하고 싶다면 상상의 나래를 펼치는 시간만큼은 자유롭게 해주세요. 편안하게 뇌를 쉴 수 있도록 해주는 것이야말로 뇌를 활성화시키는 좋은 방법이라고 하니까요.

"작가님을 현실에서 도피하게 만든 직접적인 원인은 무엇이었나요?"

— 저의 경우엔, 언어……였어요. 청각장애가 있기 때문에 청인들이 하는 일을 할 수 없고, 어떤 인정도 받을 수 없다는 현실 때문에 힘들었어요. 그런데 그런 부정적인 생각들이 오히려 망상이었고 현실도피였어요. 전 주변 사람들의 고정관념, 선입견이 주입하려는 '나'보다 훨씬 많은 걸 할 수 있는 사람이었어요.

"좋은 말씀이네요. 아직 나이는 어리시지만 정말 강한 분 같아요. 왜 자기 자신과의 싸움에서 이기는 사람이 진정한 승자라는 말도 있잖아요. 작가님이 글을 계속 쓰게 해준

힘의 원천은 무엇이었나요?"

지하는 한동안 생각하다가 천천히 문자를 입력했다.

— 글쎄요. 제 경우엔 제 자신이었던 것 같아요. 전 머릿속이 가장 중요하다고 생각했어요. 사람이 밥 힘으로 움직이는 것 같지만 머릿속의 생각이 그 사람을 움직인다고 할까요? 머릿속의 생각을 잘 먹여 살리면 그 생각은 나도 모르는 사이에 내 자신이 되는 거죠. 그래서 장래에 대한 긍정적인 꿈을 꾸면, 어느 사이엔가 내가 꾼 꿈 그대로 살고 있을 거라고 믿었어요. 그걸 믿지 않는다면 백일몽의 세계를 견고하게 쌓아올릴 이유가 없었으니까요. 결과적으로 작가가 되고 싶다는 생각을 먹여 살렸더니 그것이 현실의 저를 잘 먹여 살린 거죠.

"머릿속의 생각을 잘 먹여 살려라……. 굉장히 독특한 생각이네요."

진행자는 화면에 긴 말줄임표를 찍었다.

"다른 직업도 있을 텐데 꼭 작가가 되고 싶었던 이유가 있나요?"

— 글은 비장애인도 장애인도 다 읽을 수 있잖아요. 소리는 없지만 귀로 들리는 소리보다 더 강하고 큰 소리가 스며

들어 있는 게 활자니까요. 전 소리를 낼 수 없지만, 글로 소리를 내고 싶었거든요.

진행자도 독자들도 고개를 끄덕였다.

"책 속에 '예의 없는 놈들'이라는 표현이 나와요. 그 뜻이 뭔가요?"

— '예의 없는 놈'이란 건 농아인 사회에서는 심한 욕입니다. 말이 안 통하는 사람, 대화가 안 되는 사람, 상식이 통하지 않는 사람들을 통틀어 일컫는 말이죠.

"그렇군요. 비단 농아인 사회에서뿐 아니라, 비장애인들 중에도 예의 없는 사람들이 많아요."

누군가 서점 문을 열고 들어왔다. 무심코 시선을 옮기던 지하는 그대로 굳었다.

엄마가 그곳에 서 있었다. 진행자와 독자들의 시선이 지하의 시선을 따라가 멈췄다. 상대방이 지하의 어머니라는 것을 알 리가 없는 사람들은 호기심이 가득한 눈빛으로 두 여자를 쳐다봤다.

지하는 오랫동안 마음속으로만 불러봤던 엄마의 얼굴을 보는 것만으로도 코끝이 찡해왔다.

— 잘 지냈니?

— 엄마도 잘 지낸 거야?

두 여자의 소리 없는 수화어가 사람들의 머리 위로 오갔다.

— 엄마 용서해줄래?

— 내가 무슨 자격으로 엄말 용서해? 용서 받을 것이 있다고 생각하면, 엄마가 엄마 자신을 용서하길 바라. 남이 용서해주는 건 아무 의미도 없어.

서영은 지하의 냉소적인 말투는 여전하다고 생각했다.

예전에는 버릇없는 말투라고 생각했지만 이젠 서영 자신보다 지하가 더 어른스럽게 느껴졌다.

— 찾아와줘서 고마워. 보고 싶었어.

지하가 함박미소를 지었다. 모녀의 눈에 눈물이 그렁그렁했다.

— 저녁 같이 먹을래?

지하가 고개를 끄덕였다.

— 엄마 전화번호 그대로야. 전화해.

서영은 서점을 나왔다.

스물네 살, 작가가 된 지하가 그녀를 향해 함박웃음을 보여줬다. 서영은 그 순간이 영원처럼 잊히지 않았다. 함께 살았던 18년 동안 한 번도 보여주지 않았던 미소였다.

기쁜 작별

작가 사인회 일정을 마친 지하는 서영이 기다리는 중식당으로 갔다. 서영은 우탁과 함께 앉아 있었다. 두 여고 동창생은 무슨 할 말이 그리 많은지 지하가 두 사람이 앉아 있는 테이블 곁으로 가는 것도 눈치채지 못했다. 지하는 활짝 웃는 엄마의 얼굴을 바라봤다. 그래. 저 얼굴이 평범한 삶을 사는 사람의 얼굴이 아닌가. 한 얼굴에 떠오르는 다양한 표정들. 지하는 어려서부터 지금까지 저렇게 다양한 표정으로 활짝, 수줍게, 당당하게 웃는 엄마의 얼굴을 보지 못했다. 지하는 잠시 멈춰 선 채 그런 엄마의 모습을 넋을 잃고 바라봤다.

"그럼 난, 그만 일어설게."

그제야 지하를 발견한 우탁이 일어섰다.

— 저, 이모. 우리 엄마 좀 잘 부탁드려요.

지하가 수화로 말했다.

"지하가 너한테 날 부탁한대."

"걱정 마. 지하야."

우탁은 지하를 안아주고 중식당을 떠났다.

모녀는 마주보고 앉았다. 서로 옅은 미소를 짓고 있었지만 오랜 세월의 공백은 어쩔 수 없는 듯 어색한 분위기가 맴돌았다. 돈독하지 못했던 사이였다.

서영은 일상생활에 지장이 있을 정도로 상상에 빠져 살던 딸을 이해하지 못했다. 늘 꾸짖기만 하고 면전에서 한숨만 내쉬었다. 그러고 보면 딸은 가정에서도 사회에서도 이해받지 못하고 내몰리는 존재였다. 지하는 마음 둘 곳이 없었을 것이다. 마음 둘 곳이 없었던 것은 서영도 마찬가지였다. 서로에게 마음을 뒀더라면 지금 이렇게 어색하진 않았을 것이다.

— 뭐 먹을래? 내가 살게. 나 주머니 두둑해. 먹고 싶은 거 다 시켜.

지하가 먼저 수화했다.

지하의 말에 그동안 지하가 먹고 싶은 것을 마음껏 먹지 못하며 살아온 것이 아닌가 하는 생각이 들어 서영은 마음이 아팠다. 모녀는 짜장면과 짬뽕 그리고 군만두를 시켰다.

— 그동안 어떻게 지냈어? 힘들었지?

서영이 물었다.

— 응, 매일 매일이 힘들었는데 힘든 만큼 동기부여가 됐어. 힘들지 않았다면 지금 이 자리까지 오지 못했을 거야.

— 진짜 어른이 다 되었구나?

소리 없이 수화로 대화를 나누는 두 여자를 손님 몇몇이 신기한 듯 쳐다봤다.

— 엄만 네 말을 이해 못할 때가 많았어. 엄만 너보다 나이가 많지만, 네가 더 어른 같아. 난 결혼한 후로 그 좁은 세계에 갇혀서 헤어 나오질 못했어.

— 엄마 잘못이 아니야. 그게 나였다고 해도 선택의 여지가 없었을 거야.

— 아니, 너였다면 좀 다른 선택을 하지 않았겠니? 너는 남들과는 다른 방식으로 생각하니까

지하가 배시시 웃었다.

— 맞아. 나였다면 그런 결혼을 유지하느니 도망쳤을 거야.

— 널 불행한 가정에서 살게 해서 미안해.

— 아냐. 그땐 그렇게 생각했는데 글을 쓰는 동안 생각이 달라졌어. 그 불행이 있었기에 내가 강한 사람이 됐다고 생각해. 오히려 지금은 그 고통스러웠던 시간들에 감사해.

서영은 고개를 끄덕였다. 자신에게도 시집에서 보낸 고통스런 시간에 감사할 날이 올까? 주문한 음식이 나왔다. 서영은 지하 앞에 놓인 그릇을 끌어당겨 짜장면을 비비기 시작했다.

— 새삼스럽게 왜 그래? 내가 할 수 있어.

지하가 짜장면 그릇을 도로 가지고 갔다. 서영은 이제껏 아이 둘을 데리고 중식당에 간 적이 없었다. 아이들 역시 짜장면이 먹고 싶다는 말한 적이 없었다. 하지만 서영은 달랐다. 어릴 적 가장 좋아했던 음식이 짜장면이었고, 식당에 가면 늘 엄마나 아버지가 짜장면을 대신 비벼주곤 했다. 친정엄마는 서영이 지금의 남편을 만난 후로 돈버러지로 전락했지만 그땐 가난해도 자상했다. 하지만 자신은 아이들에게 그런 추억조차 만들어주지 못했다. 지금에 와서야 좋은 엄마 흉내를 내보려 하다니, 자신의 무의식적인 행동에 서영은 부끄러웠다.

— 짬뽕 국물 맛있다, 얘. 맛 좀 봐.

서영은 겸연쩍음을 숨기려고 짬뽕그릇을 내려놓으며 수화했다.

— 괜찮아. 난 짬뽕 안 좋아해. 해산물 먹으면 목이 따가워. 어려서부터 그랬어.

서영은 아무렇지도 않은 척했지만 속으로 적잖은 충격을 받았다. 시집식구들은 해산물을 좋아했다. 거의 대부분의 반찬이 해산물이었다. 해산물이 먹기 싫다고 그릇을 던져버리던 어린 지하가 떠올랐다. 울고 있는 지하를 시어머니가 데리고 가 와인창고에 가뒀다.

왜 해산물이 먹기 싫은지 한 번도 묻지 않았다. 알레르기가 있을 거란 생각은 하지도 못했다. 단지 투정을 부리는 거라고, 나쁜 버릇이라고만 생각했다. 대체 그 긴 세월 동안 '생각다운 생각'을 한 적이 있을까. 서영은 시선 둘 곳을 찾을 수가 없었다.

지하는 서영의 죄책감을 아는지 모르는지 해맑게 웃으며 수화했다.

— 2년 전에 사고 싶은 만년필을 발견했는데 돈이 아까워서 사지 못하고 나왔어. 그 후로 시간이 흘렀고 나는 그 만년필에 대해서는 완전히 잊고 살았지. 그런데 며칠 전에 문구

점에 갔는데 너무 마음에 드는 만년필이 있어서 샀어. 언젠가 똑같은 만년필을 손에 들었다가 사지 못한 적이 있었다는 건 까마득히 잊고 말이야. 시간이 한참 지난 후에 다른 문구점에서 똑같은 만년필을 봤고 사고 싶어 했다가 못 샀다는 걸 기억했어. 2년 전에 그 만년필이 사고 싶었을 때 내가 2년 후에도 여전히 같은 만년필을 사게 될 거란 걸 그 당시엔 알지 못했을 거 아냐?

지하는 무슨 말이 하고 싶은 것일까. 서영은 지하의 속마음을 꿰뚫어 볼 수가 없었다.

— 운명은 정해져 있는 것 같다는 말이 하고 싶었어. 하다못해 나는 그 만년필을 사야 할 운명이었던 거지. 시간이 아무리 지나도 내겐 여전히 그 만년필만 눈에 들어왔으니까. 그러니까 내가 하는 모든 일, 만나는 모든 사람, 내가 처한 모든 환경이 일어나야 할 일, 모두 내 운명이었다는 거야. 물론 주어진 운명을 거스르는 것도 새로운 운명을 만들어가는 것도 내 운명이지. 그러니까 후회할 일 같은 건 없는 거야. 모든 게 지금의 나를 있게 하는 요소들일 테니까.

— 아니. 넌 지금 이렇게 네가 되고 싶은 사람이 되어서 그런 말을 할 수 있는 거야. 반대의 상황이라면 그렇게 말할

수 없을걸?

— …….

— 엄만 네 아버질 만난 걸 후회해. 시험 잘 치게 해달라고 빌기 위해 새벽기도를 갔던 일도, 우리 엄마가 가족을 위해 참고 살아야 한다고 할 때마다 참고 산 것, 내 우울증에 빠져 널 많이 사랑하지 못한 것도, 그 모든 게 후회가 돼. 현재가 만족스러운 사람만이 너처럼 생각할 수 있는 거야.

— 엄마가 말하는 그 '현재'가 바로 지금 이 순간이야. 매시 매초 '지금 이 순간'이 주어진다는 게 기쁘지 않아?

지하는 대체 무슨 말을 하고 있는 걸까. 오랫동안 넋 놓고 살아와 이해력이 부족한 것일까. 서영은 지하의 말이 어딘지 멋진 것 같으면서도 그 말 속에 담긴 '의도'가 뭔지 이해할 수 없었다.

서영은 아이들이 어렸을 때부터 대화보다는 강요하는 말투를 썼다. '밥 먹어. 공부해. 학교 가. 그거 하지 마. 그만해.' 지금이라도 고치면 지하의 '생각'들과 교감할 수 있을까. 서영의 시선이 다른 곳을 헤매고 있는 것을 보면서 지하는 포기하지 않고 차근차근 설명했다.

— 그러니까 엄만 방금 엄마가 말한 것처럼 '현재가 만족

스러운 사람'이 될 기회를 죽을 때까지 갖고 있는 거야. 매시 매초 지금 이 순간이 주어지니까.

— 그래서 이제부터 엄만 어떻게 해야 하는 건데?

— 가까운 목표부터 세워봐. 그런 다음 뒤돌아보지 말고 그 목표만 보면서 가는 거야.

— 그다음엔?

— 계속해서 새로운 목표를 세우는 거지. 엄마에겐 단기간의 목표가 좋아.

서영은 소리 내 웃었다.

— 네가 선생님 같고, 내가 학생 같아.

부모도 자식한테 배울 수 있다. 부모보다 자식이 어른스럽다면 자식한테 배운다는 게 부끄러울 것도 없다.

— 응. 네가 무슨 말을 하는지 알겠어.

지하가 말한 대로 단기간의 목표를 세우고 달리면 될 것 같았다. 지하는 어느새 이렇게 멋진 여자가 된 것일까. 자식이지만 눈이 부셨다. 그동안 서영의 가슴을 억눌렀던 지하의 장애 따윈 보이지도 않았다. 딸을 놓치고 싶지 않았다.

— 엄마랑 같이 살지 않을래?

식사를 마치고 따듯한 우롱차를 마시던 지하가 멈칫했다.

누구를 위해 같이 살자는 것일까. 서영은 충동적으로 질문을 던져놓고 자신에게 반문했다. 부모가 싫어 독립한 딸에게 다시 부담을 주고 있다니. 이제 겨우 회복되려는 모녀관계에 찬물을 끼얹은 것이나 다름없었다. 지하의 대답을 기다리는 그 짧은 순간이 서영에게는 영원처럼 느껴졌다. 아니나 다를까 지하의 얼굴에 가득 퍼져 있던 기분 좋은 미소가 점점 사라지고 있었다.

지하는 마침내 뭔가를 내려놓는 듯한 미소를 짓더니 수화했다.

— 아니. 난 혼자가 좋아. 엄마도 혼자인 상태를 즐겨봐. 목표가 있으면 쉬울 거야.

서영은 미소 띤 얼굴로 고개를 끄덕였지만 자신의 품을 거부하는 딸의 말에 서운하고 아팠다.

— 괜찮아. 엄마한테 미안해하지 않아도.

— 왜 미안해? 난 지금 엄마한테 기회를 주는 건데. 자유롭게 살 기회, 현재가 만족스런 사람이 될 기회.

너무 오랫동안 자유롭게 산다는 것이 무엇인지 잊고 살았다. 지하의 말이 다 맞다. 서영은 고개를 끄덕였다.

직원이 계산서를 주고 갔다.

— 나 마지막으로 엄마한테 물어볼 말이 있어.

서영은 지하가 무엇을 물어보려는지 마음속으로 짚이는 곳이 있었다. 마침내 그 순간이 오고야 말았다. 대답은 미리 생각해두었다.

— 내 책에서도 봤겠지만 음……, 사실 그 글을 쓰기 전에는 몰랐어. 산후우울증이 뭔지 말이야. 그리고 무통분만을 위해 척추에다 주삿바늘이랑 관을 꽂는다는 것, 회음부 절개를 한다는 것, 상상하는 것만으로도 아이 따윈 낳고 싶지 않다는 마음이 들 만큼 출산이라는 것이 무서웠어. 글을 쓰는 동안 이 세상의 남편들이 얼마나 무심한지, 산모들이 얼마나 대단한지 깨달았어. 아이는 제 엄마 몸을 절반은 찢어 놓으면서 이 세상에 나오는 거잖아. 산모는 그걸 오롯이 견뎌내는 거고.

'그래. 지하야. 묻고 싶은 걸 물어 봐. 이제. 엄마는 준비되었어.'

서영은 속으로 생각했다.

— 대답해줘. 소설 속에서 내가 추측한 것처럼, 정말 내 목을 조른 거야? 같이 죽고 싶어서?

— 엄마도 궁금한 거 있어. 왜 마지막에 지하를 자살하

게 만든 거야? 가족의 죄를 떠안고 가겠다는 건 진짜 이유가 아닌 것 같았어. 네가 무슨 생각으로 그랬는지 알고 싶어

— 소설 속 지하는 농인에, 새끼발가락도 안 움직여. 후천적인 것이 아니라, 선천적이라는 걸 산부인과 의사로부터 확인받았지만 그렇다 해도 달라질 것은 없었지. 자라는 동안 행복했다거나, 부모의 사랑을 듬뿍 받았다면 결과는 달라졌을 거야. 하지만 지하는 그러질 못했지. 그렇게 자란 현실의 수많은 '지하'들은 어떤 사람이 되어 있을지 생각해봤어. 자신을 부정하고 쉽게 자신을 포기하고 죽어도 그만 살아도 그만인, 생에 대해 미련이 없는……. 지하는 그런 아이가 되었던 거야. 겉으로만 씩씩하고 속은 썩어 문드러진. 답이 되었을지 모르겠네. 이젠 엄마가 대답할 차례야.

— 네가 결혼하고, 아일 낳고 산후우울증을 앓게 되거나, 네가 나이를 먹고 살 만큼 살고도 궁금해한다면 그때 말해줄게.

서영은 자신의 피가 흐르는 '딸'이라는 존재에게 품은 희망을 연장시키려 하고 있었다.

서영의 대답이 마음에 들었는지 지하가 풋풋하게 웃었다.

— 계산하고 나갈까?

서영이 핸드백을 여는 동안 지하가 계산서를 들고 가 계산했다. 모녀는 중식당을 나왔다.

— 엄마. 나는 맡겨 놓은 짐 찾아서 공항으로 가야 해.

— 공항? 어디 가는데?

— 미국.

— 미국엔 왜 가?

— 엄마는? 엄마는 이제 어디로 가?

지하는 미국행에 대해 말하고 싶지 않은지 말머리를 돌렸다.

미국행의 이유가 궁금했지만 말하기 싫어한다면 말해주고 싶을 때까지 기다리면 된다.

예전이라면 꼬치꼬치 캐물으며 그건 위험해, 영어 수화는 또 다를 텐데 무슨 미국이야 등등 딸을 믿지 못하는 말을 내뱉으며 기분을 상하게 했을 것이다. 예전에는 기다려주는 법도 몰랐다.

지하는 독립적인 존재였다. 이제 자신도 그런 딸을 존중해줘야 한다. 사람은 한 순간에 변할 수 없지만, 소소한 행동 하나부터라도 바꾸어간다면 자신도 좋은 엄마가 될 수 있지 않을까.

— 엄마는 당분간 우탁 이모랑 같이 살기로 했어.

지하는 야상점퍼 주머니에 두 손을 찔러 넣은 채 아스팔트를 내려다보다가 고개를 들었다.

— 참, 엄마는 어떤 색깔을 좋아해? 그리고 특별히 좋아하는 꽃은 뭐야?

— 나는…… 글쎄…… 모르겠어. 특별히 좋아하는 색도, 꽃도 없는 것 같아. 이제부터 생각해볼게.

— 그래. 나중에 꼭 알려줘.

— 엄마, 우리 6년 후, 오늘 그 서점에서 다시 만날까?

서영은 6년 후 오늘이라는 말을 속으로 중얼거렸다. 6년. 길다고 생각하면 긴 시간이고 짧다고 생각하면 짧다. 지하도 6년이라는 목표를 정해 희망을 연장하려 하고 있었다.

— 그래. 그렇게 하자. 엄마 이제 막 힘이 나.

택시 한 대가 와서 섰다. 서영이 두 팔을 벌렸다. 지하는 서영을 포옹하고 몸을 떼며 수화했다.

— 엄마가 조용한 세상에서 살길 바라.

지하는 택시에 올랐다.

마지막이라는 생각이 들었다. 서영은 점점 멀어지는 택시를 바라보며 손을 흔들었다. 입을 꾹 다물고 애써 미소를 띤 채 울음을 참았다.

손을 흔드는 엄마의 모습이 빠르게 작아지고 있었다.

엄마는 어른의 모습을 하고 있었지만 아직까지 위험 속에 홀로 선 소녀처럼 위태로워 보였다. 지하는 엄마가 어른이 되길 바랐다. 세상에 내던져진다는 것은 생각보다 무서운 일이 아니었다.

언젠가부터 위기를 반기는 묘한 버릇이 생겼다. 필사적으로 위기를 넘길 때마다 맛보게 되는 성취감 때문일 것이다. 엄마도 그 집을 나오면서 이미 그 맛을 느꼈을 것이다.

엄마의 모습이 노을이 내려앉는 도시의 땅거미 속으로 빠르게 점이 되어 가는 걸 보면서 지하는 울컥했다. 6년 후의 오늘. 그때까지 엄마가 건강하게 살아 있기를 바랐다.

5분쯤 달렸을까 휴대폰이 진동했다. 출판사 담당편집자의 문자였다.

— 오전에 작가님 아버님이라는 분이 전화하셔서 『조용한 세상』을 전량 폐기처분하지 않으면 출판사를 상대로 소송

을 거시겠다고 하셨답니다. 지금 대표님께서 저희 측 변호사와 의논 중이신데요, 작가님께서 직접 아버님과 상의를 한번 해보시는 건 어떠신지 물으셨어요. 아무튼 결과 나오면 문자 드리겠습니다.

문자를 확인하고 나자 또 다른 문자가 들어왔다.

— 문학신문 박기웅 기자입니다. 출판사 편집부에서 작가님 전화번호를 알았습니다. 『조용한 세상』을 읽어봤는데요. 몇 가지 질문이 있어서요. 소설 속 등장인물 아버님과 어머님의 이름이 실명인 거 맞죠? 아버님께서는 N교회 목사시자 서울시의원 류동휘 씨, 할아버님은 전직 국회의원 류선조 씨 맞고요? 할머님은 모 대학의 심리학과 교수셨고. 그런데 어머님에 대해서는 알려진 게 거의 없어요. 매주 일요일 교회에 나가는 것 외엔 어떤 활동도 하지 않으셨나요? 혹시 실제로 가정폭력이 일어났던 건가요? 어디까지가 논픽션이고 어디까지가 픽션인지 제게만 알려주실 수 없으신가요?

지하는 기자에게 답 문자를 보냈다.

— 소설 속 내용은 전부 픽션입니다.

변호사와 상의 후 연락하겠다는 출판사에서는 공항에 도착하도록 연락이 없었다. 어째서인지 그렇게 불안하지도 않았다. 열여덟 살의 지하는 집에서 도망칠 때 아버지의 돈뭉치와 함께 서류봉투를 훔쳤다. 예지의 오빠는 돈뭉치만 훔쳐 도망쳤다. 그날 아버지의 금고에서 훔친 서류봉투는 아직 그녀의 손에 있었다. 지하는 그 봉투만큼은 이 세상에 드러나지 않게 되길 바랐다.

『조용한 세상』을 쓰기 위해 찾아갔던 우탁 이모는 몇 가지의 정보만으로 그녀를 찾아낸 지하가 근성 있는 작가가 될 자질이 충분하다고 말해줬다. 그리고 지하가 소설을 출간하기 전까지 우탁은 지하를 만났다는 사실을 지하 가족에게 알리지 않기로 약속했다. 취재가 끝나던 날, 우탁은 지하에게 편지를 건넸다.

태어나서 죽을 때까지 우리에겐 문제들이 닥쳐와. 우리가 문제를 만들지 않아도 타인이나 체제에 의해서도 문제가 생기지. 문제는 우리더러 풀라고 생기는 거야. 두려울 게 뭐 있어. 풀면 되는데. 안달하지도 마. 풀릴 건 풀리게 되어 있고 아닌 건 안달해도 안 풀려. 그러니까 문제가 생기면 침착하게 풀어가면 돼.

문제가 생기면 풀면 된다. 문제를 똑바로 보기도 전에 두려워한다면 그 문제를 풀 수 없다.

책이 전량 폐기되더라도 한 번 이 세상에 나온 책은 어느 누군가의 손에 남게 된다. 『조용한 세상』에 대한 해석은 독자들이 처한 상황이나 경험에 의해 모두 다를 것이다.

그것도 소설이냐며 돈 아깝다고 혹평하는 사람도 있을 것이고 그 속에서 희망을 찾는 사람도 있을 것이다.

이미 주사위는 던져졌다. 소설은 세상에 나갔고 그녀가 할 수 있는 일은 없었다. 다만 소설 속 문장 하나라도 독자들의 마음에 씨앗으로 남길 바랐다.

6년 후 약속한 장소에 어쩌면 엄마는 나오지 못할지도 모른다. 사람의 일이란 알 수 없기 때문이다.

왜 하필 6년이라고 정했는지 자신도 알 수 없었다. 하지만 6년이라고 말한 데에는 숨겨진 운명 같은 것이 있을 것이다. 6년 후 그날이 모녀에게 어떤 의미를 가진 날이 될지는 아무도 모른다.

에필로그

인천공항에 도착한 지하는 타자기와 책들이 든 가방을 화물로 보내고 케이지에 넣은 울프를 데리고 동물검역소로 갔다. 출국수속을 마친 후 울프와 함께 뉴욕행 비행기에 올랐다.

태어나서 처음으로 타는 비행기. 처음으로 가는 뉴욕. 아마도 울프와 함께 고생이란 고생은 다 할 것 같았다. 하지만 그 고생이 다음 소설을 쓰는 데 재산이 될 거라고 생각하자 가슴이 두근거렸다. 뉴욕에 도착하면 이든의 격투기 도장으로 직접 찾아갈 생각이었다. 이젠 자신이 누군지 떳떳하게 이야기할 수 있다.

이든은 유튜브 화면으로밖엔 보지 못했던 남자지만 그

녀의 백일몽 세계에선 그 누구보다 의지가 되었던 사람이다. 어떻게 백일몽을 설계했는지 그 백일몽이 현실의 자신에게 어떤 힘을 줬는지, 현재 어디까지 실현시켰는지 그 남자에게 꼭 이야기하고 싶었다.

생면부지의 남자를 꼭 만나고야 말겠다는 이 뜨거운 열망 뒤에는 또 어떤 운명이 숨어 있는 것일까. 지하는 자신의 운명의 궤적을 빨리 따라가보고 싶었다.

기내에서는 케이지에 든 울프를 꺼낼 수 없었다. 울프가 잠든 것을 확인한 지하는 주머니에서 안대를 꺼내 착용하고 의자에 깊숙이 몸을 묻었다.

이든과 친해진다면 그와 함께 울프를 데리고 도그스파라다이스에도 가볼 수 있겠지.

나의 6년 후는 어떤 모습일까, 그녀는 자신의 6년 후의 모습을 구체적으로 설계하기 위해 눈을 감았다.

비행기 안은 백일몽에 빠지기 좋은 곳이었다.

작가의 말

내가 사는 곳은 비가 오지 않아 땅이 척박하다. 매년 버려진 뒷마당을 꽃피는 정원으로 가꾸고 싶다는 상상을 해왔다. 그 상상이 나를 꽃에 대한 공부로 이끌었다. 하지만 물 주기가 어려워 매해 상상으로만 그쳤다. 그러다가 관수시설을 하는 나를 상상했고 그 상상은 관수시설을 설치하는 공부를 하게 해줬다.

상상하는 동안은 행복하다. 그 행복감을 현실로 가져오고 싶었다.

딱딱하게 굳은 자갈땅을 헤집기 위해 호미를 주문했다. 그 땅에서도 씨앗이 발아할 수 있는지 실험하기 위해 땅 일부를 팠고, 씨앗을 뿌리고 비닐을 덮어뒀다. 이틀 후, 놀랍게도 자잘한 새싹들이 발아한 것을 발견했다.

행복한 상상은 사람을 구체적으로 행동하게 만든다. 상상을 현실에서 이루려면 시간이 걸린다. 시간이 걸린다는 건 좋다. 실패할 시간도 포함되기 때문이다.

이미 머릿속에 상상으로 만들어둔 정원이 있으니 그 정원을 현실로 가지고 오는 것이 그리 어렵진 않을 것이다.

생각해 보니 나라는 존재는 상상을 바탕으로 지어진 삶을 살고 있는 것 같다. 아니, 우리가 누리는 문명 그 자체가 사람들의 상상을 바탕으로 이루어지고 있지 않은가?

지하는 그 상상을 아주 구체적으로 해나가면서 자신이 되고 싶은 사람이 되었고, 엄마에게도 제2의 인생을 선물했다. 지하는 결핍이 많은 소녀지만 그 결핍을 그렇게 멋지게 채워냈다.

이제 내 앞에 남은 생이 얼마나 될지 모르겠지만 나는 또 아주 구체적인 상상을 한다. 이 상상이 만들어 놓을 10년 후의 나와 내 가족들과 내 주변인들과 이 사회를.

『기린의 타자기』를 세상에 나오게 해주신 제7회 '교보문고 스토리 공모전' 심사위원분들과 이혁주 PD님, 그리고 들녘출판사에 감사드린다.

-태양과 사막과 뼈의 도시에서

황희

사라지고 싶은 모든 친구들에게